U0053375

原本是媒體人的我，在2000年簡永松生病時加入了他事業的經營。永松是個社會主義者，他不只坐而言，還起而行，研發一系列互聯網金融的商業方法，是台灣最多金融發明專利的人。2008年金融海嘯時，他還成立喬安公司，推出「老弱殘病」拒保族也可以加入的互助保險。

這張照片是大哥、大嫂新婚時所拍攝，距今應有 65 年了。當時我的住家在花蓮縣富里鄉東里村新庄。
前排的大人，左二、左三即為我的母親、父親。在父親膝前打著赤腳的小女孩即是我。

母親的娘家在桃園中壢宋屋。中間穿黑袍者為我的外婆。外婆兩側坐著的是我的父母。母親兩手扶着的即是我。

在遠東人雜誌任職時，與同事項秋萍合影。她後來轉任天下文化主編。

我和妹妹。青春真是無限美好。

和簡永松結婚，是經因由柏楊(右一)、張香華(右三)夫婦的介紹。

早年新聞局招待各雜誌主編參訪全台各重要建設。參訪古寧頭戰場時，我身旁的是幼獅文藝的主編陳祖彥。

和妹妹、妹婿一同出遊。

我感謝婆婆，待我如女兒。

和我親近的二姊、三姊、妹妹和姪女。
最右的是我的二姊，年輕時美如一朵青蓮，現在卻是年近八旬白髮蒼蒼的老嫗。

擔任婦援會董事時，我一手籌劃與東昇扶輪社在台北社教館舉辦的救援雛妓百合音樂會，為婦援會籌募了一筆可觀的資金。

永松熱衷各項社會公益，通常我也參一咖。

最愛的休閒是與鄉親、友人一同登山賞景。

簡潔三歲生日時與阿公一起慶生。

調皮可愛的簡潔現在是我生活的開心果。

1988 年的「客家還我母語」運動，因我擔任總策劃，所以紀念音樂會演出前，我是第一個被邀上台致詞的貴賓，另一是客籍的前立委林豐喜，當年他也是熱心的參與者。

2018 年底，台北市政府於紅樓舉辦「還我母語運動 30 週年客家紀念音樂會」。

客家知名樂團及知名歌手林生祥、羅思容等人均在現場演出。

「還我母語運動 30 週年」，有多家媒體前來訪問我，談今昔對政治與族羣的看法。這張照片是同學看到民視台灣演義的播出，特地 Line 給我的。

與客家優秀的新世代羅思容等人合影。

那些年，那些事

鍾春蘭　散文選集

目錄

輯二：

輯三：

輯四：

附錄：

自序：星空下的探問

我小時生長在花蓮鄉下客家庄。鄉下人每每在晚飯後，在清朗的夜晚，聚集在屋前的禾埕休憩聊天；左右鄰舍的小孩們此時最是解放，一面嘻戲，口中還嚷著童謠：「月光華華，細妹煮茶，阿哥兜凳，人客吃茶…」

愛幻想的我，則常望着滿天的星斗發呆，為什麼天空會有那麼多星子，它會不會掉下來，天空到底有多大，為什麼它的顏色是藍的……問大人，他們總是以：「小孩子有耳無嘴」來打發我。

小學五、六年級後，我識的字多了，開始沉迷在禹其民的「藍球情人夢」、金杏枝的「春風秋雨」，再來是瓊瑤的言情小說，古龍、金庸等人的武俠小說，接下來則是翻譯的咆嘯山莊、孤雛淚…那麼愛看書，我的動機只有一個：我想了解這個世界、這個宇宙…。

人生是什麼？人生所為何來？70年代存在主義風行時，正讀大學的我，也曾跟著風潮，迷茫、探問過。

去年十月，我人生的另一半走了，近一年來，心頭又常浮現這人生的問號？夏夜，走在屋後的公園步道，抬頭是點點星子的夜空，周圍有老老少少，或運動，或聊天、、、在這世上，每一個人的離去，太陽還是從東邊出來，馬路人群照樣熙嚷，地球仍照樣運行、、、一個人的出生或離去代表甚麼呢？

我為何來到世間？父母對我的期許？我曾經的夢想？曾想不婚的我，為何還是走入婚姻？和老伴攜手 38 年，曾被視為女強人的我，為何被一個更強大的他牽著鼻子走，一路顛顛簸簸，開創前人沒走過的金融創新的荒徑？

現在的我，雖說不上走過大江大海，但比起我輩友朋，我從文又從商，人生的閱歷、遭受的苦難，相對來說應該算是多的了。我和另一半在商場上冒險犯難三十多年；陪他走過生命的死亡幽谷，又把已成廢墟的公司重新救起來；我搞過婦運、客家還我母語運動、當過五本雜誌的總編輯、去美國中部 Top ten 的印第安那大學遊學……想想自己經歷的事，幹過的事還不少，在人生的向晚時分，應可從心所欲不逾矩了，怎麼感覺人生還很多不明白，還想往前探索？是什麼引我孜孜前行呢？而我人生前行的道路上，除了父母，隱隱中遇到的貴人，現在回顧，卻都是牽引著我，走向現在的我。

反芻我的一生：小時住花蓮縣富里鄉東里村，地理剛好位在花蓮和台東的中間。我在那裏出生，直到玉里中學畢業，才轉回桃園楊梅我父系的畚箕地。在東里村新庄，我父親開設了一家碾米廠和木材廠。年長後，我從大哥口中才知：父親在日據時代參加過文化協會，為此坐過牢，為躲避日人的追殺，才跑到花蓮鄉下發展。

父親在事業風光時，我沒享受到。在我八、九歲稍懂人事時，父親罹患腮腺癌，家道中落；母親辛苦操持家務，為讓家裡有多點活水，她還忙著養豬、賣菜。母親的宋家親戚，我叫金賢叔的，是父親最常調頭寸的對象，其實金賢叔借給我老爸的錢，全是來自我老媽一點一滴的積累，只是直接給老爸，是肉包子打狗—有去無回，轉一手，至少還可保住本金。後來，我家搬回楊梅，即把碾米廠盤讓給金賢叔，他的孫子宋鴻琳將其發揚光大，即是現在知名的御皇米。

母親的辛苦，我看在眼裡，恨不得自己趕快長大，趕快賺錢，替她分憂解勞。每在傍晚，我笨手笨腳地在屋旁菜園協助母親整地挑菜，她總是說：「你把書讀好，當個老師，一生就不愁衣食了；還有，以後嫁人要找個老實一點的老公，不要像你老爸心肝比天還大，手頭沒幾塊錢卻想做幾千萬的大頭路。春兒，你要記住哦！」

把書讀好，當個老師，這個我懂，其他的我就不懂了。

初中畢業，我同學大都去考師範學校，唸師範是公費的，自己不用另繳學費；且一畢業，老師的頭路就等著，怪不得好多人趨之若鶩。我沒去考師範，一心嚮往唸大學，主要受我初中的導師徐文勳的影響。

玉里中學校址位於玉里車站步行大約二十分鐘，放學後，搭往台東方向南下火車的同學則結伴同行。徐老師平日住校舍，家住東竹，離東里兩三站而已，偶而也和我們一起步行到車站搭車。我一向功課不錯，又喜歡讀課外書籍，只有這優點而已，不知徐老師看到我哪些不同特質，他總是像平輩朋友一般，對我講述他大學生活的種種趣事，讓我無限嚮往大學生涯。後來我選讀新竹女中，志在讀大學，即受他影響。

大學一畢業，我先到當時有名的桃園私立治平中學教書，我日夜兼課，薪資是公立學校的五倍，別人很欽羨我的高薪資，可是我卻毫不戀棧，我不想自己的人生侷限在小小的校園，無意中看到遠東關係企業要辦一份遠東人雜誌，對外徵才的廣告，我不假思索即前往，沒想到在幾千個應徵者中，我竟是幸運的三個錄取者之一。

在遠東關係企業所屬的裕民廣告公司，我除了學到編寫雜誌的經驗，也採訪過無數的名人、專家，最重要的是我看到大企業的內部營運、各式商品的行銷包裝，當時有名的美好挺襯衫、BVD內衣…好些文案都出自我的筆下呢！在遠東企業待了十一年，影響我一生的是：經由柏楊、張香華夫婦的引介，我認識了簡永松，後來他成了我人生及事業的伴侶。

簡永松大二就坐過牢，出獄後找工作不易，友人介紹他到彰化當黃順興競選總幹事，黃順興竟然選上了，成了台灣有史以來第一個無黨籍立委。因為這樣，他的能力被些一些黨外人士看到，還集資成立聯雍科技公司，由他當總經理。聯雍科技即喬美國際網路公司的前身。喬美國際算起來是全世界最早發展網路金融的公司，也是目前台灣擁有最多金融發明專利的公司。可惜台灣保守的官僚體系沒這眼光，只會除弊，不想興利，等到歐美、中國大陸做的風風火火了，才勉強開放，還規定這不行那不行，讓台灣空有腦礦卻無法成為創新大國。

天下文化曾出版過一本書「Google會怎麼做？」作者是知名的網路評論家Jeff Jarvis。書中他一再提到：網路時代資訊的對稱性產生，最理想的保險模式是互助保險。在我們之後的馬雲的相互保、水滴互助等，都做的風風火火；在台灣，我們想成立第一家互助保險公司，到現在還不可得。我們的處境，連我們不認得的海外財經專家：魯曉芙，都在網路上撰文替我們打報不平。

要推出「安家30」，永松也曾猶豫過，和他熟識的消基會創辦人李伸一，卻屢屢鼓勵他：「大丈夫為所當為，該出手就出手！」所以，李伸一不僅擔任喬安公司第一任的法律顧問，還樂於在中天電視訪問的影片中推薦。敢於開疆闢土的人，其見識作為的確有異於常人。

尹衍樑是簡永松進德中學的同班同學，在簡永松病痛換肝時，喬美公司幾成了廢墟，若非他出手投資，喬美公司恐已不存。說他是我們生命中的貴人，一點都不為過。只是我們現在做的是普惠金融，相當於社會型企業，公司營運可以維持，但獲利有限。如何善用眾多專利，擴大聯結，反饋股東，這是我們要戮力而為的。

假日傍晚，走在住家附近的山林小徑或水岸步道，仰望天空，星子點點，近處是萬家燈火，遠處是或深或淺的蒼鬱山林，回顧自己的一生，想想有那麼多貴人的提攜相助，想想宇宙生命如此的奇妙！人與人之間的緣深緣淺真有佛說的因果關係嗎？有時踽踽獨行在鄉間小道，倚欄路旁怔楞發呆，雖不免有側身天地，獨對蒼茫之慨，但再想想：我輩嬰兒潮世代大都已退休了，我還身強體健，還可從事助人的志業，我應心存感謝。前行，只要用心，只要努力，相信星空下永遠有路的。

輯一：

年輕時在媒體界工作的我，身為文青小資族，人生規劃原本只是寫寫稿，行有餘力，做做公益，安穩平順的過一生。

沒想到和坐過政治牢的簡永松結婚後，我的人生即跌宕起伏，老是處在驚濤駭浪，永遠有出奇不意的事發生。我想不通：我人生前行的路徑，為何一直都偏離自己意想的規劃？是命運抑或性格使然？是幸？或不幸？有時我自己都糊塗了！

但身為女性主義的我，自己可以肯定的是：一生與其當個不知人間疾苦的溫室花朵，我寧可選擇在江湖探險行走，認識真真實實的人生！

莫忘「互助共濟」的初心！

每天早上走進辦公室，我都會習慣性的望一下走道右側壁上掛著的那幅「互助共濟」的字匾。那是佛光山的創辦人星雲法師贈予的別樹一格的一筆字。有時我還不自覺地端詳、觸摸它，看看這幅字畫有沒有掛正。我知道：這是我潛意識的心理反應，提醒自己莫忘「互助共濟」的初心！

「互助共濟」這四個字，十年前即是喬安公司創辦的初衷，更是創辦人簡永松一生信仰的實踐。

永松是個左派，即社會主義者的信仰者，這信念促使他在學生時代即成立讀書會，想圈更多的同志，落實自己的理念。下場是在他大二一開學，在校門口即被警備總部抓走，判了十年，做了六年八個月的牢。

為社會主義者的理想，他付出了青春的代價，出獄後，他仍不改初衷，人生的奮鬥目標仍是想為社會上大多數窮苦的普羅大眾服務。因為自己成長、創業的過程吃過太多太多的苦，他深知在這個社會上，窮人要翻身是很不容易的事，莫忘世上苦人多，是他一生奮鬥，念茲在茲，不曾或忘的心志。

喬安的「安家 30」是在二〇〇九年金融海嘯時創立的，是有鑑於台灣有四百七十五萬老弱殘病的弱勢族群，即所謂的拒保族，他們是最需要人拉一把，最需要有起碼保障的族群。十年了，喬安走的每一步履，期間的艱難險谿，我都親自參與，也有深刻的體驗。

有時我凝思呆想，台灣大概只有簡永松這樣信仰左派社會主義的人物，才會幹這種有利眾生、有利弱勢的事吧！而他「雖千萬人吾往矣！」的決心，也並非蠻幹。他為此，研究了世界各國的相互保，研讀「Google會怎麼做？」等等網路財經書籍，加入自己的創見，還研發申請，獲得國內外的創新發明專利。

十年了，「安家30」走得還算平順，還有十三家保險公司的「小額終老保單」模仿跟隨，證明簡永松的先見之明，證明他創新的「安家30」互助保險，已在歷史上留下記錄、軌跡。互助共濟是「安家30」的理念基石，我之所以在新冠肺炎疫情肆虐的時刻，再再提及互助共濟，內心深處是希望全世界的人都可本著互助共濟的精神，互相幫助。新冠肺炎，終會過去。它提醒世人：每個人都不過是地球的過客，將心比心，愛護自己也要愛護他人。當我看到德國人將食物、日用品、飲用水放在路旁，任窮苦或有需要的人取用時，我的眼眶不自覺的濕了。

台灣很幸運，我們的公衛體系很健全，執行的醫護人員也很盡責，保護了大家的生命安全。就因為這樣，我們自己也要各盡本份，為社會貢獻心力。所以，我提醒自己以及所有參與的志工們，不可懈怠，自始都要認真地執行「安家30」利人也利己的事業，希望「安家30」不只在我們這一代施行，還可代代相傳，永遠走下去。

利人利己，互助共濟。年輕時，我生命的字典並沒有這類字眼。二十啷噹歲的我，當時便在遠東集團支持的遠東人雜誌擔任總編，算是閱人不少的小資族，訪問的儘是社會名流、教授、作家等等。簡永松：一個左派社會主義的信仰者、實踐者，家庭經濟不好，他外表穿著又是土土的，怎會進入我的眼簾進而交往呢？當時和永松認識，進而結為夫妻，雖是柏楊、張香華夫婦的引介的，但永松吸引我的，是他腦袋裝著與眾不同的遠大理想。說來每個人都有自己的理想，也沒什麼稀罕，問題是有多少人勇於實踐？敢於堅持？

左派社會主義的真正內涵、理論基礎，說實在，我這個中文系出身，大半輩子都與文字打交道的我，到現在，還真搞不懂。不過，它最淺顯、基本的理念是希望眾生平等，打倒權貴，剷除貧富不均…這多美好的信仰啊！為此，我很快就跪服了這個信仰！

在五、六〇年代，社運大爆發時，我也參與了大大、小小的工運、農運、婦運，我還是客族「還我母語」運動的總策劃。我清楚記得：新婚時，我們賃屋在新店行政街底巷子的二樓，每逢周末假日，一票票黨外人士：王津平、蘇慶黎、陳秀賢、林華洲…全群聚我家，談些我聽不太懂的話，且每每越夜談興越昂揚。

王拓因美麗島事件從牢中出獄時，他家鄉基隆社子島的鄰里故居為他歡慶、辦桌，也邀我們前往。國民黨怕聚眾出事，在濱海公路上設置重重關卡盤查，永松開輛破車，一旁的我則抱著剛滿周歲的兒子，眼看便衣警察一一盤查前面的車輛，有的不放通行，則向後轉，打道回府；大概我面貌和善，懷中還抱個幼兒，不像他們的目標獵物——「黨外壞人」，沒多問，就放行了！所以我們很高興的參與了王拓的返鄉歡慶！

還有，迎接左派頭頭，也是精神領袖的陳映真的出獄歡聚、蘇慶黎出國深造的送行、旅美同志陳黎、陳若曦的返台……這些年輕時永松帶我參與的種種活動，其精神內涵也漸漸成了我生命中的印記。

後來，永松接了國際特赦組織中華民國分會第一任的召集人，綠島人權紀念碑後援會會長…背後大大小小的支援，我當然義不容辭是他最得力的助手。

啊！俱往矣！永松去年十月走了，我時時告訴自己：每個人都是生命的過客，我要收拾起悲傷的情緒，我要勇敢面對物是人非的現實，我這個紙本時代的人還要揚棄傳統媒體過時的想法，學習網路的思維等等，才有助強大公司的體質……而這些種種，莫忘「互助共濟」的初心，則是我最大的動力來源。加油吧！我告訴自己：你可以的。

（二〇二〇年四月）

半商半文半調子

半商半文，半調子的我，還走在最艱困、最寂寞又最前衛的金融創新路上，一路踉蹌、受挫，沒有被擊倒，居然在工作場域上還悠遊其中，想來真是怪哉！

學文的我，在雜誌、報紙等媒體工作了二十年，在年逾不惑時，因情勢所迫，無可選擇地轉換人生跑道，走上「棄文從商」之路，和另一半永松在商場上拼搏，從此，我就過著「半商半文半調子」的生活。匆匆二十年又過了，已過耳順之年歲的我，覺得人生走一趟，從文從商我都沾上邊，人生大學我除了讀文科，又讀了商科，可以從不同的制高點來了解人生，了解世界，何其有幸啊！

闖入商場叢林，一向喜歡文字的我，雖然對人有興趣，對這世界也充滿探索的好奇，但對財務數字冷感，還看不懂財務報表，起初朋友聞之我從商，從他們訝異的表情，我自己也沒自信地諾諾回應：「只是幫幫先生罷了！」然而這一幫就幫了二十年了，萬萬沒想到，時代的發展趨勢是：企業現在需要的是跨領域的整合性人才，半調子的我，半商半文，還走在金融創新最艱困、最寂寞又最前衛的路上，一路踉蹌、受挫，沒有被擊倒，居然在工作場域上還悠遊其中，想來真是怪哉！

人生的上半段專職「舞文弄墨」，人生的下半段從此走上「商場不歸路」。起初，從身不由己，一路跌跌撞撞，邊學邊做，一幌二十年過去了，對財務數字幾近白癡的半調子現在已很能適應商場，如何做到？歸結起來，我想了又想，其實只有一個理由：我喜歡閱讀，閱讀給了我力量。

為需要而讀，我強迫自己一定要讀商業經濟及金融創新書籍。除此，在知識的翻新比翻書還快的時代，身為經營者時時都要面臨選擇。以史為鑑、了解人性的歷史書籍，開闊視野、自我教育的人文書籍，也絕對是不可或缺的，而這類書籍我讀來最是輕鬆。

對一個完全沒有經濟金融學識背景的人，書海茫茫，如何擇自己需要而讀，如何擇值得讀的書而讀？藉由高人的眼睛，是最便捷的方法。評斷一本書，通常我都先看作者自序，內容有新意有創見，再參考一些專家學者的他序，大概就八、九不離十了。用這方法，我讀了一些名家如大前研一、彼得．杜拉克、克雷頓．克里斯汀生等人的書籍，我才發現經濟金融概念的書，讀來甚至比一些人文書籍有趣，視野更加宏觀、開闊。大前研一的系列書，除了《民族國家的終結》外，每本都易讀易懂，是了解現代經濟很好的入門。只是他近來出的書，大概是太賣座了，內容都有灌水不夠紮實之嫌。

克里斯汀生的《破壞式的創新》、《創新的修練》是公司規定相關人員必讀之書，其中很多創新觀點需費心思瞭解，才能知其精髓。為工作需要，我也不得不生吞活剝一番。

最近他出了一本新書《你要如何衡量你的人生》，寫的很感性，以過來人的經驗，把企業管理的研究成果套用在人生規劃上，又是不同境界的思維。

有近代「管理大師」之稱的彼得杜拉克，看了他的《視野》、《創新管理》等書，我始終懷疑，以他的年紀以及成長的時代背景，應是工業時代的舊思維，何以有先知的能耐，看出網路時代急遽的變化，提出創新管理的前瞻概念？看了他的《旁觀者》一書，才恍然，此人出身、家世背景、往來友輩均非等閒，彼得杜拉克一生能如此不凡，是良有以也！

最近讀了國內作家王伯達的《預見未來》，沒想到年紀輕輕的他，也有寬廣的視野，趕快再購入他的其他著作《美元圈套》、《民國一百年大泡沫》，尚未細讀，僅大略翻閱，知道這些也是好書，心裏很歡喜，因為台灣像他一樣有能耐提出經濟思想高度的人實在太少了，以王伯達目前的潛力，相信還可以有更高的期待。

以前我以為涉入經濟金融領域，無非是「理財、股票、投資」，而理財寶典、股票神算、投資大全等這類書籍，我是拒於千里之外，從來都不碰的；走入商場，為需要讀了以上所舉的一些名家的經濟相關書籍，才真正了解這世界資本主義的運作，知識菁英如何發揮其影響力，貨幣與國力的消長，政治與經濟的關聯等等相關知識。從經濟運作了解社會走向，從金融體系洞見社會問題，這對學文的我來說，等於多長了一雙眼來看這世界。

再說文史吧！既然改換人生跑道，不靠搖筆桿過生活，不從事媒體、出版，為何一定要讀文史？因為不管你從事何種行業，人生要有高度，要有視野。藉用別人的眼光、視力，是最好的途徑。對文史書籍，以前我是好胃口，外來翻譯、本土創作，我是來者不拒；現在，視力不好，體力也下降，我只能作選擇性的閱讀，且為自己立下三不原則：不科幻、不重覆、不古板。

年輕時愛看武俠小說，畢竟愛幻想的年齡過了，現在的我已是務實派，對科幻超現實的東西已完全不感興趣，所以在全球瘋哈利波特時，我一點也不為所動；有些好的作品歷經千年的汰選而存留下來的精品，按理說要重讀再三的，比如說唐詩宋詞即是。永松每每坐車、爬山、散步，口中都唸唸有詞，唸的都是唐詩宋詞，他說這樣可以清淨他的意念，不胡思亂想，長久下來，他對唐詩宋詞的熟稔，隨口即可背誦五百首以上。對此，讀中文系的我，不曉得是否在校時背得厭煩了，現在對凡是讀過的古典小說、詩詞，我都沒太大的勁。

至於不古板，乃因本人一向喜新厭舊，連選書、讀書，我也不喜文風守舊、思想僵化這類的書籍。然而古典的東西注入新血，有新的詮釋，新的觀點，又另當別論。就像余秋雨、蔣勳的書，他們所寫的每本書，我都是全讀的。

先說余秋雨好了，從讀到《文化苦旅》，為之驚豔後，此後我就成了他忠實的粉絲，他在天下出版社出的每一本書我都讀，他的人文力道之深厚，知識含金量之高，美學範疇之廣，每每令我著迷。即使是他集結的演講稿，最淺顯的《傾聽秋雨》一書，知識能量亦飽滿，所以我將它列入我們公司新進人員必讀的十本書之一。

蔣勳的說比寫還能打動人心，不過，多年下來，歲月的錘鍊，我們可看出他越寫文字越精練，內容越有張力。從《破解達文西的密碼》、《破解米開朗基羅》、《美的覺醒》、《天地有大美》、《漢字書法之美》、《孤獨六講》等美學、散文的書，一路下來，我都不曾錯過，他的書在我的書房已有一定的位置了。

當然，早年的陳映真、黃春明、陳之藩、張愛玲、余光中等人，在我讀過的小說、散文，他們是佔很重要的地位的。現在，我對文壇的新人較為陌生，只能透過爾雅出版社每年推出的年度散文選、年度小說選，略知概況。

小說本就是我所愛，無奈目前沒有閒暇可以閱讀，所以之前買了幾部小說：村上春樹的《挪威的森林》、莒哈絲的《中國北方來的情人》、朱天文的《炎夏之都》、莫言的《生死疲勞》，這些都是十幾、二十萬字的大部頭，儘管有朋友推薦再三，我全都只讀了開頭幾頁，後來注意力關注到別的事務上，就此擱置至今。我想大概也只能等我退休，那些書才能再次得到我的關愛了！

人生得失、成敗，世事的變化、更迭，有時是無可奈何又無力可為的，藉由閱讀，拓展視野，鍛鍊心志，滋養自己，改變自己，讓受傷的心靈，得到撫慰，受歲月磨損的志向，得到安頓；以閱讀為藥，還可以治療人間的荒涼、寂寞和人生的無奈、悲傷。

以上是隨手寫來的一點心得。談文，我不是名家，文章寫的只是達意而已；談商，我們戮力而為的金融創新還在奮鬥階段，半調子的我談談自己讀書心得，只是野人獻曝罷了！

（二〇一二年一〇月）

緣自叛逆的 DNA

我和他，一是中規中矩，本本份份；一是外放張揚，不受拘抑，兩者看似那樣南轅北轍，怎麼會撮合在一起？是冥冥中的機緣宿命？還是科學多少可印證的，緣自那血液中潛在的神祕因子 DNA 的呼喚和相應？

我婚前生活原是平靜如一涓細的溪流，走向婚姻，溪流突然被推向大海，起起伏伏的生活，彷如一次次撞擊危崖的大浪，那樣心驚膽裂，危疑不安。在生命走入向晚時分，已習以走鋼索的他，還想作人生最後的一搏呢！

根據人類的演化，每個人身上至少有四百萬個祖先的 DNA 在身上流竄奔騰，但遠古的基因如遙遠恍惚的記憶，遺傳的力道必是弱化了！理性的推算和揣想，應是上幾代或是直接來自父母的遺傳基因，來得較強而有力吧！

我父系的祖父母，在我出生時即不在人世，我和他們緣慳一面。我的母系是中壢的宋家，腦海中殘留的影像，也僅僅是小時跟著母親從花蓮迢迢回到她娘家：桃園宋屋，在那一落落低矮的四合院進出轉動的外婆的身影。溯及以往，既不可考，可茲探索的，就只有我的父母了！

母親是家中長女，下有眾多弟妹。鄉下農家，長女自是家中農事最好的幫手，也是照顧弟妹的最佳媬姆。母親在她原生家庭養成的吃苦耐勞，嫁給好大喜功的父親，一直默默扮演家中安全閫的角色，讓一家和樂溫暖。特別是在父親生意落敗，人生低潮的時刻，母親更發揮了客家女性堅苦卓絕、一手擎天的支撐力量，讓我們兄弟姊妹免於挨餓受凍。

石門水庫的新柑坪是我父系的「畚箕地」。現在旅遊的熱門景點龍珠灣內，有一標示「傳奇古墓」，地下所埋即是我的祖父母。可嘆的是：我到龍珠灣多次，也曾好奇的參觀過這傳奇古墓，直到今年我參加了家族的清明掃墓，方知這則傳奇與我有關。我可想像當我站在古墓之前，與一般的遊客一樣，好奇地東張西望，祖父母地下有知，必會對身為孫女的我有所埋怨的咕噥：「這憨孫！」當然這是後話了。

父親年少時即參加抗日的文化協會，並負責大溪支部的活動，因而被日人拘禁了八個月。之後，隨著東部移民潮，父親來到花蓮的富里鄉，作當時最熱門的林班木材買賣。當地阿米沆林班、池上林班及六十石山林班都有過父親的足跡。同時，父親也曾與人合夥開採過煤礦，賠了一大筆錢，而大大地斲傷了事業的元氣。

身為地方士紳，外向的父親，經商之餘自是喜歡參與眾人之事。他不僅是家鄉廟宇的起造人，也擔任副主任委員多年。小時，學校的家長會、運動大會，村裡的祭祀大典，父親都是上台講話的貴賓。年幼的我，偶而尾隨父親前往，從受到主辦單位的禮遇，隱隱然還頗覺光彩呢！自小，家裡亦常有高僧、傳教士來訪。在我父母過世多年，晚婚的我，第一次帶著後來成為外子的他，回楊梅的家，看到我家客廳掛著一幅署名老外傳教士，以毛筆寫下送給我父親的掛匾：「帝國主義以宗教侵略中國」，而大大詫異。一向思想左傾的他，由那幾個字義還衍生許多聯想：說不定那個傳教士還是個與他有同樣信仰的社會主義信徒呢！多次嗾使我暗中把那幅字盜過來。我謹守家訓，不敢妄動。前些年，老哥整修老屋，我心想外子既然覬覦那幅字多年，我試著探問，老哥的回話卻讓我差點昏倒：「那又不是什麼寶，我早把它給丟了！」外子為此悵然許久。

父親自幼父母雙亡，初中沒唸完，但一親族長輩見他為可造之才，邀至家中，不吝教育他，所以父親能文能詩，寫得一手好字。過年過節的春聯對句，家中張貼之外，亦分送他人。平時父親也好附庸風雅，養養蘭，在母親菜園一角的小水池邊，大紅花的灌木圍籬上，掛著一塊塊黑蛇木開著一叢叢胭脂紅花朵的螃蟹蘭，即是父親的傑作。鄉間月夜，一片清朗，父親興起，每在屋前禾埕吹起自製的竹簫，咿咿嗚嗚的聽不出什麼調，這個時刻，母親總會戲謔地說：「豬嫲走醒嘍！」（客語母豬懷春之意）

我在家排行老六，算是小輩，我沒有大哥大姊的好運，他們曾享受霑露家裡盛時的景況；自我稍懂人事，感受到的大都是父親生意失敗，家道中落，大家族因分家產親情撕裂的種種苦況。上了初中，父親得了腮腺癌，印象中的他，總是在經濟的困窘和身體的病痛中狼狽奔忙。

他除了定期從花蓮北上台大化療，自己也研讀中醫，配製藥方，外敷及內服。長年下來，久病成醫，家人的感冒、胃痛、長疔、眼疾一些小病小痛，依著父親開出的藥方，到藥店配藥，往往藥到病除。

父親病重的那幾年，除了倚靠母親的一點私房錢，家中經濟幾乎是靠變賣田產度日。花蓮的田地一一出脫後，連台北縣石門的一點祖產父親也忍痛割愛，為的是籌些本錢給二哥在花蓮光復創業。大哥和大嫂在那段時間婚姻出了問題，大哥索性在外遊蕩，不回家了。花蓮的家當歸零了，爸媽只好搬回桃園楊梅鄉下，父親還在自個兒的田地上親手規劃擘建一四合院的房子。只是體力日漸衰退的他，每看他鎖眉沉思，我知道他又為大哥、大嫂的事煩心了。像傳統保守的客家人，父親在我們面前總是一副威嚴的樣兒，是從不向兒女吐露心事的。父親的一生是那樣的冒險犯難，他的內心底蘊、心智模式，都是成年後的我亟欲探尋，卻又是無從得知的。多少年過去了，我總不明白，那時身體羸弱到無力走動的他，何以常常津津有味地讀著我遺棄一旁的高中歷史課本；何以在我南下就讀成功大學時，即使是一步一蹣跚，也堅持從楊梅陪我到新竹火車站，是他預知那是我們父女的最後一別？

母親是他的人生伴侶，應該是最了解他的，許是積壓了太多的苦難，對於父親，她總是有太多的怨嘆：「妳父親啊！心肝比什麼都大，沒本錢卻要做大事業、大頭路，只有一塊錢也要做一萬塊的生意。苦啊！」母親在這樣感嘆的時候，總不忘趁機告誡我：「春兒，妳以後千萬要找個老實一點的老公，知道嗎？」母親的殷殷叮嚀，我似懂非懂地頷頷首。

眼看家中經濟每況愈下的傾圮，年少的我是急切地想改變現狀的。只是我尚不知人生有時不是靠努力即可達成心願，特別是後來我才了解自己雖好學、勤奮有餘，卻是機智、靈巧不足。

高中甫畢業，急著賺錢的我，拉著妹妹參加無經驗亦可的業務推廣行列：那是搭著公司的巡迴車挨家挨戶推廣當時流行的酵母奶飲料。我們那一車分到中南部地區。由一男司機載著三、四十位年輕的業務小姐，每到一處，司機停下，每個業務員沿著分配好的不同街道路線，一家家拜訪。

我努力熟背公司教導，小孩喝了酵母奶容易長大；老人喝了會長壽的推廣術語，企圖大大發揮。不料，那些斜躺在屋前涼亭腳休憩的阿公阿媽聽了我教條式地背誦，無不端坐起來，帶著誇張式的驚詫：

「蝦米？狗母奶！恁公司ㄚ有賣狗母的奶哦！」

「不是啦！不是啦！是、是、是．．．」當時閩南話不靈光的我，一發窘更加口齒不清，引來那些阿公阿媽又是一陣哈哈大笑。

奇怪的是，年幼的妹妹，能力、膽識樣樣不如我，閩南話也沒比我強到那裡，可是她每日的推廣業績卻是比我好。

走出大學校門，憑著自我要求，奮力向上，很快地我就在一財團的出版單位擔任主管，往後在報社、雜誌社亦都小有表現。在公家單位謀得一小職位的妹妹，書沒我讀得好，工作表現當然也沒有我亮眼，可是老天偏愛眷顧她，好運總是降在她頭上，她很快地找到各方面條件都好的如意郎君，過著優渥、安逸的日子；而我卻是被上帝遺忘的那一個，在感情上是一再蹉跎。

青春年華的我，講求時尚品味，身邊不乏追求者，不知怎麼，我總覺得他們的才智能力無一令我信服，周圍充斥的那些喜愛舞文弄墨的文藝青年，又感覺太娘娘腔了。歲月催人，青春易逝，眼見本人快三十大關了，眾家親友勸說敦促，催婚的口沫如戰鼓般頻頻襲來，震人耳膜，擾得我心煩意亂。時日一久，眾人累了，我耳根也清靜了，自忖賺錢謀生本事不輸男人，何必屈就，做個快樂的不婚族，亦是人生的另一選項啊！

一天，我所尊敬的長輩柏楊邀我參加一個特別的聚會。之所以說特別，因為參加的人全是政治受難者，也就是坐政治牢的人。光是我坐那一桌，除我之外，老老少少坐牢的年資加總起來，即超過一百年。我生平從沒看過那麼多的政治犯人，好奇地東問西問。想像中坐牢的應該都是張牙舞爪，乖張異類之流，眼前的個個卻都貌似和善，很難與革命叛亂的字眼聯想在一起。特別是當天坐我身旁的那一位，是其中最年輕，也看起來最突兀：穿著一身天青藍的西裝，打了一條大紅領帶，好似新郎倌一樣，拘謹得自始至終都沈默不語。

幾天以後，我接到一通沒頭沒腦的電話。

「你哪裡？」工作職場的訓練，我問話一向簡潔。

「咔嚓」電話斷了，對方可能被我的大嗓門嚇到。

隔幾分鐘，又來電了。

「請問你哪裡？」我儘可能輕聲禮貌，以免又嚇到人。

對方解釋了半天，我還摸不著頭緒。

「我就是那天坐在妳旁邊的那一位。」喔！原來是那位穿著得像新郎倌的政治犯。沒料到這位沈默的新郎倌居然還邀我共餐。我告訴他那就在我辦公大樓附近的西餐廳好了。

都會時尚的沙龍式餐廳，流瀉著輕柔優雅的音樂，眼前這個人黧黑的臉膛、寬闊的大嘴，臉上剛毅的線條透出一種不滿、倔強的神色，感覺上是未被都會文明馴化，而有著濃濃的草莽氣息，與此間迷離朦朧的沙龍情調多不搭嘎呀！特別是他腳上還蹬著一雙阿兵哥的大頭鞋，好像剛從征戰的叢林回來，讓我忍不住掩嘴偷笑。

可是這個又土又俗的鄉巴佬，開口談起他社會主義的政治理想，從十三歲起因偷聽海峽對岸的廣播，即嚮往馬克斯的公平正義社會，而自發性地想革命。為此，他到處串連，號召革命志士，立志反抗當時專制的國民黨政權。上了大學，他更一心擴展他的勢力版圖。這樣的叛逆份子，怎見容於權力當局，以致在大二開學的第二天，即被警備總部抓走，判了十年政治牢。

這個人的每一句話都引起我極大的興趣，這樣揭竿而起離經叛道的經歷，是我的生活見聞、思考邏輯從來不曾碰觸的範疇。面對這麼奇特的人，生命中底層的某種因子被觸動了。在傾聽他講話的時刻，我忘了他的外型，我忘了他的背景，我也忘了自己在主編雜誌中對女性的再三提醒：挑選另一半，要睜大眼睛作身家調查；我更忘了當年母親的耳提面命：千萬要找個老實的老公。我只是感覺在他充滿理念的夸夸大言中，隱隱的傳達出一種磁性的東西，激起我內在的共鳴。

一次，他與一群革命同志同遊石門水庫上游的阿姆坪，邀我同行。那是一群有偉大政治理念的狂熱者，一談到經世濟民之道，信仰似乎即可抵擋肉體的困倦，意興遄飛地一夜長談後，仍通宵達旦，談興不減。本人無此能耐，半夜了，只好就此打住，上床睡也。日曬三竿，一干人無視明媚的風光，名日出遊，卻個個都在呼呼大睡。只有我這政治白痴，胡亂地吃完早餐，即沿湖邊信步走去，享受著迎面吹拂的微風，和滿目遠近山巒的氤氳矇矓。慢步在湖畔小徑，感覺上他有意與我迎面碰上，招呼我泛舟同遊。

兩人徜徉在波光粼粼的小船上，當此良辰美景，我看著眼前邁力划槳的男子，我不是不明白他的有心，我也不是不心動。對這睥睨一切，有著好大野心，帶著點危險性，以及濃濃鄉土氣息的男子，我除了有近乎英雄的崇拜，還有說不上來的不安。我想起柏老曾問及我對他印象如何？我直白脫口而出：「他好土喔！」

「唉！他的青春期都關在牢裏，也難怪。不過，他可是值得開採的一塊寶哦！」柏老帶著憐惜的口脗。

小木船搖呀搖的，湖面起風了，船開始不平地搖晃。轉眼間，船被吹往湖中心了。湖中有一道塑膠浮球的防線，越過這道安全的防線，即是茫茫的汪洋湖面。岸邊突然現出人影大聲呼喊搖手，示意我們：湖中巨浪小船可能翻覆，太危險了，要我們趕緊往回划。他專注使勁地划槳，在風力的助威下，船越來越不聽話，反而逆向湖中心飄去。我心慌了，小船只有兩支木槳，我使不上力，再說我們兩人又沒有穿安全背心，萬一⋯⋯。

他看出我心裏的緊張、忐忑。

「別怕！別怕！一定要鎮定。」

我乖乖地不敢出聲。岸邊圍集了不少人替我們擔心。

他抿著嘴，全神貫注地使勁，眉宇間透著與風浪搏鬥的毅力與決心，讓我心頭微微一震，那是無視困境的一種大無畏的神情。每當我們的小木船划出風浪的漩渦，不一回兒又被風浪捲回。這樣來來回回，我更心慌，他更使勁了。一番搏鬥後，終於我們的小船划出可怕的漩渦，安全地划向岸邊。

下了船，他擺放好木槳，將小船拴在岸邊的木樁。無意間，看到他兩隻手掌竟磨腫了水泡，滲出殷紅的血絲，我愣住了，直覺心中的最後一道防線已然鬆動。

後來，這個搖槳的人，成了我的丈夫。

婚後的生活是夢想的開端。有的人夢築的踏實易行。我的他，築的夢永遠是現實上力有未逮的大夢。一次次，一年年，他就像唐吉訶德那樣，擎著自己的理想大旗，一心一意想在商場的叢林中闖出一片天地。只是現實畢竟是現實，他破落戶的家庭窮苦背景，加上長年坐牢，沒有一張像樣的文憑，情治單位又在背後搞陰謀破壞，周圍親友避之唯恐不及。錢脈、人脈兩頭空，憑一己之力，哪有想像的容易。我是學文的一介文人，家境也沒比他強多少，對他的襄助亦有限。一、二十年來，我們婚後的生活正像當年在汪洋湖面的掙扎與搏鬥，在危疑的漩渦中打轉。在商場上，他一次次地衝撞，試圖打破舊官僚體系的綁標文化，一如徒手與無情的風浪搏擊。可是他就像打不死的蟑螂，有永不屈服的倔強；也像廣告宣傳的耐用電池，永遠有用不完的精力，往往這個計劃尚未達成，另一個新的念頭又起。挫折、困頓是家常便飯，只是前一夜的懷憂頹喪，一覺醒來，他又生龍活虎，滿腦新點子了。

女性自主意識強烈的我，碰到如此頑烈、不拘的他，往往只有舉白旗投降的份。結了婚，對他而言，原先只是一個人在商場上冒險犯難，現在多加了一個 partner 而已。至於我和這位生命共同體的合夥人，聯手闖蕩過多少難關和身歷多少艱苦的戰役，二十幾年來，已有劫後餘生倦怠感的我，其實也記不得了。只是有次我在報上看到曾是黨外朋友的長頸鹿美語創辦人鄧維楨，感嘆地說：他做生意是跑了十三年的三點半，才熬出頭的。他還自稱是創台灣跑三點半紀錄的保持人。我看了這則新聞不禁大喝一聲，趨前擁抱我的床頭人：「你打破紀錄了吔！自從我嫁給你到現在，加加減減，你跑三點半的資歷，早就超過鄧維楨了。」他愣怔半晌，待意會過來，兩人不覺緊緊相擁，自嘲地大笑。笑聲中可是隱含著我們倆人生過往的多少無奈、奮鬥的血淚，和虛擲了多少年青春歲月的感嘆啊！有時我不免想：這樣值得嗎？假如我們變換人生的跑道，假如他不那樣一意孤行，我們的人生境況又會如何呢？

前些日子家族聚會，以前每次看我蠻勁十足的奔忙，我的妹婿總是說：「四姐啊！妳嫁給姐夫好可憐喔！」這次當著他的面，我的妹婿很會選擇性的用語，對他說：「姐夫，你能娶到四姐，真是福氣！」

不料，他的回答仍一如當年的狂妄本色：「嫁給我，她才押對寶哩！」

人生過了半百，生命已然是走上向晚的時分，幡然回首，無限感慨悵惘。功成名就，誰不嚮往？得之，我幸；不得，我命。午夜夢迴，年少時曾經擁有的壯志，已然遠矣！生命中過往的多少愛恨糾葛，亦已過去。現在的我，只想帶著些許老本，找個僻靜一角，歸隱田園，讀讀書寫寫作，度我餘生，於願足矣！

多年來困於嚴重肝疾的他，有段時間幾幾乎都在死亡的邊緣徘徊，幸獲肝臟移植重生，亦屬極重度的器官殘障一族；可是不認命的他，自始不放棄作人生最後一搏，即便在生命朝不保夕之時，亦然。現在，他還一心一意想重建荒廢已久幾成廢墟的公司，還想推廣他發明的新金融商品。金融界前輩盧正昕聞之，不勝詫異，嘆道：「金融商品的創新何其困難，只有財團或狂徒才敢一試。」我們不是財團，但我丈夫卻是真真實實的狂徒。他把自己的全付心力，還有我們僅剩的資源，全都放在這只籃子，作人生的最後賭注。為此，我的田園大夢只能擱置一旁。現在我能選擇的，也只有捨命陪君子一途。

想起幼時母親的殷殷叮囑：「春兒呀！以後妳千萬要找個老實的老公。」；想起我出生時，父親找人幫我批算的命盤籤句：「榮夫創業之大造，然傷官戴頂，未敢言佳。」我自己呢？自忖也許嫁個老學究可能會有「平凡即是幸福」的人生。只是命運就是一張網，誰能破網逃過呢？就像我找呀找的，卻如俗語說的：「揀呀揀的，揀到賣龍眼。」為何會揀到一個一生冒險，如「走鋼索」的生命賭徒？那不是小時母親言之諄諄，要我極力避免的嗎？為何像命定般，最後選擇的另一半，竟是與父親那樣雷同：有著不安的靈魂，叛逆的血脈，一次次衝撞政治社會舊有體系，選擇與眾不同的逆向道路，伴隨的當然是血淚斑斑的苦難。

人生的伴侶，尋尋覓覓，是像張愛玲筆下所描述的：「於千萬人之中遇見你所要遇見的人，於千萬年之中，時間的無涯荒野裡，沒有早一步，也沒有晚一步，剛巧趕上了。」這是文學家浪漫的說詞。我最近讀了一本有關基因的書，才真正恍然：根據遺傳的演化，原來我自身血液中隱含著父系的叛逆、不安的因子，碰到同類，DNA中的MEMES，物以類聚，同性相吸，自然而然會產生火花；至於他的造反叛逆，更是大來頭，有其顯赫淵源。查一查台灣的抗日史，有段寫著：「在一八九五至一九〇二年間，北部簡太獅、中部柯鐵虎、南部林少貓三人，打著抗日旗幟，在台灣各地進行游擊活動，台灣全島為之譁然。」其中赫赫有名的簡太獅即是原籍嘉義大林人，正是他的祖人。有祖先如此，他的一生叛逆其來有自，不言可喻。而回顧我這樣的一生，我只能慨然一嘆：一切都緣自叛逆的DNA是也。

（二〇〇五年十一月）

另類小子求學記

小時曾經被老師判定為「智障」的兒子，求學過程始終充滿著一連串讓我悲喜交集的問號與感嘆號。高中聯考名落孫山，此後每在退學的邊緣，他會給我一個小驚喜。只是驚喜不久，他又會來個令人惱怒的大震憾。原本對他不敢抱太大期望，好歹能混張大學文憑，我就阿彌陀佛，心滿意足了；沒想到他畢業前夕，報考五間研究所，包括台、清、交，全都榜上有名。到現在，我還不明白他是怎麼辦到的。坦白說，我這作老媽的，至今尚不清楚我兒子的資質到底是天生駑鈍，還是「大隻雞慢啼」？

「簡太太，妳兒子腦筋好像有點智⋯⋯」手指在耳際劃了兩圈，我知道兒子老師含在口中不好意思脫出口的另一個字「障」。

「他動作遲緩，反應慢，常搭錯校車。上圖畫課，老是把瞳仁畫成白色，眼白卻塗成黑色⋯⋯」兒子近來常耍賴不願上學，我心中訥悶，想一探緣由，特告假半日，拜訪這所在居家附近也是有名的貴族私校附設的幼稚園，沒想到答案竟是讓我驚詫得半天說不出話來，一時也聽不進這位老師長串的舉證說明。

真的嗎？可能嗎？兒子的智能有問題？身為職業婦女，兒子平日由住在離我幾步之遙的婆婆照顧，我一向很放心。他平日起居與一般小孩無異，言行舉止也沒顯露任何白痴的端倪啊！何況本人擔任女性雜誌主編多年，採訪接觸有關專家學者不計其數，對幼兒問題也有起碼的認識。這怎麼可能？是老師的判斷有問題吧？老師言之鑿鑿的事例與我心中不服的疑惑反覆辨證了許久，還是無解。解惑最好的辦法就是實際驗證。

「寶寶，我們來玩跳棋。」孩子的老爸想到測試的方法。先生鋪好了棋盤，先示範遊戲規則給他看：拿個跳棋甩了幾下，表示隔山跳躍之意。兒子順手也拿只棋子在面前甩一甩，雖然依樣畫葫蘆，但完全沒有牌理。

「寶寶，再來一次，要這樣玩歐！你會嗎？」先生再次示範。他頷頷首。拿著棋子很認真地甩了又甩，我們知道他還是不會玩。我和先生面面相覷，一時無言。先生難掩的失望全寫在臉上。

為了進一步求證，我撥空參加他們學校的校慶。熱鬧的操場上有不同年級的各項表演。輪到幼教班時，我注意到兒子被排到最後頭。眼看每個小朋友都很帶勁地手舞足蹈，我的兒子卻好像初學者那般，動作遲緩生澀。手腳跟不上音樂節拍胡亂地比劃，顯得突梯可笑。這幕殘酷的景象活生生地呈現在我眼前，它證實了老師的陳述：兒子的確動作遲頓，反應慢半拍。我不忍卒睹，也沒辦法說服自己：老師的指證過於武斷、輕率。

稍一會還有室內的家長懇談，我百無聊賴地在教室附近踱步。一陣大人的嘻笑喧嘩傳入耳內，我循聲探看。教室另一端的教務處有幾位上了年紀的女老師正在好整以暇的談論學生。細聽之下，內容竟是嘲笑一個又笨又蠢的學生，講到逗趣處，又是一陣哄堂大笑。我知道她們取笑的不是我兒子，不知為什麼，我內心有隱隱抽痛的感覺，彷彿她們嘲諷的正是我兒子。我明白了：笨的小孩在學校受的待遇大概就是這樣吧！我兒子不喜歡上學的原因也清清楚楚了！

教室內坐滿了踴躍前來的家長，從沒想到連幼稚園的家長會也如此受到家長重視，出席率那麼高。許是看我一臉寥落，兒子的班導前來招呼，好心地安慰我：「簡太太啊！天生我才必有用，小孩資質不好，不見得要讀書，以後可以學得一技之長，現在社會上有蠻多為智能不足的孩子設立的技藝訓練班啊！」智能不足這個字眼，對天下所有望子成龍成鳳的父母無非是捻熄了所有希望的火苗，說者也許無心，聽者卻有如被釘上十字架般的無望。

我謙卑地坐在教室最後頭，虛心地傾聽台上老師的每一句話。子不教，母之過。孩子智能不足，為母者有難以推卸之責。此刻的我，是多麼殷切地想從老師口中得知寶貴的幼教經驗，只是我耐心地聽完一個多鐘頭的長篇大言，卻令我好不失望，她的每句話都在撻伐：社會風氣太壞，人心不古，孩子難教，老師難為，家長要檢討負責，不能把教育工作全推給學校等等，簡直就是訓導主任的聽訓課嘛！接下來的節目是校長時間，地點在大會議廳，我沒有耐心再接受另一場精神轟炸，當下即打道回府。

一路上我反覆思索：我和先生兩方的家族史都不曾有過痴呆人物，應該不是遺傳 DNA 的關係，莫非兒子的成長過程有那個環節出錯，導致他智力受損？我懷孕時，因太講究營養，不小心胖了二十公斤，以致於分娩時，整整痛了一天一夜，躺在醫院待產室，呼天喊地，折騰了半天，孩子還是生不出來，因為嬰兒實在太大了。筋疲力盡的醫生終於發火了，狠狠地撂下話：「簡太太，我們只能幫妳，生孩子還是要靠妳自己，妳再不用力，羊水破了，孩子可能在裡面缺氧窒息。」我一聽，那怎了得，老娘命可以不要，孩子的命可要保住呀！我閉起雙眼，咬著牙根，不顧一切死命地擠，終於把孩子給擠出來了。後來我始終沒搞清楚：在嬰兒出生記錄表的出生方式一欄上，醫生填寫的是：真空吸引。

該不會是因為兒子出生時，在產道停留過久，因為缺氧損及智力吧！還有，他自幼體弱，時不時就感冒發燒熱痙攣，發作時眼神呆滯斜吊，牙根緊鎖，嘴唇發黑，全身痙攣，模樣十分嚇人。記得有次發作，送到新店耕莘醫院，醫生剛幫兒子處治好，先生和婆婆以為沒事了，返家休息去也，病房只留我一人看守，沒想到兒子痙攣再次發作，情形更為嚴重，我以為這下兒子沒命了，嚇得雙腿發軟，不能動彈，只好跪地呼喊求救，想起那幕還餘悸猶存。醫生曾提過熱痙攣是因為腦部缺氧放電，時間稍長，絕對會損及腦部，影響智力。怕是這個原因才導致兒子笨笨呆呆的吧！如果這已是事實，也是命也！運也！徒呼奈何！

我把心中的感懷一一和先生傾說，我也決定要把孩子從昂貴的貴族私校轉到一般國小附設的幼教。我不期盼孩子成為人中龍鳳，我也不奢求他出類拔萃，光宗耀祖，我只要他快樂健康地長大，於願足矣！先生長嘆：「哎！人要想開一點。」先生這話我想除了安慰我，也安慰他自己吧！

兒子轉到一般的幼稚園，許是沒有學習的壓力，他變得愛上學了，不似以往那樣彆彆扭扭。只是發燒痙攣的毛病，仍時時讓我提心吊膽。他在住家附近的景美綜合醫院和新店耕莘醫院的病歷，已是嚇人的厚厚一大疊。我早已把家中可能寄居塵蟎、引發呼吸道過敏氣喘的羊毛地毯、毛絨玩具一律清除，我也很注意兒子的飲食起居，他自幼即長得白胖俊朗、人見人愛，外表堪稱是健康寶寶呀！記得他周歲時，我帶他到台大醫院作例行的健康檢查，還發生有趣的插曲。那天正巧醫院舉辦健康寶寶比賽，院內進進出出儘是可愛的小寶寶。我依序帶兒子到護理室先磅體重，不料護士小姐看到頭大、五官大的兒子，即大聲小叫，呼朋引伴地：「喂！喂！大家快來看呀！那些孩子怎比得上，這才是真正漂亮的健康寶寶。」此時一絲不掛裸躺在大磅秤上的兒子，突然對著十幾雙圍視著他的眼睛，「哇！」的一聲嚇得號啕大哭。如何改善中看不中用，三天兩頭掛病號的體質？我每問醫生，醫生的答覆總是不著痛處：「根據統計，胖小孩容易感冒，原因還未知，也許是基因吧！」

西藥治標，中藥治本。也許老祖宗的中藥可以補身救虛吧！我拿了好幾帖中藥補方請教以抗癌健身成名的台大醫生李豐，她竟然當頭給我一記棒喝：「什麼補都沒有運動補，運動最補啦！」是啊！我絞盡腦汁，四處外求，怎麼從都沒想過「運動」這帖藥方呢？

居家附近的仙跡岩，是我們實踐運動的起點。起初從山腳下到山丘上的仙跡廟，短短八百公尺的腳程，我和兒子都是氣喘呼呼，要分段休息才能走完。一次、二次、三次．．．我們的腳程加快了，山上山下來回，輕鬆地一、二十分鐘即可往返。李豊說的沒錯：運動最補。兒子發燒住院的次數少了，熱痙攣也不再出現。而此時我們喜愛爬山的習慣已養成，小小的仙跡岩已不能滿足，於是我們參加台北的登山隊，有時一家三口號稱野豬隊，也自成一軍。足跡遍及北台灣的中高山：加里山、北插天山、五寮石陵、筆架連峰、烏來山等等，我們都曾一親芳澤。只有投入群山的懷抱，才領略台灣山岳之美。沒想到以運動健身為出發點的爬山，竟成了我們假日休閒的最愛。

兒子從幼稚園、小學，一路升上了國中了。當他的同學個個都忙著補習的時候，我卻每逢周末就到學校幫他請假，因為連著周日假期，方便安排旅遊登山行程。我們的行徑也許過於異類吧！有次兒子的老師忍不住了：「簡太太，我們下禮拜一就要考試了！妳還要幫他請假嗎？」語氣中有不解，也有責備。我點點頭。書，可以少讀；山，不能不爬。何況讀書是一輩子的事，也不急於一時。

兒子在學校的成績平平，並不出色，我們不忍苛責；但是他對功課心不在焉，整日沈迷漫畫、電腦遊戲、推理及武俠小說，屢加規勸，他聽若罔聞，頗讓我們頭大。鐘鼎山林，各有天性。不能讀，不愛讀，不能勉強。可以確認的是他雖不是「智障」，但資質平凡倒是真的。我們有看開了的豁達。偶而也不免懷疑：我和先生的性格都好強好勝，做任何事都帶拼勁，兒子的樂天知足卻完全不像我們，倒像從小帶他的阿嬤，一老一少真是一對寶。祖孫兩人整日樂呵呵，鄰居招喚的進香團，幾乎無團不與。幾年下來，已是全省廟宇走透透。有時我不免嘀咕，婆婆總是無限關愛地袒護他：沒要緊啦！大隻雞慢啼！

當時住我家仍小姑獨處的姪女，每愛調侃他：「歐！你成績單發下來啦，你考的滿意嗎？」「我很滿意呀！」不管成績如何，兒子總是一派天真爛漫的口氣，讓我們又好氣又好笑。轉頭看看我和先生面無表情，還認真地加上一句：「可是我爸爸媽媽好像不怎麼滿意耶！」

的確，每每看他差強人意的普普成績，心裡總有一份難掩的失落，只有安慰自己：人各有命，兒孫自有兒孫福。朋友同儕聚會，談及兒女，爭相獻寶：不是這個得市長獎，就是那個獲全省冠軍，往往在這個時候，向來愛高談闊論的我，只有選擇沈默：因為記憶中我兒子從沒得過任何獎牌，也沒有任何才藝足以誇示他人，榮耀父母。

高中聯考，我們雖不曾指望他能上建中、成功，但最低限度也要上一所公立高中吧！沒想到他竟名落孫山，離最低錄取分數還差兩分，只好選擇離家最近的私立東山高中。

這個時候我和先生開始思量：在木工、水泥匠、汽車修護或美術設計這些技藝中，不知兒子適合哪個選項，左思右想，反覆考慮，學習這些技藝最起碼條件：手腳靈活，身手矯捷，繪圖專長等等，他好像無一具備。連該是本能反應的簡單跳繩，還都是上了初中以後，他老爸很有耐心地陪他練了好長一段時間，手腳才學會協調；至於騎腳踏車，還是上了高中，我和他老爸在公園一圈又一圈、一次又一次地在後座扶持著他練習。這時候的他，已經是人高馬大了，可是就是學不會平衡，在公園裡練習每每引來人家的側目。有位好心的伯伯還趨前安慰他：「弟弟啊！沒關係，慢慢來，我也是二十歲才學會騎踏車的。」有時看他如此笨手笨腳，他老爸也不禁慨嘆：真的什麼都不行，我們就在市場幫他租個攤位吧！反正暫時有個私校肯收留，一切等高中畢業再說吧！屆時要當個修車工人或市場攤販，就看他個人的造化了。

只是一學期還沒唸完，我接到學校教官通知：「因為幫同學作弊，導師執意要開除他。」功課差沒關係，違反嚴重的校紀那還了得。他放學剛踏入家門，我就劈頭怒吼：「你到底搞什麼鬼啊！不唸就休學，幹嘛還讓學校開除？」

他訥訥地說：「我又沒做什麼壞事。只不過英文導師要我改考卷，她規定八十分才及格，沒考八十分通通要打屁股，我就把沒到八十分的全打八十分，如此而已啊！」

這樣說來也沒什麼了不起嘛！要記兩個大過開除，未免也小題大作了吧！我到學校找這位女導師理論，至少見面三分情嘛！無奈擬好的說詞完全沒有發揮的餘地，因為這位女老師從頭到尾只顧一逕地抱怨兒子叛逆不聽話，聯合同學抵制她等等，末了，我打躬作揖，一再請求拜託：希望老師網開一面，給他一次機會。這位女老師始終面無表情，毫不鬆口。看來她是橫了心，我也白走這一遭了。懊惱地返家，免不了對兒子又是一頓臭罵。但罵歸罵，問題還是要解決啊！無論如何不能讓學校掃地出門。四處打聽請託，獲悉我們扶輪社友和東山高中校長雷永泰是熟識，千拜託，萬拜託，私校畢竟校長 power 大，記個大過，總算保住了學籍。

高中第一學年結束了，在十七個班級中，成績良好的會被選編入「資優班」。兒子竟然是班上獲選兩人之一。雖然他是被公立高中篩刷下來的放牛一族，但能在牛群中，被列為「資優」，倒也稍感安慰。可我的高興過還沒消褪，新學期才開始沒多久，他的班導也是我成大的學弟卻來電：簡太太，這次段考，我們班上六十四人，妳兒子的平均成績是倒數第二，第六十三名，妳要注意一下喔！

知道兒子玩性沒改，我瞞著兒子偷偷到他導師家拜碼頭，希望他多多關照，也能給我通風報信，沒想到一上「資優班」就突槌，難不成是他水平不夠，只是碰巧被選上罷了！對兒子剛燃起的一點點希望又破滅了。我和先生惱羞成怒，毫不客氣地猛K他一頓。

怪事發生了，學校第二次段考，他竟然是全班第一名。我難以置信又暗暗歡喜。此後他的功課好像突然接上軌道，平順多了。只是不知為何，在學校行徑仍是狀況不斷，意外連連。

一天，教官緊急來電：「簡太太！你有買什麼藥丸給你兒子嗎？」

藥丸？出了什麼事嗎？教官把電話轉給兒子。

「早上教官在校門口抽驗書包，查到我書包的藥，那是你上次託表姐買的維他命，我騙你吃完了，其實我都沒吃，一直放在書包，給教官查到了，以為是搖頭丸什麼的。」

「你們學校幾千人，幹嘛你運氣那麼好，被教官抽查到你的書包？」

「我怎麼知道啊？」

另一天，教官又來電了。

「簡太太！妳兒子上周六晚上到那裡，妳知道嗎？」

「不是在學校嗎？課後輔導不都是八、九點才能回家，出了什麼事嗎？」

「是這樣，有家長向校長檢舉，看到身著制服的高三學生在木柵一帶街頭閒逛鬧事，學校正在徹查哩！」

我怒氣沖沖審問兒子。

「那怎麼會是我？上周六我班上同學帶我們幾個人到一家補習班試聽物理課，不信我拿補習班的資料給妳，妳也可以問我同學。」

「那教官怎麼懷疑你？」

「我怎麼曉得啊？」

兒子的班導也沒讓我閒著，果然三不五時來電關照。

「簡太太，妳兒子老是遲到，妳應該多關心。」

「是、是．．．」

「我問他早上出門時你爸媽呢？怎麼不叫你起床？他說你們都還在睡覺，是嗎？」

「是、是．．．」我有做錯事的羞愧。我一向晚睡晚起，清晨六點要我催促兒子起來上學，根本不可能。

兒子升上高三，面臨大學聯考了，我的確要多關心，所以參加了校方舉辦的家長會。遠遠的，我抓著一位上衣繡著三年勤班的同學詢問。

這位調皮的學生也不回話，即連奔帶跑地呼叫：「第一名，第一名，你媽媽來了！」什麼第一名啊！我搞糊塗了。半天，才清楚原來兒子看似不怎麼用功，學校的大學模擬考卻幾次都是全年級第一名，同學即以此來調侃他。兒子在家也從沒跟我們提及。知道兒子終於上了榮譽榜，作老母的當然與有榮焉，打心底升起一股飄飄然的陶醉感。所以在聽完老師的教學報告後，我面有得色，輕鬆地瀏覽教室後面的壁報。喔！班上還有每月出勤表。哇！排名第一的榜首這個月遲到十九次，遲到天數超過半個月，這個學生也太混了吧！我目光沿著報表的虛線往前移，嚇！是兒子的名字耶！我腦袋好像被異物狠狠地重擊了一下，定睛再看，沒錯，真是我的寶貝兒子耶！我心虛用眼角左右遊移了一下，幸好沒有其他的家長注意到我的舉動。好丟臉唷！我急急地走出校門。我想起樓下藥房老板曾對我說過：我常看到你兒子在街角搭計程車上學耶！如今揣想：兒子要不是搭計程車，大概一個月會有三十天遲到的紀錄吧！

我先隱瞞兒子每天上學遲到的那部份，只跟他老爸提及同學稱呼他第一名的趣事。

一向理性的先生只淡淡地說：跟他同屆的公立高中生少說也有兩萬人，在私校考第一名，等同在同年級排名兩萬零一人呢！先生說的有幾分道理，我幹嘛如此得意忘形？

私校第一名可以考上國立大學嗎？我問兒子。他說：「我物理老師說我考上台清交沒問題。」

真的還是假的？我半信半疑。

大學聯考，兒子沒考上台清交，但想想他沒參加任何補習，只在考前每個星期假日，待在圖書館認真地K了三個月的書，能考上中央大學，我們已經很滿意了。

這段時期，先生的肝硬化病情越來越嚴重：食道靜脈腫瘤破裂，嚴重腹水，肚子鼓脹，整個人面黃肌瘦，形銷骨立。我一面要照料先生，經營的公司又不能棄之不顧，心力交瘁之餘，再也無暇顧及唸大學住校的兒子。大二上學期，我們收到學校寄來的家長會通知。先生想念兒子，堅持參加。會後，我們和導師閒談得知兒子大一有三個學科分數沒及格，已達二分之一，若這學期沒改善，則勢必遭逢退學。這訊息宛如晴天霹靂，先生健康日益惡化，要是沒有換肝，醫生已斷言來日不多。當時覺得人生飄萍，徬徨無助，僅存的一點希望寄託在兒子身上，不料這小子如此不爭氣。他是班上唯一來自私立高中的學生，是程度不及，唸不上來嗎？考上中央，也許只是運氣，一時矇上的吧！

走在榕樹遍佈的美麗校園，雙腿腫脹，舉步維艱的先生，傷心欲絕地面告兒子：「兒子啊！你看校園有那麼多人在打球、散步、歡樂、嬉戲，這是人生最美的階段，你要不好好把握，被逐出場，你的人生還有什麼呢？」

兒子期期艾艾地回應：「我以為大學生活就是玩樂嘛！」

離開校園時，望著兒子獨自一人站在操場看台上沈思的背影，我心想：兒子啊！你該長大了！爸爸媽媽也有無能為力的時候，一切就看你自己的造化了，好歹你也要唸個大學畢業吧！

學期一結束，我收到兒子導師的 e-mail 告知：「他各科都表現相當優異。」看看各科名列前段的成績，的確，這小子表現還不賴，這至少表示他程度可以跟得上。看來，他大學畢業應該有望了。

兒子升上大三，我又收到學校通知：「貴子弟上學年度第一學期學業成績三分之一不及格，請貴家長撥冗關懷學生在校的學習狀況。」什麼？兒又又突槌了。氣急敗壞地惡聲責問，只聽他一派輕鬆的口氣：「媽媽！放心啦！上學期期末考時，我長水痘發燒住院一個禮拜，兩科沒考，事後我也懶得去補考。放心啦！妳兒子不會被當掉啦！」

SARS 風波，舉國上下，人心惶惶，哀鴻遍野。我家一老一少也沒讓我好過。先生因高燒不退，住進馬偕醫院 SARS 隔離病房！千盼萬盼，總算出院，平日散步再也不敢與人群接觸，選擇在住家附近的深坑山上人跡罕至的步道。一天，兩人又愁緒滿懷地在山上小徑踟躕徘徊。先生健康日益衰敗，不敢揣想明日，而未來的家事、公事也不知何以面對。兩人相對無語，沈默有時是最好的語言。突然，手機響起。兒子的老師來電說：兒子因發燒，被疑感染 SARS，已被送至醫院。我久久不能言語，默默仰天嘆息：「兒子啊！要是你真得 SARS，媽媽也活不了，果真如此，那真是天亡我也。」

還是先生力持鎮定：即刻返家，整理包袱，催促我趕赴醫院。一切準備妥當，我正要跨出家門，又接獲最新訊息：「你兒子沒事，返宿舍休息了。」惡聲惡氣地詰問他，得到的答案竟令我啼笑皆非：「我早上洗個熱水澡，匆匆跑到教室，學校測出我的體溫已達38.5°C，強迫我到醫院。我本來就沒事，到醫院檢查當然沒事。」

之後，先生屢屢病危住院，我的生活只成了醫院和家裡兩端的往返，其餘的一概無心也無暇顧及。假日兒子返家，常幫他老爸按摩，陪他老爸聊天。言談間，我們才隱隱發現，他有很多面向是我們過去所不知道的。曾幾何時，我們腦海中的傻小子早已蛻變長大了。對人對事，他很有自己的看法。遇事決斷，還頗有乃父之風；只是行事低調，與他一向夸夸大言的老爸又大相逕庭。和我們鬥嘴，往往露幾句經典，讓我們眼睛為之一亮，問其出處，原來喜愛看閒書的他，早已讀遍書架上柏楊版的資治通鑑。偶而不經意蹦出的話語，聽之也頗富哲理。就像他形容自己：「我比我的同學都笨，因為他們都比我早知道努力的重要。」每逢這個時候，我和他老爸都會默默地互相交換欣喜的眼神：兒子已非昔日的吳下阿蒙了。

先生準備南下高雄長庚醫院換肝前夕，兒子鼓勵他老爸：「爸！你兒子不會讓你漏氣，你也要勇敢！不要讓我漏氣喲！」從沒聽過兒子講那麼貼心的話，先生一時情緒湧動，不知如何接詞。

先生住加護病房二十一天，命在旦夕，我以院為家，天天提心吊膽。兒子也擔心他老爸安危，懸念之心，無人可以傾吐慰藉。有天，他在電話中告之：「我好想念阿嬤喔！所以有個晚上我忍不住自己騎著摩托車從中壢到陽明山公墓，想去拜阿嬤。半夜，公墓的山上都沒半個人，月光照下來，樹影晃動，我嚇得半死。突然又竄出一群野狗，我趕緊沒命地狂奔下山。」可憐的傻小子啊！你從小就是在阿嬤的呵護下長大。阿嬤往生了，你老爸生死未卜，媽媽一心所繫，只在喚回你爸的一命，此時此刻，媽媽也無暇顧及予你。世道荒荒，人生寂寥，你現在終於能體會一、二了。

如今，兒子大學畢業在即，報考了五間國立的研究所，原先只期望他能上一所，沒想到他卻給我們一個大驚喜：他同時考上包括台、清、交在內的五間研究所，而且有兩所還是班上唯一的正取生。兒子啊！你從小到大的求學過程，總是狀況連連，意外橫生，讓我疲以應付。坦白說，到現在，我還是搞不懂你的資質到底是屬天生駑鈍型，還是真如你阿嬤所說的「大隻雞慢啼」？

（二〇〇五年七月）

婆婆的那口箱子

我曾問婆婆：「古早查某的名不是淑女，就是罔市，您的名按怎是箱仔呢？」

「我嘛不知！」嘴角牽起她慣有從容的笑容：「我出生時，我的阿公找人替我算命，講我一生富貴，別人有錢用口袋裝裝就可以；我的錢多到一定要用箱仔才裝得完。」撇撇嘴，她不忘自嘲一下：「青吃都不夠，那能裝箱？」

算命的其實也說對了一半。婆婆是家中的獨生女，家境富裕，嫁入簡家前，從不知貧窮為何物。年輕時，她是她家鄉第一個燙頭髮，第一個穿高跟鞋的摩登女性。嫁給當時民雄農校畢業的公公，她的人生才起了大變化。

「歐！嘿是真做喏！」聊起婚後生活的點點滴滴，她大大地感嘆。我自己也出身鄉下，我的母親也曾為農婦，所以我很能體會農村身為長媳的辛勞。早早起床，晚晚才睡，外有農田旱地要耕作，內有公婆姑叔一家大小要侍候，而婆婆坦率耿直、慷慨大方的性格，與她的公婆時有扞格，亦是可想見的。

公公那時是農村的知識青年，在糖廠本有一份令人欽羨的安穩工作，只因一心想從商致富，便辭職與人合夥作生意。他開過酵母奶的食品工廠，從事過飼料的買賣，經營過豆腐店、雜貨店……奈何天生不是作生意的料，十作九賠，意志越來越消沉，以致於家計的擔子漸漸落在婆婆身上。特別是她一心寄望的外子，在學生時代因反抗國民黨的專制，而被判十年的政治牢獄，對她可是重重一擊。

婆婆沒唸過書，大字不認得一個。她不懂兒子不偷不搶，亦沒殺人放火，好端端地北上唸書，怎麼就被政府抓去關？為就近探視被關在土城看守所的外子，全家只好搬來台北。一家幾口擠在十坪不到由鐵皮加蓋的房子，區區的房租還要靠出嫁的女兒來支付。日子先是靠公公和小叔在豆腐店偶而打打零工，也十不接一。生活是有一餐沒一頓的。那年才上初中的小姑，憶起初初上台北的苦況還語帶哽咽：「我們常常跟姊姊借錢買米，三餐幾乎都是豬油拌飯，媽媽有時到屋後山上採野菜煮一煮，偶而買包花生米和賒個魚罐頭就很好了。所以我曾跟媽媽說：我們吃的比隔壁的貓還不如。」公公後來連豆腐店的零工也沒去了。面對丈夫長年懷憂喪志，長子入獄，其餘的幾個兒女年幼的年幼，在學的在學，都是嗷嗷待哺之口，在此困窘時刻，婆婆毅然擎起一家的支柱：她在路旁為人洗過車，在基隆海洋大學開過餐廳，擺過水果攤，經營過打字行……

「媽媽賣水果曾經賣到總統府去呢！」每當婆婆講述台北居大不易的種種甘苦，小姑也湊過來戲謔她老媽。

婆婆曾在松山租賃的公寓樓下擺個水果攤，下午時分生意較差，她則擔起水果籃，沿街兜售。有次走呀走的，不知不覺竟走到總統府。婆婆不知，昂然而行。突然竄出一警衛阻止，婆婆才恍然那個高樓就是總統住的地方，還不准人賣東西。婆婆說那是她生平第一次到總統府的經驗。說著自己也哈哈大笑起來。

婆婆靠著吃苦，靠著腳勁，養活一家；也靠著腳勁，在星期假日探視被拘禁在土城看守所的外子。通常她天未亮即出門，從住家松山到土城要轉三趟公車，為了省錢，她得走好長一段路才搭一段車。外子說他被拘禁在看守所時，很是納悶：為何母親每次前往，都遞給他四十七塊半，不多不少四十七塊半。為什麼不是五十或四十五的整數呢？難道這之間有什麼暗示嗎？這個藏在他心中的問號，一直要到六年八個月後他出獄了，才恍然：原來保留兩塊五毛錢，是搭一趟公車的票價。外子還說別人家探監不是送來雞鴨魚肉，就是蘋果、三明治；而他收到的往往是一袋青青澀澀的土芭樂，令他又好氣又暗自神傷。殊不知家裡實在窘迫，婆婆看別人總是大包小包的，她靈機一動，想到後山大片廢棄的芭樂園，尋尋覓覓採摘土芭樂，雖是聊勝於無，但媽媽的愛心也絲毫沒稍減啊！

像談論別人的故事般，婆婆興味盎然一一陳述往事。怎麼故事主角都是她呢？公公那時仍在盛年，何以缺席？有次，我忍不住問她。

「伊啊！伊到一家保險公司拉保險，每日穿得體體面面，拎著公事包出門，拉了三年，只拉了一個客戶—伊的已出嫁的女兒阿麗。甭講薪水，連菸錢都還要向我要呢！」

我好像不小心觸及了敏感話題。這口一開，倒引發了婆婆積怨多年的憤懣。只有在這個時候，我才看到婆婆面露慍色：「虧他唸了那麼多書，還不如我這不識字的。」婆婆對公公的怪怨多了，連帶也影響她最疼愛的孫子—即當時我四歲的兒子。每碰到他阿公，他總一臉不平，噘起小嘴，劈頭第一句話就是：「阿公沒路用啦！」稚嫩的童言和他阿嬤一鼻孔出氣，每讓他阿公好生尷尬。

寫得一手好字，喜愛音樂的公公，在村里曾是書唸得最多的，年輕時亦曾風光過。許是經歷一次次的挫折，把自己龜縮起來，到後來就全然放棄自己，在家裡做個無事人。在簡家，我看到的公公幾乎像隱形人般，沒有人會徵求他的意見，他也從不出主意。他在家，只是存在而已。

從公公婆婆長年冰冷的關係，我很難想像他們亦曾有過胼手胝足，共創美景的甜蜜時光。但畢竟夫妻還是夫妻，當小叔濫開公公的三百多萬支票跳票了，連累公公遭遇票據法的牢獄之災。婆婆嘴裡儘管叨唸：「生雞蛋無，放雞屎有。」每個禮拜仍早早即準備好公公愛吃的食物，送到龜山給公公。生性樂觀的她，常自我調侃：「我到法庭和監獄，就像走廚房一樣，沒有人比我更熟悉的了！」

體型矮墩墩、圓滾滾的婆婆，許是拜艱苦的環境使然，身手俐落，口才也便給。記得婚前外子第一次帶我去他家，一臉笑盈盈的婆婆，在廚房裡外忙碌轉動。夥同外子的幾個朋友，一餐飯吃下來，儘是她一個人爽脆、愉悅的笑聲。我心中暗驚這準婆婆如此厲害，將來婆媳可好相處？婚後新居選在離婆婆住處有段距離，也是這個考量。幾年相處下來，我當初的疑慮顯然是多餘了。婆婆的確幹練，但不難相處。且隨著歲月增長，我越發體認婆婆雖不識字，其心胸氣度，即使是一般識字的，亦遠遠不及。

身為職業婦女，我常辦公室與家庭兩頭忙，而婆婆為我照顧孩子、為我煮晚飯、為我洗衣整地。鐵窗繡了，婆婆幫我油漆；廚房油汙了，婆婆幫我清理。婆婆為我做她能做的一切繁瑣的家事。我不願她太操勞，有時還要使點小計謝絕她的好意，才能讓她多休息。而這之間我所以還稍有餘裕能從事雛妓的婦女救援工作，以及參與爭取客家人母語權益等公益活動，全拜婆婆當我的後盾。她常說：她曾為人媳，她受過婆婆的氣，將心比心，所以她要善待媳婦，她能做的她要盡力做，除非她做不動了。

婆婆愛烏及烏，待我一如她的女兒。我們婆媳之間亦頗能相知相惜。記得僅有過的嘔氣是：有次，我下班回來，發現孩子發高燒，婆婆竟不知情，我心疼之餘，埋怨她幾句，婆婆心情也不好，當即抛來：「我不會帶，孩子還是你自己請人帶好了！」我一時按耐不住即回嘴：「請人帶就請人帶嘛！」隨即急急帶著孩子去看醫生。當晚外子好言相勸，我自己反省亦有不對的地方：

婆婆六十幾了，眼睛有點昏花，看不清體溫計的刻度，用不慣體溫計也是想當然耳，怎能怪她呢！次晨，我把孩子帶回，婆婆就當沒發生任何事般，又高高興興地接過孫子。

偶而我和外子爭吵，婆婆不問誰對錯，總是和我站在同一陣線。清明掃墓，外子說他今年不陪我回去了，去年我們家族中只有他一個當女婿的外人陪太太回娘家掃墓，怪不好意思的。我堅持：陪我回去祭祖，在我爸媽墓前行個禮，是為人女婿該有的禮節，也是對太太的尊重。公公說：「本省禮俗，女兒嫁了人，那有回娘家掃墓的。」為此，我和外子爭論不休。婆婆說話了：「女兒嫁了人還是人家的女兒啊！清明掃墓是好事，以前不合時宜的習俗也該廢了。」轉而對外子：「到岳父岳母墓前祭拜一下，應該的，要去。」外子終於投降。

婆婆有觀念開通的地方，亦有固執不化的一面。通常婆婆準備好溫熱的晚餐，等待我和外子下班回來享用。飯後洗碗是我的例行工作，但對處理剩菜剩飯卻很困擾。婆婆喜歡回鍋又回鍋。外子多次告之：食物放久不新鮮，有害健康。婆婆回駁：「古早人不都是這樣！你們不吃，我吃。」為不讓婆婆吃隔夜的殘羹剩菜，我常偷偷丟棄了之，婆婆發現，每叨唸：「年輕人不懂惜物，一米一飯可是得之不易啊！」後來我想出一法子，把丟棄的工作推給外子，凡正外子臉皮厚，婆婆怪罪，嘻笑一番，婆婆亦無可奈何。

婆婆有鄉下人惜物愛物之心，但對他人卻又是慷慨相與，毫不吝惜。兒子小時的娃娃車、家裡多出來的鐵床、木桌，完好如新，婆婆卻一一送予他人。我嘴裡不好說，心裡可疼惜的很呢！

婆婆的熱心慷慨，接觸過她的人很少沒受過她的恩澤的。婆婆替在台北工作的我的侄女介紹了一門好姻緣；每年端午我的侄女還都可以吃到婆婆親手包的粽子。與外子結婚的頭些年，外子生意做的並不順手，家裡的經濟自然也不寬裕。有次婆婆去看一位遠親，同情對方破產，便將身上僅有的五千多元悉數塞給對方，對方感動涕泣，直嘆婆婆比他們的親人對他們更好。住在婆婆公寓巷後的歐巴桑，常上門聊家常。這位婦人氣質、談吐不俗，原來年輕時當過新竹縣議員。早年因兒子經商失敗，落跑來台北，無棲身之處又身無餘錢，勉強要租婆婆巷後的那間房子，房東依例要這位歐巴桑繳交半年的押金。婆婆得知此事，面斥鄰居房東無同情心，她告訴鄰居房東她可作保，欠錢她負擔償還。後來歐巴桑不需押金即租到房子，與婆婆也成了好朋友。歐巴桑負債的兒子不久也東山再起，事業做的呱呱叫。

婆婆助人的事例，不勝枚舉，對象亦無分貴賤。原住婆婆對門開印刷廠的沈姓夫婦，因常趕工加夜班，婆婆自願幫她帶孩子；菜市場賣蚵仔煎阿明的孩子得精神躁鬱，婆婆帶他去求神問卜、看中醫；開神堂的師父因洗衣店生意不佳到市場擺攤卜卦，婆婆幫他拉客人；一位名叫阿輝的弱智中年人，因為無親無故，長年在婆婆公寓旁的神壇打雜。婆婆不嫌此人低賤，衣衫襤褸，常叫他上樓吃飯。婆婆惟恐我和外子會嫌此人不衛生，所以吃飯時間都安排在我們下班回家前。有次不巧我們提早下班被我們遇上，外子可能面露不悅，這位可憐人大概也感受到氣氛不對，趕緊要起身離去，婆婆見狀，按下此人臂膀：「沒關係，沒關係，你慢慢地吃，這是我家，我作主。」話中亦有意告知我們：別對此事囉嗦。外子說他小時家裡每逢年節，婆婆總要他把班上最窮的人請回家。外子性格有強烈的扶貧濟弱，好打不平，甚至年輕時主張公平正義，一心革命，我想也緣自他母親部份的性格吧！

婆婆的熱忱豁達，主事公道，在親朋間無形中成了意見領袖。親族間擺不平的事，她的話說了算數，沒人敢不依。在鄰里間，更是一呼百諾。兒孫漸長，她較空閒後，與隔鄰的瑤慈宮信徒總是打成一片，人人尊稱她「鎮殿老菩薩」。宮裡三不五時組團進香，婆婆也跟著全省廟宇走透透。偶而幾次沒參加，進香團因而人數大減，甚至不能成行。

婆婆身體本很健朗，一些小病痛，她大而化之的性格，不喜歡看醫生。偶而鬧胃痛，也吃成藥了事。有次痛得受不了，到醫院檢查，才知患了胃癌。開刀切除，原本癒後情形相當好，過八九年了亦不曾復發，但她自恃身體硬朗，每有邀約均不忍拒絕，所以她日子仍是過的比誰都忙，她的電話也比誰都多。她第一次癒後發病，即是替人作媒，忙了一整天，半夜沒睡，隨即又盛情難卻地與友人南下進香兩、三天，幾天幾夜勞累下來，才不支病倒，身體於是日漸羸弱。

婆婆的為人，在鄰里友人間自然甚得人緣。幾年前，我的小姑在朋友的慫恿下，在離投票日不到四十天，一時興起參加里長的選舉。在一沒送禮買票，二沒宣傳，只花四千元做個不起眼的幾隻旗子、寫個傳單而已，竟然得到四百多張的高票；而原里長花了幾百萬請客送禮卻只多出三百張票而已。我的小姑樸素內向，在我們那個里認得她的人不出樓梯上下左右的二十幾人。我們笑稱她自己的票絕不超過二十張，其他四百張的票全是衝著婆婆而來的。此話是一點也不差，要是婆婆自己披掛上陣，絕對當選。而當選後的里長，深深感受婆婆的威力，常上門探訪，日後他與婆婆也成為互動良好的鄰居。

同為女人，我常想婆婆此生最大的遺憾應該是沒受過教育吧！以前鄉下人家，總認為女人遲早要嫁人，女人的天職只是相夫教子，這種傳統封建的想法不知埋沒了多少女人的才華，婆婆即是最好的例子。否則以她先天清楚的思辨能力，後天的勤奮能幹，加上開闊的胸襟、悲憫的心懷，若生逢得時，絕對是個不讓鬚眉的女中豪傑。

婆婆在過世前，外子的病已相當嚴重了。有次，他們母子還同時因病情危急同住馬階醫院。婆婆不曉得是聽信他人之言，或是自己心生妄想，幾次若有所思地告訴我：她不想治療了，她和她兒子之間只有一人能存活，她想先走，也好在天上保佑她兒子。我勸她：那是愚夫愚婦的虛妄之言，不可信。

前些年，婆婆公公相繼辭世，外子因病屢屢在鬼門關前徘徊，經營的新公司又未上軌道，在前探看不到願景，後顧一無靠山，自忖非荏弱女子的我，每每感覺自己已深陷絕境的流沙，已快滅頂，卻無一草一木可茲攀援。在心情低盪到不行，幾近崩潰了；心境沈緩下來，思及婆婆，又感覺生命中有種高層次的東西在鼓舞、激勵自己，讓我再度擁有能量，面對人生的低潮和困窘。積善之家，必有後福。外子能在絕望中獲得生機，想必也是婆婆生前種種為善與在天之靈的護佑吧！

單名為「箱」，一生辛苦劬勞，憂患相隨的婆婆，雖沒如算命所言擁有花用不完的金銀錢財，但她留給我們的無形資產，豈是世俗的金錢可以衡量？婆婆的那口箱子，是沒有裝金銀財寶，裝的是比金銀財寶更珍貴的無盡慈愛；婆婆的那口箱子沒有裝綾縷綢緞，裝的是比綾縷綢緞更寶貝的人間情義！

（二〇〇五年十月）

命在旦夕的那一刻

是外子生命的偶然，還是必然，我不知道，我只知道它改變了我的命運。

一九九八年澳門回歸之際，原本即有肝硬化的外子，經不起友人的攛掇邀約，背著我，到澳門賭了三天三夜。回來看其臉色晦滯，一臉倦容，我力勸他不要到南投山區的丹大林場。他原本與人有約，想標購一批珍貴的檜木。一向喜歡山林的外子，認為機會難得，根本不理會我的勸阻。

由南投深入丹大林場，崎嶇山路來回巔簸了五、六個小時，翌日回到台北，口中直喊疲累。

我除了替他作作腳底按摩，要他多事休息，一時也想不出更好的法子。傍晚，小姑送來新買的泡腳機，外子不加思索，便一逕兒把雙腳放在號稱電解液的熱水中。見他滿頭大汗，口中卻直說舒服。只是這舒服太短暫，泡好腳起身後，他又直喊不舒服了。替他按摩再按摩，直到他累了，我也累了，兩人才不知不覺睡去。

夜晚十一時左右，睡夢中一聲悽厲的慘叫，我驚醒一看，只見外子嘴角、衣袖、還有床緣、地板、滿是鮮血。我嚇呆了，腦中一片空白，不知如何是好。還是一臉灰白的外子自己鎮定，要我趕緊取他衣物，扶他下樓，找輛計程車，往醫院疾馳。

一到中山北路的馬偕醫院急診室，外子隨被推入急救，從腹部抽取一大盆的血水。原來外子肝硬化導致的食道靜脈曲張的腫瘤，經不起幾天來一連串的折騰，像小氣球般地爆破了，以致於血液噴流。外子病況危急，馬偕本院無病房，非得送到淡水分院。夜半時分，救護車嗚嗚的刺耳聲，聽得人心慌慌。我尾坐其後，攙扶著外子的護架，免其顛躓。驚嚇的靈魂，此時才回神過來，心中百般苦楚，淚水不覺簌簌而下。

外子在淡水分院的加護病房急救，幾個小時後推出。昏睡過去的他，面如枯槁，幾無血色。醫生說他尚未脫離險境，要靜待觀察：破裂的血管是否能止得住血，關鍵點從他有否再解黑便，即可知曉。等待令人心焦，覺得一分鐘都難以忍受，恓恓惶惶地打電話向學醫的友人求助，然術有專攻，友人只是愛莫能助。頹然地放下電話，才發現自己如此失態，如此沉不住氣！環顧親友間，好像也無人能在此時替我分憂解勞了。要是婆婆仍在世就好了，任何事她都能助我一臂之力的。

婆婆是個不認識字的鄉下婦人，外子身為長子，年輕入獄，婆婆為此受盡人世的煎熬，在苦難中卻又磨練出少人能及的堅忍和寬厚。

嫁給外子，婆婆待我一如她自己的女兒。幫我帶孩子、替我做家事，讓我在工作職場上能全力衝刺，無後顧之憂。我婉惜她資質過人，卻未能受教育，鼓勵她讀成人識字班。每每看她心滿意足地上學，我也替她高興。婆婆生前最疼愛外子，幾年前，婆婆病重過世前，最掛慮的也是外子。婆媳同心，在她彌留時，我曾在她病床旁許願：媽！您放心走吧！我會好好照顧您的兒子的。這個誓言，我永遠不會忘記。此時此刻，外子病危，我怎可六神無主，心慌意亂呢？我要鎮定，絕不可慌亂，婆婆在天之靈會護佑她的愛子的。

外子攸攸醒來，像個無助的小孩，張著蒼茫灰白的眸子，呆愣愣地若有所思，望之令人心碎。扶著虛弱無力的他入廁，發現他解的仍然是黑便，這表示血無法止住，外子一命可能不保矣！外子再度被送入急救室，幾個小時才又被送回病房。而此時已是破曉時分。昏睡未醒的外子此際正是天人交戰，與死神奮力相搏呢！望著窗外淡水河上迷濛的夜空，對岸臥佛般的山影，思前想後，心中一番折騰後，心頭雖湧起幾許滄桑，幾許悲涼，心思卻是異常的澄明。

外子曾是憤怒的革命青年，出生於嘉義民雄一破落戶的農家。學生時代卻嚮往社會主義，一心一意想推翻蔣家的獨裁專制。大二時卻被捕入獄。出獄後，外子每找一工作，調查局即隨後威嚇，顧主嚇得只好辭退他。如此，屢試不爽。夥計當不成，只好自己當老闆。憑著過人的膽識和少數友人的資助，他創立一家小規模的科技公司，一心想大展宏圖。

初初認識外子時，他正掌這家公司未久。第一次和他在西門町的一家西餐廳約會，他粗獷又帶點野性、叛逆的山野氣息，覺得熟悉又陌生。讓我訝異的是：他竟然足登阿兵哥的大頭皮鞋，十足的鄉巴佬，與餐廳內沙龍浪漫的情調對照，感覺突梯又怪異！這第一個照面，讓久習都會風雅的我，很自然即發出難以接受的排斥訊息。

待外子坐定，開口談他年少時對政治的狂熱過往，投入選戰幕後的驚險，寄望台灣民主政治的改革藍圖，左派社會主義當今的發展，馬克斯、恩格斯及馬基維里的政治理念……眼前這奇異的男子彷彿替我開了一扇窗，窗外的世界是我這個從事文化工作者不曾涉足也不曾想像的領域及視野，那是開闊、大派、正義、無私、利人利己，叫人神往的理想境界。那原先彆腳的台灣國語變得可愛了；那身的土氣、野性也被他滔滔的滿腹經綸取代。當年的外子是多麼意氣風發，信心滿滿，像正要啟航的風帆，一心要在人生遼闊的大海大顯身手。

結婚二十年。我是在婚後十年，辭掉報社工作，實際參與外子公司的經營，才真正了解外子，也才真正明白一個貧苦子弟創業的艱辛。在商場上，外子像個藝高人膽大的走鋼索者。年輕即入獄，沒有傲人的學歷；政治犯的背景沒人敢錄用他，自然欠缺專業的歷練和累積。何況小小公司沒有足夠的人才、資金，憑的只是個人冒險犯難的精神和過河卒子的勇往直前。

照常理言，外子的公司早該倒斃一百次了，是外子的獨木力撐及大膽賭注，一次又一次在驚險的關口倖存下來。而每一次公司資金缺口，外子都要使出渾身解數，向親友、同業調度，亦曾抵押房子、車子來周轉。有段時間，他還是地下錢莊的常客。而我亦難倖免，婚前從沒嚐過向人借錢滋味的我，往往也要涎著臉，向哥哥、姊姊、妹妹求助。幾次我都想放棄了。奇怪的是，外子就有這個能耐。剛為調錢打完一場戰，我渾身早已虛脫無力了，可是，外子好像早已將它拋諸九霄雲外，馬上又精神抖擻地繼續談他的生意，規劃下一個業務。即使公司在最低潮時，他滿腦子仍是業務的新點子和對未來樂觀的期望。

民國八十年，我們經營的一家公司因舉辦員工旅遊，發生震驚國內的澎湖海難，員工及家屬死了十八人，公司賠償了八千萬，此事也沒有把外子擊倒。時機來臨，他也絕不放棄稍縱即逝的機會，精力好像用不完似的，不斷擴張事業版圖。但人畢竟是血肉之軀，意志力超強的外子，縱有萬般的本領，還是敵不過病魔的來襲。

眺望淡水河上迷濛的夜色、迷濛的山影。外子壯志未酬，命在旦夕。斯人也而有斯疾也。山川有知，豈不憐惜；天地有感，怎不悲憫？天若憐才，即使折我壽換他命，減我福份，添他年歲，我亦無怨無悔矣！

回首過往，因心儀他少年的英雄本色，與他結為夫婦，同甘共苦。因他不甘平淡大開大闔的性格，婚姻生活應該說多的是苦，少的是甘。陳映真小說「山路」中的千惠，基於心中那份革命情懷，是如此心甘情願地照拂她革命同志的貧困家庭啊！嫁予外子，我何嘗不是懷抱著理想，想與他共撐起一片天。物質欲望一向平淡的我，對不豐裕的家庭經濟，從來甘之如飴。我也每每規勸外子，何必如此勞碌，汲汲營營？但我亦能體諒他那份永不服輸，一心想出人頭地的心情。

只是在這之間，我不期然地發現他的外遇，使我心碎，悲痛欲絕。雖然時間撫平了傷痛，那已是船過水無痕的陳年往事了。但是這些年來，埋藏在心中深層底蘊的怨懟偶而還是會浮現心頭。然而此刻，心中的澄明已然把心中最後的那一抹陰暗都化為無影了。老公啊！只要你命撿回來，只要你健健康康，我是再也不計較那過往的煙雲了。神啊！人的貪嗔慾念，是不是要經過最痛苦的焠鍊，才懂得真正的寬恕；人的精神靈魂是否要通過肉體的種種磨難，才擁有真正的平和呢！

外子再度醒來，扶著危顫顫的他再次如廁。他抖動的身軀傳達出他內心是多麼地焦急、不安。我屏息以待，不敢言語。這一刻，我們都知道是攸關他的性命，判定他的生死啊！

感謝神，感謝山川，感謝天地，外子得救了。我和他相擁而泣，在這淡水河的夜空下，在這天色破曉時分，也在這醫院寂靜的一角。

（二〇〇四年六月）

夜空下對坐

白日喧鬧的遊客已離去，只剩我和外子兩人在夜空下對坐，靜靜地聆賞萬籟俱寂中，唯有蟲聲唧唧……

中秋剛過，一輪明月仍高掛在澄明蔚藍的夜空。抬頭仰望，無際的穹蒼閃爍著點點星光。俯視而下，則是台北盆地的萬家燈火。此刻，我和外子靜坐在台北近郊深坑山陵上一座僻靜的廟宇——天南宮前偌大的廟埕上。白日喧鬧的遊客已離去，只剩我和外子兩人在夜空下對坐，靜靜地聆賞萬籟俱寂中，唯有蟲聲唧唧。

這情景讓我憶起多年前，外子尚未發病前，我們和山友陳律師夫婦、扶輪社友 Civil 夫婦，在苗栗飛牛牧場上歡樂的夜宴。那是一夥人白日走完九華山的挑塩古道，疲累了一天，不知誰提議將店家準備的輕食、美酒搬到戶外廣場上。空曠的野外，月光顯得特別銀白溫柔，夜空亦特別寧靜安祥。擁抱著這周遭的一切，相交多年的老友，豪放無拘地暢談人生的美夢願景，一面淺酌杯中的美酒，那個夜晚，覺得生命是多麼地甘醇美好哇！

更早的時候，我們同一夥人也曾在外子的引領下，遠赴霧社中央山脈上海拔二千多公尺的中興大學實驗農場，見證外子口中，他早年出獄時曾在那一面躬耕一面讀書的美好時光。外子大學時因不滿當時蔣家的專制、獨裁，一心想揭竿革命，初初成形，尚未付諸行動，即被捕入獄，判刑十年，作了六年八個月的牢。出獄後，在友人資助下，上山租用中興大學位於中央山脈實驗農場的一、二十甲農地。雇請當地的原住民，種植大蒜、高麗菜等高冷蔬菜。白天他騎著三陽野狼機車，或奔馳於山間引接山泉灌溉農地，督促工人耕作；或往來於五、六十公里之遙的埔里載運肥料、生活用品。

晚上，工人散去，他則獨自一人居住在山間木屋。煢煢的燈光下，陪伴他的是偶而劃破周遭孤寂長夜的狼嘯熊嚎，還有一堆堆的書籍。冬日天寒地凍，夜不能寐，他起身篝火煮咖啡，引來路過的陌生獵人，相逢對飲。這樣長年累月遠離文明塵囂的生活，當地人為之側目，視他如同荒野的一匹狼，他卻甘之如飴。

外子每每向友人描述山居歲月雖有些寂寥難耐時刻，但在實驗農場裏，四時有纍纍飽滿的水蜜桃、奇異果、二十世紀梨。坐在樹下，果實幾乎垂懸在嘴前。山區還有各種奇花異草、罕見動物，使得平淡的日常生活時有驚喜。而夜晚，面對孤獨，有書為伴，與古人神交，亦不覺孤單。

一夥人為親自領受外子昔日身處的光景，在崎嶇蜿蜒的山路徒步六個多小時，來到農場裏簡陋的木屋。蕭瑟濕冷的天氣，個個人疲馬困，窩成一團。口裡不說，心中可嘀咕得緊呢！正望天興嘆，突然間，雨停天晴了。大家七手八腳將準備的飯菜端出，一一置放在屋前空地長條的木椅上。這才發現在此：天原來可以那麼清朗，山可以如此嬌媚，雲也可以變幻那麼多姿態，即使是稍帶冷冽的空氣，吸入口中，亦覺舒暢無比。周遭的一切，均是秀色可餐。農場裏，外子口述的垂懸在嘴前的水蜜桃早被砍伐殆盡，早先山徑小路邊隨處可見的香菇、靈芝亦被人採集一空了，但有此山色美景，夠了。眾人享用著簡單的粗食，個個卻彷如小學生遠足到達了目的地時的滿足和愉悅。此時回想，那時的年輕力壯多麼美好，那時的情景人物又多麼令人懷念哇！

二、三十年來，參加過各種不同的社團，夜間的交際酬酢，已多得不復記憶了。但至今仍在心版上依稀留存的，既不是豪華奢侈，排場講究的饗宴，也不是觥籌交錯、玉粒金波的飽足。腦海中，當年文山茶園的放天燈之夜，整個三、四十甲的茶園，燭火通明，平台上築起熊熊篝火，眾人圍繞隨歌起舞；宜蘭福山植物園遊罷，在林務局招待所，眾人酒足飯後，返老還童的嬉戲……一一思及，真是慨嘆人生的青春年華有限啊！

畢竟時間是不能停格的，生命的成住敗空亦是循環不止的。日前，創社十餘年的東昇扶輪社舉辦中秋之夜，只見創社老社友的容顏都有些滄桑，有些遲暮了，其間亦有人離去，有人凋零，現一批批新社友漸漸接棒，這就是世代傳承，這就是人生吧！一向喜愛引吭高歌，語不驚人死不休的外子，曾幾何時也成了緘默者、旁觀者了。

外子病後，飲食口味不宜辛辣濃重，對於應酬往來，體力亦不勝負荷了，所以我們謝絕了一切的酬酢笙歌。可是我知道從小就立志要當革命家的外子，是喜歡熱鬧，是喜歡舞台的。滿腹政治理念的他，往往在大庭廣眾，稍稍幾句話即可在被政治混淆是非的事務上，替眾人撥雲見日，釐清觀念。他也不吝於在各種場合宣揚他的政治主張和理念。他應該是屬於舞台上獨特的政治人物的，他應該是可以引領人群的一方領袖的。奈何理想、夙願未了，重病纏身，而屬重度肝硬化的他，人已漸漸枯萎了。

固然，生要燦如春花，但人生的終極就是孤寂，就是滅亡。面對人生最後的場景，要如何自處呢？佛說：遠離顛倒夢想，究竟涅盤。此刻，在此山中之夜，我要學習放下，忘了外子的病情，忘了公司的前景未明，忘了自己亦年愈老，體愈衰。但這之間，要如何作為，如何修行，才能斷集滅苦，超脫自在啊！

此時凝視遠方的外子，削瘦的面容若有所思。我想直問他：你當下腦海想的是什麼？你的心情又是如何？面對無藥可醫的肝硬化末期，可能是生命的終點，你懼怕嗎？一如往常，我欲語還休。外子的聰明才智遠在我之上，還是將這一串串的問號還諸天地，將深埋在心中底層的憂愁和恐懼，交給未來，交給神明。一切還是無聲勝有聲吧！

（二〇〇四年六月）

和身體的對話

在一次次拉筋劈腿的身體鍛練過程，悲觀頹喪的意念漸次消除，另股澄明的心思油然而生。

盤腿、趺坐，挺起背脊，伸直腰桿。深深吸口氣後，閉目、放鬆、凝神、調息。然後開始各種身體體位的動作。這是我最近勤練的打坐及瑜珈，也是我每日必修的功課。每每在拉筋劈腿，一一伸展體位極限之後的汗水淋漓中，一顆惶惑不安的心，才漸漸沈穩安定下來。

曾任雜誌、報社主編達十多年之久的我，長久在文字截稿的壓力下，職業倦怠加上工作的瓶頸，毅然離開編輯檯的工作。恩索一番，便決定轉換跑道，隨外子從商。

外子冒險患難的個性，加上我身上有客家人刻苦堅忍的特質，生意場上的起起伏伏，挫折橫逆，我們都不以為意，相信憑自己的體力、智慧，只要努力不懈，人生必有個燦爛美好的黃昏可以期待。誰知命運往往是不按牌理出牌的，就在我和外子奮鬥半生，年過半百了，我的人生卻遭遇前所未有的打擊：外子病重，事業的經營也陷入空前的危機。

我清楚地記得那是一九九八年初秋的夜晚，原本就有肝硬化的他，輕忽自己的健康，連日勞累，引發深夜大吐鮮血。緊急送醫，是嚴重肝硬化導致的食道靜脈腫瘤破裂。在醫院住了一個多月，總算在生死關口撿回一條命，但生活的挑戰也才正開始。醫生告知：肝硬化是無藥可醫且病情只會日趨嚴重的病。如晴天霹靂，一家子的生活從此失序了。電視廣告詞說的沒錯：肝若是好，人生是彩色的；肝若是不好，人生就是黑白的。

為迎接挑戰，我開始大量閱讀有關肝病的中西醫書籍，從中習得相關的經脈穴道。每天幫外子按摩筋骨，疏通經路，是我的功課之一。調整飲食，儘量選擇有機、無農藥殘留的食品。注意料理，不過度烹調，也不輕易外食，即使工作再忙累，也要自己親自作飯。

生活的步調固然要放慢，沒想到生活的品質仍是越來越糟。假日登山，曾是我們最愛的休閒，幾乎北台灣的高山，都曾有我們的足跡。一天走個七、八小時的腳程，對我們而言曾是小事一樁。如今，勉力去台北近郊的二格淺山來回走個三、四小時，返家後，一入夜，外子即發燒不能安眠。工作亦然，辦公室坐上兩小時，就要急急返家，臥床休息。醫生雖再三囑附，如今他的肝硬化屬重大傷病，定要多休息，最好不要工作了。我們何嘗不想如此，但外在的大環境不景氣，公司苦撐多時，我們半生的積蓄幾乎都傾陷下去了，仍前景未明，外子才不得不忍痛把一手創建二十年屬傳統產業的公司結束。而新創建的公司又根基未穩，外子肩負著公司的成敗和股東的託付，每日仍奮力為公司存續搏命。奈何腳力無法任他驅喚，自由馳騁，連身體也無力負載心志了。他偶而稍稍放縱，多作些工作，晚點下班，雙腳馬上腫漲，腹部腹水亦明顯臌起。

記得有次外子和銀行談判合作事宜，超過預期時間才返家。人又疲又累，才坐上餐桌，吃了一口飯，嚼食時碰觸到口腔內小小破皮的傷口，感覺有點灼熱，突然腮幫子像吹氣球一樣，不可思議地每分每秒地隆起，才半小時光景，左腮已像含個蘋果在口中似的腫漲。我嚇壞了，無法判斷原由，先到附近的牙醫求診吧！牙醫端詳半天，斷然地表示絕不是牙齒的問題。他的推斷應是：抵抗力太差，口腔的感染擴大了，我催促外子趕緊到大醫院就診，他說沒用啦！睡一覺就好了。果不其然，經過幾小時的沉睡，腫痛居然慢慢消褪了。偶而親友、員工傷風感冒，外子只是近距離與他們談話，也屢試不爽，馬上感染，幾次還高燒入院。

有回外子從馬偕醫院求診回來，頗所感傷地告訴我：「今天在候診室鄰座的是四十開外的中年男子，我覺得好可憐哦！肚子挺的大大的，面黃肌瘦，肝病已經很嚴重了，仍在開計程車，我問他：你怎麼不休息啊！那男子回了我：我怎麼休息？我有老婆、四個小孩，我不開車，他們怎麼辦啊！」外子同情他人，我聽了心酸酸，心想：老公啊！你的處境也好不到那裡，你不是同樣也很可憐嗎？

夫妻既是同命鳥，禍福倚共，患難同當。此時此刻，是考驗我的時候，我必須扛下更多的責任。只是公司營運、資金的問題一一紛至沓來，另方面，我還得隨時提心吊膽外子的病情，多重的壓力讓一向腸胃頗健的我，在二〇〇二年一整年的時間，反反覆覆的胃痛，醫生診斷是胃潰瘍。吃了藥，病情稍好，三不五時，一勞累，就發作要人命的暈眩症，天旋地轉，嘔吐頭疼。接下來，連心臟也來湊熱鬧，動不動就心悸，心律不整。

二〇〇三年初，一場不經意的小感冒，頭暈、胸悶、多痰、背痛，拖延了半年，輾轉在居家附近的耳鼻喉科、景美綜合醫院、馬偕醫院胸腔科看了多位醫生。連萬芳醫院的中醫針灸也試了，就是治不好。期間正逢 SARS 大流行，一度懷疑自己只差沒發燒，是否得了變種的 SARS。後來是馬偕醫院家醫科的醫生，因門診病人較少，對我解說最詳盡：「我看以前醫生給你開的處方，不外是肌肉鬆馳劑、抗組織胺、腸胃制酸劑等，這些都是舒解情緒的藥，妳既然也照了多次 X 光，心肺功能應該是沒有多大的問題。我判斷妳是得了憂鬱症，建議妳去看精神科吧！」有沒有搞錯，我得了憂鬱症，愣了三秒鐘，不覺啞然失笑。

靜下心來，仔細思量，這些年來，家事、公事，事事擾人，讓我疲累不堪，積壓在心中的鬱悶無處宣洩，生命沒有出口，免疫力降低，病痛一個個接踵而來，也是自然而然的事。有此體認，我知道憂傷、淚水無濟於事，向親友傾吐訴說，又有何益？自己的業自己擔，自己的責任自己承受。外援即不可得，內求是唯一自救之道。

首先我想我要學會觀照內在。凡人均難免貪、嗔、癡、疑。種種煩惱像空氣中的灰塵一樣，無聲無息地即駐進你的心房。心有塵埃，需勤加拂拭，我發現拂拭的最好方法便是閱讀。閱讀可以轉移注意，閱讀可以得到安慰，消滅煩惱。每在夜深人靜，安撫好外子的睡眠了，儘管自己已疲累至極，我還是泡杯茶或讓自己心神鬆弛，然後讀篇小說或散文，留存在腦海中的文字情境、意涵會像一朵鮮花般，將芳香留存在夢中，撫慰我哀傷的靈魂。

接著我重拾十年前練過的禪坐及瑜珈。往昔，老師殷殷施教，我只學得稀稀鬆鬆，於今方知能學禪坐及瑜珈也是一種幸福。安定下心，屏除雜念，縱有千般理由，也要抽空上課。說也奇怪，這半年間，以往身體發出的各種病痛訊息慢慢消失了。而且過去學不會的高難度體位法：雙盤、拱橋、劈腿⋯在不知不覺間也練就了。

每每在一次次拉筋劈腿的身體鍛練過程，悲觀頹喪的意念漸次消除，另股澄明的心思油然而生。鬆弛頹散的肌肉回復了緊密結實，不聽話的手腳也靈活起來。我知道在我吐納、動靜之間，如同和身體的對話，正向的意念傳達給我身體的各個部位，而身體的各器官零件，也如應地接受、回應。如今我還要面對外在的困境和自我的挑戰，我相信我體內已儲藏足夠的能量，因為我相信一位作家所說的：當命運剝奪你，強迫你的時候，它其實也在非人所料的賦予你，滋養你。

（二〇〇四年六月）

這一晚的告白

從來在兒子心目中都是顆大樹形象的外子，出乎意表地，感性、緩緩地向兒子傾訴，像個歷經滄桑的老人一吐他深埋在內心多年的秘密……

外子從高雄長庚醫院回到台北，原本削瘦羸弱的身軀，顯得更加乾枯、憔悴了。整日沉默不語，若有所思，家裏的氣氛像凝結了霜般，冷冷、僵僵的。我故作沉靜，怕的是：傷悲也會像打翻的醋一樣，渲染一室。

南下高雄，外子本是作肝臟移植前的檢查比對。兩天禁食下來，加上長時間的候診、檢查，怕是體弱以致院內感染，竟發燒病危──整個肚腹臌脹，肚臍像疝氣般凸出，肚內腸胃不能蠕動，腹圍便硬如鍋蓋。醫生左右兩難：肝功能已相當不好了，此時開刀，恐怕身體承受不起；不開刀，又怕停滯在腸胃內的食物腐敗，引發敗血及肝昏迷。陪同外子前往的小叔，在找了按摩師為外子作全身按摩之後，情況並沒有改善。半夜兩點，才急急告知我實情。我連夜南下。在車廂內，望著窗外已然入睡的大地，黑漆漆的太虛，直覺恐懼自四面八方襲來。南國初春的夜晚，車廂內已有人短袖上身，我把自己裹在厚重的大衣裏，總覺身子還忍不住哆嗦。

清晨趕到醫院。被疼痛折騰了一天一夜的外子，見我到來，噙住淚，脫口而出：救星來了。

我知道那是老夫老妻的倚賴。我要他放鬆，再放鬆，什麼都別說，什麼都不想。然後，我將平日習得的經絡穴道，依肝經的循行，從胸腹的斯門、章門、疾脈、大腿內側一一梳扒輕揉。接著脾經、腎經、上下肢、頸項等，耐心地反覆按摩輕撫。外子口中默念著心經，我則一心一意，心無旁騖地揉捏。儘管我已汗流衣衫，筋疲力盡了，但外子生死，盡在此舉。我還是要使盡吃奶的最後力氣，永不放棄。三個多小時後，奇蹟出現了，外子原本硬如剛打好氣的圓球肚腹，開始稍稍鬆軟了，待主治醫生前來，肚臍已能按壓下去。醫生一付不可思議的表情：「情況既已改善，應無大礙了。」一顆懸掛忐忑的心方如石落地，而我隱忍多時的淚水才撲簌簌而下。總算外子又逃過一劫了。

傍晚，仍在大學就讀住校的兒子返家。外子不似平日與他沒大沒小的相互調侃，詼諧取鬧。晚餐時，一家三口，均不發一語。外子心情不好，我和兒子都心照不宣，少招惹他吧！

才放下筷子，外子就一臉嚴肅地坐在客廳，要兒子坐在他跟前。這是兒子長成二十歲以來不曾有過的事，兒子一臉莫明、惶惑地望著他老爸。我也被外子這古怪的舉動迷惑了。

從來在兒子心目中都是顆大樹形象的外子，出乎意表地，感性、緩緩地向兒子傾訴，像個歷經滄桑的老人一吐他深埋在內心多年的秘密：

「我小學五年級時，在你大姑姑之後有個三歲的小妹妹，不曉得生了什麼病，傍晚你阿嬤抱她回來，悄聲對你阿公說：醫生說沒救了。大人把她放置在走道的搖籃上。蜷伏在棉被中，她蒼白的小臉不哭也不鬧，靜靜地睜著一雙大眼。我偶而走過，用手指逗弄她下巴，她都報我淺淺的微笑。沒想到第二天下午，她就死了。那是個夏日的午後，晚風吹來，她那略帶蜷曲的頭髮還在風中微微地飛揚呢！這是我對死亡最早的概念和認識。死亡在我最早的記憶是安詳、平和的，一點也不可怕。可是在你阿公及阿嬤身上，我看到他們都是拖到油乾燈枯，醫療罔效才撒手人間。從他們身上，我看到的死亡是痛苦、悲慘、殘酷的。

我自己經歷了幾次死亡邊緣的掙扎，死亡對我已不懼怕，我的死亡不想步入你阿公阿嬤的後塵。但現在我已不能掌握自己的生命了，活著只是一個責任，擔心你跟媽媽，所以你要趕快長大、獨立。」

外子說著說著，淚流滿面。兒子被這些話愣住了，不知所措地抿著嘴，低頭不語。

成住敗空。死亡，是生命的一部份，任何人都逃不過的宿命。這些年來，我不是不懼怕，也不是沒想過，萬一外子有個三長兩短，我怎麼辦？兒子怎麼辦？每一思及，整個人就陷入大廈將傾的恐懼當中。外子的換肝評估尚未通過，捐肝的姪子會臨時變卦嗎？外子又來得及嗎？這樣推衍問題，自己就會不知不覺掉入懼怕的黑洞。所以後來我練就了思考轉彎的本事，一念及此，我馬上告訴自己就此打住。正向思考，絕對會引進陽光，給生命開扇窗的。

此刻，我知道外子是沮喪到極點，對自己沒有信心了，才講出這番如同向死神繳械的話語。我直覺的反應是：不行。我們要做的事還很多，我們要走的路還很長，我們年輕時所懷抱的理想都還沒實踐呢！怎可輕言放棄？在人生的戰場上，有幸與不幸，但這部分無法操之在我。我們能做的是：無論境遇如何，都要卯足勁，奮力一搏，非到最後一刻，怎知輸贏？對抗病痛亦然，只要有一絲希望，就絕對有機會。

外子的告白，雖也讓我哽咽，但我不想讓悲愁在家中擴散。我對他們父子說，我也有話要說：這些年，悲痛、苦厄已把我鍛鍊成鐵人，我有鋼鐵般的意志，我絕不會倒下，你們也不能悲觀。女子本弱，為母則強。不知什麼理由，當外子在兒子面前顯露他軟弱的一面時，一股老母雞護衛自己家園的沛然之氣油然而生，我不加思索地，也大言不慚地竟滔滔說出一些大道理，讓自己也嚇了一大跳。

兒子聽了父母前所未有的表白，目眶泛紅默默地回房。我想今晚的震撼教育，也許他心裏不好受，未來他要面對的人生課題還多得很，但是他的人生要他自己去面對、思考，也要他自己去承受，畢竟有一天我和外子也逃不過死亡的宿命，不是嗎？

（二〇〇四年六月）

我們這一班肝友

一個人同時兼具「難友」與「肝友」雙重身份的，放眼台灣，應該屬於少之又少的稀有動物。不知是幸或不幸，我家老公恰巧在年輕時坐過政治牢，擁有一票一般人不知的同受苦共患難的「難友」；臨老又換了肝，多了一群比「難友」更為罕見的「肝友」：都是拼了「老命」，換得「新肝」的人。

先生在高雄長庚醫院換肝。肝硬化末期加上嚴重糖尿病，醫生說他的手術比一般的更困難。果然，第一次手術花了十六個小時，推出手術檯十個鐘頭，又因肝臟動脈血栓，縫好的肚皮又再次開膛剖肚。在加護病房ICU與死神搏命了二十一天。這之間，我除了夜裡在病房樓上睡覺之外，其餘的時間，我都是身穿隔離衣，戴個口罩，像個護佐般，隨伺在側。

一長廊開放式的加護病房，隔成十來間個人病房，前端僅以布幔區隔。而整個加護病房又有兩間特別的無菌室：肝友通稱它為玻璃屋。無菌室是加護病房中的加護病房，只有穿著多重隔離衣的醫護人員方准進入。剛動完刀的病人，有的直接住在加護病房，情況差的則待在無菌室，時間的長短又視病情而定。但無論是在無菌室或加護病房，這兒可說都是肉體與靈魂的試煉場。

隔著玻璃，看到躺在無菌室病床上的先生，著實讓我大大的驚愕：從口、鼻、胸、腹、手、腳，全都插滿各式管子，宛如實驗室中的科學怪人。神志也幾乎在半夢半醒間遊移，有時大哭，有時又平和，有時看似正常，有時又荒謬乖離。一會兒要我吟誦紅樓夢的葬花詞，一會兒又要我朗讀毛澤東的沁園春。有時向照顧他的護士解釋心經的真義，有時又惡言怒斥值勤的護士。這樣心神時而狂顛，時而衰頹，我知道這是他的身心正在與病魔格鬥、拔河。意識正常時，代表著他略勝一籌，精神狂亂時，表示他可能輸一城池了。因此每回站在玻璃屋前，我都是懷著一顆忐忑不安之心，無助地聆聽等待，有如等待上帝的宣判。有幸在這段期間巧遇一熱心的吳牧師，陪著我祈求禱告，讓在人間與地獄浮沈的先生，有了助力，度過一劫。

相形之下，先生還算最平和的。住在另間無菌室的T君，原是個職業軍人，行徑更不能以常理論。有時不吃不喝，不肯服藥，命令護士驅趕前來探望他的太太，還有勞院內的精神科醫生前來輔導。有晚夜深了，加護病房內靜闐無聲。突聞地板震聲四起，不知發生何事，只見一干醫護人員急急往那間無菌室奔去。事後才知T君突然狂飆發瘋，拔除身上所有試管，血如噴柱般四濺。幸好無菌室內裝置有感應器，否則那是稍一遲緩，則一命嗚乎矣！我心想大概是職業軍人的個性使然吧！怎麼表現在術後的生死關頭，亦是如此剛烈。兩個月後，他被移往普通病房，這才發現原先想像中彪悍激烈、昂藏七尺的軍人，其實只不過是個身材矮小瘦弱，個性溫和近乎懦弱的阿兵哥。無菌室裡外，判若兩人，真是不可思議！

這樣的不可思議，在無菌室內有如上演荒謬劇的劇碼，在肝友和醫護人員口耳相傳的故事中，帶著人性的玄奇，也帶有懾人的傷感。就有人在此精神崩潰，全身赤裸、瑟縮於牆角，也有人長住此間，始終不發一語。人的精神底層在肉體極度痛苦中呈現出來的各種匪夷所思，大概也是人們自己不了解的吧！

無菌室是肝臟手術後與死神拔河最重要的關卡，生死一線間，幸與不幸，誰也說不準，拿不定。靈異之說，所在多有，求神問佛，亦是常事。因此房中掛佛珠、擺十字架、貼咒文…等等不一而足，醫護人員也見怪不怪，只要在不妨礙病人健康的前提下，凡正救人為大，聽說院方都是睜一隻眼，閉一隻眼。

這之間，我知道的W君是個例外。W君的新肝是由他那已生育四個孩子仍看起來優雅可人的女兒捐贈給他的。家境優渥的他，早期在肝炎新藥「肝安能」剛在美國初初上市，他的女兒即專程赴美採購回來予他服用。體外洗肝機，一次使用要二十萬台幣，只有少數貴族用得起，他卻每個禮拜使用兩次，而他廣沛的人脈，每每探病時間，病房外往往是一票票西裝革履的人在等待、祝禱。無奈擁有別人稱羨的好家、好女、好友的W君，與病魔對峙的意志力卻相當薄弱。肝友關心探問病情，護理師每次都是唉嘆：「怎麼辦？軟趴趴的，一心要扶他一把，他卻怎麼不來勁！」大概情急了，家屬異想天開，居然偷偷請了道士入無菌室作法，還焚燒冥紙，驅送鬼魅，幸好醫護人員眼尖，及早發現，也及時喝止，否則在完全密閉的空間，赤烈的火焰將吸盡室內的氧氣，豈不釀成大禍！道士的法力最終仍未能戰勝病魔，徒留一片孝心的女兒的椎心飲恨，還有己在台北近效購置好專為出院後養病的別墅，也將空置了！

病人若從無菌室移出加護病房，表示已闖過最嚴苛的鬼門關，但還不表示性命無慮，只是暫時處在第二道的警戒防線罷了。在一長列的加護病房，因病床前僅以布幔相隔，所以病房與病房之間聲聲相聞，病人的哀嚎聲，護士的關照聲，還有家屬探問的撫慰聲，均一一進入耳膜。先生病床的左右鄰居恰巧都是小朋友，兩人名字都同是「翔」。左翔三歲，右翔六歲，兩個可憐的小病人，性格有別，境遇、結局也大大不同。

左翔三歲，從早到晚嘰哩呱啦地說個沒完，他的童言童語充滿機伶、早熟，每每令人莞爾，偶一吵鬧，父母、護士稍一勸慰，他即打住。緊張、沈悶甚至帶著恐懼、悲哀氣氛的加護病房，每每因他可愛、純真的話語，添加了一些笑聲及幾許的生氣。

直至看到他的廬山真面目，我卻嚇了一跳。整個濃眉大眼的臉龐，包括眼珠子，外露的手臂，都是黃褐色的，一看即知黃膽嚴重。他身上並沒有掛著一般手術後必要的引流管的瓶瓶罐罐，也沒有用以注射針劑的點滴，想必是換好肝有陣子了。在病房處處是呻吟哀嚎聲中，只有他可以自由活動，時而高嚷，時而嘻鬧，在醫護人員的工作檯上他亦東摸西翻的，大家似乎對他都網開一面，疼愛有加，他的小嘴巴也像抹了蜜似的，整日的阿姨長，阿姨短的，聽得人心花怒放。相形之下，右側的六歲「右翔」則是個討厭鬼。從早到晚直嚷嚷這痛那痛，吃個藥打個針，刁鑽、耍野，常搞得整個加護病房沸沸揚揚，人仰馬翻。在他父母面前，還會控訴醫護人員，讓這些加護病房的醫生、護士們哭笑不得，可想而知平日是個被父母寵壞的小鬼頭。

巧的是，先生和左右兩個小翔，同一天從加護病房轉入普通病房。只是在普通病房，最會吵嚷的大翔病情一天天好轉，也變得安靜些了。反而同樣愛講話、愛喧鬧的小翔卻日漸沈默。那天，先生和這兩個小病人一同下樓到Ｘ光室照超音波。同在看診室等候，大翔仍一同以往，吵嚷個不休，要等多久啦！什麼時候可以輪到我？為什麼要等這麼久？他的母親則耐心地哄慰著；而另一旁的小翔，臉色已由黃褐變成深褐，顯然是病情加劇，黃膽指數升高了。偌大的眼珠透著對人世似懂非懂，稚嫩無辜又若有所思的眼神，叫人好不心疼。只見他兩隻小手像猴崽子般不停地東抓抓肚腹、西抓抓手腳，我知道那是肝病特有的症狀：皮膚奇癢難耐。但是他卻不吵不嚷地靜靜等候，兩相對比，小翔不由自覺地讓人多一份愛憐。

才沒隔幾天，與小翔同房的肝友心有不忍地告訴我：小翔的病情越來越不樂觀，臉色已由褐轉黑，整日不吃不喝的，也開始耐不住地喊痛了。「這個小病人很少喊痛，一定是痛到受不了才會出聲的。」這位肝友憐憫地嘆氣。顯然，關心小翔的不只我一人。

翌日，這位肝友又神情肅然地捎了訊息給我：昨晚小翔的媽媽偷偷地給小翔服用外面藥房買的止痛藥，正好被醫師看到喝止了：「止痛藥太傷肝，吃不得呀！」只是醫生一走，面對兒子的哀嚎，還是偷偷地給他服用了。唉！我心想：大概他媽媽知道回天乏術了吧！

當天下午，小翔的媽媽神色惶然地和護士推著病床急急地往加護病房，面對我們肝友的訝然，護士悄聲說：小翔便血，可能活不久了。果然不幸言中，第二天，小翔就走了。在家屬休息室，這位年輕的母親默默地整理衣物，臨走時，輕聲地對護士嘆道：我已經盡了一個母親最大的努力了。

轉到普通病房的換肝病人，大抵說來，是死神魔爪下掙脫的一群。雖不能保證明天安然無恙，但到底活著有望，心情自然也放鬆多了。此間，人人都經歷生死大劫，同是天涯淪落人，自然多一份惺惺相惜之情。彼此間認得與不認得都相互激勵打氣。一些出院的肝友回診時，也不忘回到病房，以過來人的經驗，給仍在病痛中受難掙扎的病友安慰的言語和信心的支持。相談起來，儘管每個換肝者的病情輕重或有差別，但是從發病過程種種身體官能的反應、精神感受竟是如此雷同：打了血管擴張劑，身體各部份有如被五馬分屍裂解般的苦痛；止痛劑可舒解一時的劇痛，藥效一過，又惡夢連連；術後腹部劃開倒 T 字型的手術線早已癒合了，然時時仍有電光石火般一陣皮肉被輕輕割裂的灼痛感．．．可見人體有如一部精巧的機器，喜怒哀樂，只不過是體內一些化學反應交互作用罷了！

同病相憐，同病也有語言之外的聲氣相通。傍晚時分，午覺睡足了，只要天氣一好，就有肝友自動相邀下樓看夕陽。這時一列宛如傷殘的部隊：有臂上吊著點滴的，有腹部仍掛著血球的，有的胸腹纏著止壓傷口繃帶的束腹，有的手推輪椅、、緩緩魚貫地上下電梯，迤邐著腳步，向緊鄰的隔壁一樓空地前進。此情此景，看在眼裡，有種荒謬的傷感。歇坐在大樓一角的石板或木椅上，此時澄清湖畔，天光昏黃，清風徐來，對著一輪緩緩的落日餘暉，生命中曾經有過的色彩，早已在病痛中黯淡了；然而在靜思沈默中，誰不想望沾染天邊彩霞的幾抹絢麗，誰不思量自己有多少明日與未來呢！

雖說醫院本就是生與死的轉換站，有人在此出生，有人在此終結，也有人在此生命得到延續。但是換肝病房每天上演著轉速超快的人生悲喜劇，應該是勝於任何其他病房吧！當你的思緒仍停格在上一秒的錯愕中，下一秒不同的劇情又呈現在你的眼前。在這裡，我看到AB血型的K君，因原先允諾捐肝給他的親兄弟，在開刀前夕獅子大開口，要求代價是兩百五十萬。K君一怒之下，將其弟掃地出門。小有資產的他表示：不是出不起這個錢，但是他寧願選擇死亡，也不願看到手足要脅的猙獰嘴臉。就在他放棄最後一線的求生希望時，沒想到他大難不死，此時，醫院通知他緊急入院，有個AB血型的屍肝正好可以配對給他。偌大的一個高雄長庚醫院，車禍或意外死亡的捐肝，一年不過二、三例，何況是少之又少的AB血型，只能說他命不該絕吧！

不可思議的事，同樣亦發生在S君身上。年輕俊秀的S君是移植手術後再度入院。已婚擁有兩個小孩的他，原先捐肝者是他的猶小姑獨處的小姨子。因為她認為救姐姐的最好方法是救姐夫，救了姐夫等同救姐姐一家四口。一般說來，肝臟移植術後，除非有重大病情，否則不可能又舊病復發，何況他才三十出頭，生命力正當熾旺。他自己說不上來何以代表肝臟發炎的肝指數節節高升到令人驚駭的地步，醫生對此也沒有答案。看著他的面容逐漸失血，從蒼白變黃又轉褐，肝指數飆上一千以上，不禁為他捏把冷汗。偶而到病房探望他，他總是先別過臉讓自己激動的情緒平復了，再和我閒談一、二。醫生規勸他出院回家，若有屍肝再通知。S君知道，只要他一出院，則必死無疑，因為親人間已無肝可捐，唯一存活的機會只有在醫院等待。諾大醫院等待捐肝的病人何其多，他明白至少待在醫院，醫生會優先考慮他。他把自己活命的機會還有妻兒的期盼，寄存在非常非常少的機率上。但是，他幸運地終於等到了屍肝：一個車禍死亡的捐贈者。他又作了第二次的換肝手術。諷刺的是：他的生命存活卻是建立在另一個生命死亡的期盼上。人生諸多不可說的詭譎，也盡在此了。

人生幸與不幸，多數時候是操之他人，也等待天意。但在這裡，我也看到親情讓人勇敢和堅強。一個罹患重度肝癌的母親，醫生告訴她：即使是開刀換肝，成功機率也只有百分之五十。猶豫躊躇之際，她到處求神問卜，所得結果均是不吉。她出嫁且育有一子的女兒，從懼怕、遲疑到奮不顧身，強逼著母親接受自己的捐肝移植，堅持的信念只是：「我不要遺憾，至少我做了，母親還有一半的機會。」

在這裡我聽到一則最感人的事例，是非關親族的人間大愛。一個長年行善的慈濟義工婦人陳秀清，她在臨終之前許下捐肝遺愛的大願。但在她驟逝後，遺體的溫度只有30^0，未達36^0的捐肝標準。她的先生和兒子為了成全她的遺志，在她的遺體前跪唸了三個小時，說也奇怪，她的遺體又慢慢回溫到36^0，讓醫生可以平順地擷取她的肝臟，也讓她的肝臟在另一個病人身上復活，救了另一個人，也救了另一個家。

這受肝的幸運者，即是我們這一班的肝友。

先生在高雄長庚醫院待了兩個月，其間過程可說是與病魔慘烈格鬥，過五關斬六將，才倖存下來。而這些前前後後在醫院認得的換肝者：有老有少，有男有女，即自成了熟悉的一班的肝友。同班的肝友，同班的年限可來日方長呢！因為每個肝友恢復視情況不一，有每一周、每二周、每一月或每兩個月不等的回診期，回診時間雖然不同，但像放流的魚兒，固定週期一定要迴游回來醫院回診定檢。而每一次的回診就像是開同學會般，這些經過大劫大難的肝友，總是嘻嘻哈哈，彼此噓寒問暖，因為每個人都明白眼淚只適合暗處擦拭，孤獨哀傷只能自己承受，而笑聲則應該留給他人。

自稱是白老鼠的「C肝一族」，他們換肝後病情最不穩定，不得不再接受干擾素的注射測試。其中有些一週要固定往返醫院多次。面對醫學的未知和自己命運的不可預測，選擇坦然，自嘲揶揄，也是對生命無可奈何的方式吧！我發現生命處在最難堪的時候，悲觀的極致竟然與樂觀是同個面貌。屬「C肝一族」曾是貿易公司老板的T君，因干擾素的注射測試，面色愈來愈蒼白憔悴，他自己倒看得開，每每與肝友分享生活樂趣，帶給肝友歡笑。他現在的生活除了上醫院，就是悠哉游哉地到處逛逛。有家百貨公司小姐不解地問：「阿伯！你在什麼地方工作呀！怎麼常看你來這邊逛啊！」

「醫院。」

「哦！那你是醫生嗎？」服務小姐看他穿得端正，故有此問。

「不是，我是股東。」T君答的理直氣壯。

肝友們哄笑。他的理由也很充份：「現在我每個月貢獻不少的健保費和自費的藥錢給長庚。王永慶每年從健保賺二百多億，其中有不少是我貢獻的，我自稱是長庚的股東，誰曰不宜！」

身為肝友與難友的另一半，我也不知道自己是幸或不幸。先生坐過牢，擁有一票難友，讓政治白痴的我，從而開闊了政治的視野；這下因換肝又攏聚了一群肝友，也讓我認知了人性和生命底層的諸多面向。午夜夢迴，想來都不免慨然長嘆！特別是想起那位長庚醫院的護士，自己身為醫護人員，而一雙兒女卻都是基因缺陷，十多年來她的日子幾乎都在等肝、換肝中度過。一個母親要儲存多大的生命能量，才可以承受這般的苦痛？而一個人可承受的生命之重，難道與其遭遇的痛苦指數成正比？這個命題式的問號就像一張網，讓我的思考陷在一片悵然的網中。

（二〇〇五年八月）

澄清湖畔夜色美

攙著外子，走出醫院大門，黃昏的薄暮正籠罩著澄清湖畔，夕日還留下一抹絢爛的餘暉，迎面微風徐徐⋯

揮別乍暖還寒，冷濕濕的台北，陪著外子來到高雄澄清湖畔的長庚醫院。湖畔一樹樹火紅、艷麗的鳳凰花，是那樣恣意地展現熾旺、令人妒羨的生命力。滿眼如火的春花，對照著身旁形容枯槁、萎黃憔悴的外子，讓我更加憐惜眼前的他。緊握住他冷冷、輕輕、薄薄已像雞肋的手，真怕我稍一分神，他整個人會在我手中鬆脫、飛逝。因為他就要在醫院進行一場攸關生死的換肝手術，這將是他與死神作最後一場的拔河。

傍晚，護士捎來訊息：明日八點進開刀房。步履蹣跚，挺著滿肚腹水的他，忽說要到附近圓山飯店吃大餐。病情如此險惡，少塩少油少甜是絕對的必要，想想明日是個未知，我不忍拂逆。人生幾何，即使無良辰美景，此時此刻縱容一下，應該可以諒解吧！食罷歸來，面對護士不可思議的瞠目結舌，我們都有犯罪般的赧然。味覺的愉悅才剛消褪，鄰床病童終夜的吵嚷，讓外子無法闔眼入睡，情緒的煩躁，使鼓凸的肚臍因腹水的逼迫而越發像鍋蓋一般圓滾、堅硬，難耐的疼痛，感覺肚子隨時要氣爆了，我一遍又一遍的撫觸，仍平息不了他一聲聲的呻吟。長夜漫漫，心中讀秒，只盼天明。翌日，拂曉，天色剛白，整個醫院尚未甦醒，靜無人聲。我手推輪椅，走過長長的甬道，一路無語，送他入手術房。當手術房門關閉那一剎那，我心中舒了一口氣，感謝上蒼給我們一個機會：向死神扳回一城的機會。

五年來，外子因肝硬化而引起食道靜脈腫瘤破裂而大量吐血之後，我與外子的生活即墜入永無止盡、深不見底的黑洞。那黑洞阻絕了陽光、色彩、希望、愉悅、健康等一切正面的元素，像浮士德的地獄之行，靈魂、肉體時時要接受試探、考驗及猝煉。

曾不服氣醫生的宣判：肝硬化到目前仍是無藥可醫，給你的藥只不過是安慰劑而已。我發揮曾任記者的本色，四處尋醫探訪，西醫既然束手無策，求助中醫亦可吧！但是基本的知識告訴我們不可盲從，一切需講求數字、證據。在誇大虛浮的廣告背後，進一步要求科學的探知，得來的卻都是更深的沮喪、失望。一些名人奇蹟的康復，親友捎來的祖傳秘方，雖曾給我們燃起短暫的一線希望，總是像星火般很快地逝去。無助的靈魂和痛苦的肉體就在生死一線之隔的狹縫中游移、擺盪。

死亡的滋味是什麼呢？我探問外子。學生時代，因反國民黨的專政而被捕入獄的他，在秘密的軍事法庭上慷慨陳詞，他以為既被判了死刑，死要死得痛快。「引刀成一快，不負少年頭」，是他那時的寫照。五年前發病之初，因凝血不足，大量便血，命在旦夕時，我看到的是他那雙像待宰的小鹿般無助、茫然又渴求的眼睛。之後病況嚴重時，惡夢連連，每每夢及被白色恐怖的調查員追緝奔逃，被惡虎咬住腳後跟而無法動彈的驚怖；神志清明，心情平和時，他又說他的靈魂要像白雲那樣的淡然的飛逝。原來死亡也是有諸多面向，端看當下的心情是否放下，靈魂是否羈絆。

肉體是靈魂的載具，身體的病痛禁錮了靈魂。一向喜愛山林的我們，像折翼的飛鳥，再也不能自由自在的翱翔於天際。可嘆的不是失去以血汗一手建立的事業，婉惜的不是昔日杯觥交錯的美食珍饈。而是不能在冰雪紛飛的北插天山仰天長嘯；也無法在加里山巔怪石嶙峋的天險中，一嚐獨坐高聳山險，睥睨天下的暢快。即便與住處近在咫尺的筆架連峰親切地呼喚，也不得親炙了。生活往往侷促在水泥叢林的公寓一角或是醫院病房中往返。夫妻同命，這些年來，我幾乎消失在往昔的社交圈、熟悉的文化圈以及商場的諸多角力場所。奔忙於居家與醫院的一角，在外子與死神對峙拔河的時刻，照拂他的體力、慰藉他的情緒，我傾我所有，使出渾身解數，只求加重外子生命的法碼，能夠與死神角力。偶而在時間的縫隙，我獨自一人漫步到鄰近的仙跡岩山陵小道，不止一次地問自己：生命總有因果、業障、輪迴，我與外子共同承擔的病痛代表什麼？捫心自問，自己一生雖無作為，但坦蕩磊落，俯仰無愧，天地悠悠，何以我獨獨承受如此磨難？我縱情大哭，青山無語，我必須自己尋找答案。一天，就在我走過千百次的熟悉小徑，驀然抬頭，迎面一巨石，一大大的佛字碑下，一排小字銘刻其上：信心堅固，必有神助。如當頭棒喝，我知道我要堅持，永不放棄。

「除了換肝，別無他途。」醫生的提醒，讓我腦子閃入一片靈光，我與兒子均不符捐肝條件，背著外子，我暗暗地在五等親內試探詢問。就在我初初放出風聲之時，外子身邊的表姪竟自告奮勇，讓我們不敢置信，原以為早被命運棄離的我們，沒想到竟有幸運之神的眷顧、憐惜。

有了信心，有了第一個幸運：換肝的機會。第二個幸運會降臨我們嗎？當我鬆脫外子的手，看著外子被推入手術室時，我心中默禱：加油，加油！只要信心堅定，神會賜予我們第二個幸運的。在守候室，目光緊盯著外科手術電腦顯示幕，從早上九點到夜晚十一點了，守候的其他家屬漸次離去，僅剩外子尚未有任何消息。心中忐忑漸漸不安焦躁，學醫護的姪女的提醒又在耳邊響起：「姑丈有家族遺傳性的糖尿病，必增加手術的風險和困難度。」會的，會的，我趕緊扭轉自己傾斜的負面意念。只要信心堅固，外子手術必有神助。一定會平順的。十一點半，當顯示幕出現：簡永松，恢復中。我禁不住出聲大叫：感謝上蒼。

在加護病房的無菌室，隔著玻璃看著身上插滿各種管子的外子，竟然抬手向我致意，這表示手術成功，心想幾年來的惡夢終於結束了，今晚我可以安穩的睡個好覺了。翌日近午，我乘車才踏出醫院大門，感受南台灣火辣的陽光，耳邊忽傳來熱心的吳牧師的急電：妳趕快回醫院，加護病房的醫護人員正在找你呢！莫非，莫非，我不敢往下想了……。我告訴自己：不能倒下，不能倒下，要沉得住氣，要信心堅固。醫護人員出示病危通知，要我簽字，並告知：妳先生手術後肝臟動脈血栓，還要進入手術房開第二次刀。我木然地簽了字。呆坐在病房外的走道一角沉思。

外子答應接受換肝手術時，小姑捎來一個令我心生恐懼的電話：她夢見過世的婆婆淚流滿面地告知她手術不會成功。受外子影響，我一向是不迷信的，手術是外子唯一活命的機會，絕不能放棄。為不影響外子的心情，我並未轉告他此事。但內心隱忍的疙瘩不安，讓我痛苦極了。隔日一早，我便上陽明山在婆婆的骨罈前，向她表明換肝技術已相當先進，手術一定會成功，請她在上天賜福保佑。一旁的小姑小叔慫恿我擲筊請示，在眾目睽睽下，一連擲筊四次後，才得聖筊。民間相信，擲筊三次，即算定數。小姑小叔的憂戚形之於色，我緘默不語。此事在親友間傳開，紛紛關切，說是關心卻給我一股莫名的壓力。我極力忘掉此事，而且，我堅信以婆婆在世時為人的寬厚大量，必予子孫福蔭，她會保佑外子的。

夜深人靜時，我反覆思考：要不要告訴外子。畢竟只有他能夠決定自己的生死，旁人無權置喙。可是，外子初初是不同意接受肝移植的，他會以此藉口，不同意手術嗎？不手術，外子是肝硬化末期，醫生說頂多只有半年苟延殘喘的時間，且身心要備受磨難。手術成不成功，輸贏即刻分曉。我幾經思量，我還是採取隱而不宣。但此刻事實擺在眼前：外子怎麼有第二次的手術呢？雖說生死有命，富貴在天。但我絕不輕言放棄，懸掛著一顆不安的心，捧著不是，左放不是，右放不是，安一顆心竟是如此不易啊！

我一面默唸著熟悉的心經，一面亦忍不住翻閱牧師送來的聖經：耶和華是我的牧者，我必不至缺乏。我雖然行過死蔭的幽谷，也不怕遭害，因為你與我同在……。佛教與基督教雖異，但庇佑世人的初衷是完全一樣的吧！世界多元，宗教亦可並行不悖吧！此時此刻，我才深深體悟：人是何等脆弱，人能作的何其有限啊！

傍晚，外子再次被推回加護病房，我雙手合十，再次感謝神的眷顧。更加可喜的是，小姑又捎來消息：她又夢見婆婆，笑容滿面地欣喜自己的兒子獲救了。

今天，外子入院正好滿兩個月，護士拿著他的抽血報告，喜孜孜地告訴我們：檢驗報告數值一切差強人意，今晚即可出院。但她提醒手術成功的重要性只佔肝臟移植的百分之三十，另外的百分之七十是靠術後居家調養。逃過人生一劫的外子，如今擁有一副好的心肝。復健之路尚遙，端看外子的決心與毅力了，但至少上蒼給了我們機會。

攙著外子，走出醫院大門，黃昏的薄暮正籠罩著澄清湖畔，夕日還留下一抹絢爛的餘暉，迎面微風徐徐，湖畔路樹燈飾點點。今夜澄清湖畔，雖不若台北明亮、璀燦，但在我心，自有一份樸素、含蓄的姸態。今晚，澄清湖畔夜色真美！

（二〇〇四年六月）

當個媒體工作的文青小資族，年輕時我的人生規劃就是寫寫稿，行有餘力，作作公益，安穩平順的過一生。

沒想到和坐過政治牢的簡永松結婚後，我的人生即跌宕起伏，老是處在驚濤駭浪，永遠有出奇不意的事發生。我想不通我人生前行的路徑為何一直都偏離自己意想的規劃？是命運抑或性格使然？是幸？或不幸？有時我自己都糊塗了！

柏楊、張香華夫婦的牽線

我是在一九八〇年，經由作家柏楊和張香華夫婦的牽線，和永松認識的。永松是六十年代白色恐怖時期最年輕的政治犯，在綠島坐監時與柏楊同房，所以和柏楊熟識；而我在文藝圈又和寫詩的張香華常相往來。

當年在雜誌社當總編輯的我，眼睛長在頭頂上，又不乏追求者，怎麼會看上外表土土的，家境又不好的政治犯的他？最主要是他太特別了，跟我以前認識的人都不一樣。

記得我們第一次約會是在我辦公室附近的寶慶路遠東百貨對面的星船餐廳，高大、黝黑、粗曠的他，臉上有股沒被文明馴服的野氣，當天他還穿著一雙紮進褲管的大圓頭皮靴，像極了從叢林裡跑出來的大兵，和閃著五彩燈光的洋式西餐廳氛圍很不搭嘎。雙方客套寒暄後，他即談及他大學時代坐牢，出獄後到合歡山中興大學實驗農場種菜等等的經歷，還有他中學唸彰化「進德實驗中學」流氓管訓學校的種種趣事……聽在我這一向是乖寶寶學生的耳裡，像是小說或故事中的主角突然現身般地不可思議。

約會幾次後，柏楊問我對他的印象如何？

我說：「他好土，我不知道怎麼接受他耶！」

柏楊說：「他人生的青春時代都在牢裡度過，所以很土；不過，相處久了，你會發現他是一塊寶藏。」

他是不是一塊寶藏？我難以置喙，但他只年長我三歲，可是他的世界完全和我不一樣，他的見識、經歷，我自嘆遠遠不如。我過往接觸的是作家、教授、藝術家等紙上談兵的文人，聽的是名人的逸聞趣事；他呢？來往的都是當時黨外的街頭健將、坐牢的英雄好漢，還有信仰左派的理想主義者，他們個個都是以命拚搏的行動派能人異士。

新婚那幾年，我們在新店行政街租屋，陽春的兩房一廳，擺上廈門街買來的二手家俱，每逢周末假日，我們家都是高朋滿座。知名的黨外人士蘇慶黎、王津平、黃英武、林華洲、陳秀賢等一票人都是常客，他們聚在一起，個個高談闊論，坐在一旁當小學生的我，好像聽懂了一些又好像不太懂。我最不懂的是：每每已是三更半夜了，他們還談興不減，有什麼動力可以那麼投入？

有什麼話題可以那麼熱情？我搞不懂。而翌日一早，我更訝然他們個個還隨意的捲曲坐臥在我家客廳角落安然入睡！

永松和他們一樣，不只是個理想主義者，更是一個實踐者。照理說，他的最愛是政治，應該從政才是，從商原不在他的人生規劃中，可是命運之神卻不知不覺地引導他走向從商之路。

左派「技術立國」的理想實踐

永松在中學時代每晚都偷聽大陸對台的廣播，不知不覺竟信仰了左派的馬克思主義，他還到處拉幫結派，找尋左派同志，所以在大二一開學即被國民黨抓走。判刑十年，坐了六年八個月的牢。

出獄後，找工作，都是作了一兩個禮拜，即被資遣。原因是他每到一處，調查局就隨後跟上，戒嚴時期老闆一聽到政治犯都手腳發軟，趕緊拿個幾千塊打發他走路。屢屢碰到這種情況，永松只好到處幫黨外人士助選，找尋出路。他就在擔任台灣第一個無黨籍立委黃順興的競選總幹事時，被黨外人士看到了他的能力，然後眾人集資成立以自動化控制為主體的聯雍公司，他擔任總經理，公司交由他經營。

「技術立國」是他們一夥人創立聯雍公司的宗旨。當時荷重元（load cell）是自動控制中度量的基本元件，也是重要的感應 Sensor。公司發展初期，就設定要開發一些自動控制的周邊小零件，再利用微處理器結合荷重元（load cell）來發展電子磅秤，以及其相關連的自動控制系統。那時期台灣的荷重元（load cell）都是由日本進口，零件昂貴，一個（load cell）零件單價就要新台幣壹萬元。他們內部再三討論後，決定追隨以色列腳步，自行開發，把德國過期五十年的荷重元專利找出來，埋頭鑽研。經過一番努力，正雀躍台灣好不容易有能力可以自行研發出荷重元的同時，日本那方見狀立即把荷重元單價降到新台幣一千元以下。日本人企圖明顯，以低價傾銷，一舉即撲殺臺灣工業的發展契機。

在台灣各項建設都落後的七零年代，聯雍公司以產業自動化為他們營運目標。他們接過的案子，就我所知的有：台糖的甘蔗品質分糖系統、畜產所的母豬自動餵食系統、青果社的柑橘自動分裝系統、台肥的肥料自動下料包裝系統、中華汽車的軌道辨識系統、輪胎工廠的自動配料系統⋯⋯這之間有些成功，有些失敗。聯雍公司的主要支持者是陳火金、蔡伯堯，前者在在聯雍公司擔任董事長，後者擔任廠長。他們都受過日本高等教育，但是他們都愛台反日。設立聯雍公司，開宗明義都聲明要靠台灣自己的能力，研發本土的科技。

在有限的資本、技術，要發展本土的科技，談何容易？上述的每個開發案，都是搶攻一個山頭後，再重新出發搶攻另一個山頭，而每個個案的環境、條件、需求都不同，經驗的累積不見得管用，營運的成本也就居高不下。為此，永松屢次建議兩位長者，能否先找尋國外先進公司合作，累積一定技術，自己土法煉鋼，曠日廢時，兩位長者都異口同聲：要從國外引進先進技術，那開一家貿易進口公司就好了，何必辛苦研發？

不堪連年的虧損，聯雍公司出資者決定結束營業。永松卻不自量力到處籌錢，湊了幾百萬，大膽地承接下來。更大膽的是：他竟放手一搏，屢屢出國參觀歐美的電子大展，引進國外的電子射頻RFID，代理Motorala、Trovan、Lenel、Baumer等世界知名廠牌，進軍大樓的門禁管理、影像管理、停車場的收費管理、狗籍寵物的晶片管理系統等等。營運範圍較前擴大，公司周轉金當然不足，三天兩頭就要調頭寸，所以我的哥哥、姊姊、妹妹，我都曾厚顏向他們調借過錢，情急時，永松也曾把他的老爺Benz車拖去典當。後來因台灣爆發狂犬病，農委會決定普遍施打狗籍寵物的晶片，聯雍公司曾在短短的幾個月，銷售三十萬支晶片，公司過去的虧空才全部弭平。

轉型為喬美國際網路公司

一九九九年，因為狗籍寵物晶片的的大銷，有股市作手找上門要投資聯雍公司。西元二〇〇〇年是網路盛行之年，投資的股東看到的是寵物晶片龐大市場，因為台灣有兩百五十萬頭的狗；而永松看到的是機會，傳統產業已紛紛外移大陸，留在台灣不轉型就沒活命的機會，所以他把傳統工程概念的聯雍公司，轉型為平台概念的喬美國際網路公司。

彼時永松一心想要藉用網路這工具，為特定的供需搭起橋樑。所以公司除了寵物晶片銷售部門之外，他還建立了「喬美標會網」，即透過網路，網民可以自主的投資或借款，利率的高低公開在網路上競標。簡而言之，就是把盛行於民間的標會，藉由網路改變傳統的標會面貌，實踐標會創新機制。

現在來回顧，「喬美標會網」可說是全世界最早的 Fintech 金融科技平台，也是最早的 P2P 借貸。可惜台灣沒有創新的營運環境，政府部門沒有高瞻遠矚的視野，以為「喬美標會網」是詐騙公司，三天兩頭調查局就登門拜訪，還暗地裡查訪我們的會員是否有受騙，讓一些會員驚恐不已。而當時喬美公司因永松的健康出了問題，「喬美標會網」實際營運施作才一年多，營業額就達七億八千萬，這之間幫助了很多弱勢者，也提供不少中小企業主營運周轉的救急變現。

長年經營事業的勞累、壓力，還有澎湖海難的傷痛等等，一向壯碩如牛的永松，身形日漸消瘦，還經常腹痛，入院檢查，知道是不可逆轉的肝病。怎麼辦呢？聯雍公司還是要經營呀！永松還是日復一日的操勞。特別是一趟澳門之旅回來，食道靜脈暴裂，大吐血，病況更急轉直下。

接下來，公司的營運就慢慢停擺，大部份員工見狀紛紛求去，他自己則三天兩頭住院。我呢？也在醫院、公司、住家之間奔忙。原本體格壯碩，體重八十多公斤的他，最慘時體重只剩六十，整個人成了帶皮的骷髏，兩眼凹陷，皮膚蠟黃，肚子因腹水而大腹便便，外凸如球。有時我牽著他到屋後的景華公園散步，蹣跚的步履，走不到一百公尺，他就停歇，無力前進了。

「我在網路上找到高雄長庚醫院陳肇隆院長幫人換肝的資料，肝切了一些還會長，人可以換肝耶！」有天在景華公園，我小心翼翼的探問。

「每個人都一條命，死了就算了，我不想害人家。」永松語氣堅定地回我。

「肝切了會長啊，你看這些國內外的資料。」我出示我手中的資料。

「別費力氣了啦，哪來的肝呀！」

是呀，哪來的肝呀！我和兒子都是B肝帶原者，不能捐肝，怎麼辦呀！

人生會不會就這樣結束呢？公司的理想、願景呢？唉！不去想了，「皮之不存，毛將焉附？」命都沒了，如何奢談人生的理想？公司的願景？永松病況不佳，肚子鼓脹腹水，無法入睡，只能在床上斜躺著。我從中醫書上學到人體的經脈穴道，時不時幫他按摩舒緩病情。我自己每晚按得疲累了，就讀一讀聖嚴法師註解的金剛經，或反覆背誦心經，讓自己入睡。公司的前景呢？股東的寄望呢？就不去想了，也沒法想了，聽天由命吧！

走過死亡的幽谷

我把永松想換肝的訊息在親友中散佈，沒多久他的表姪子居然出面說要捐肝給他。永松家住嘉義縣民雄，小時因念書關係，有段時間寄住在嘉義市姑姑家，和表弟親如家人，表姪子曾割過盲腸，不怕開刀，且他學校的老師也鼓勵他救人一命。有了換肝的來源，我積極聯絡高雄長庚醫院。對此，永松的幾個妹妹擔心換肝失敗，跳出來反對。我力排眾議，不顧一切，因為台北馬偕的主治醫師已多次暗示我，永松可能命在旦夕，要我有心裏準備。我當時即下定決心，要冒險一試，不試怎麼知道成或不成？如若不成，我已盡力，死而無憾！

二〇〇四年三月三十一日，永松遠赴高雄長庚醫院換肝，在加護病房和死神搏鬥了二十一天，當醫生宣告他可以轉到普通病房了，護理師協助我將只剩皮包骨的他抱上輪椅。慌亂的情緒還沒定神好要如何面對下一步，一心只想推著輪椅趕快逃離，逃離加護病房意味著逃離死神，怎可稍一遲緩？

「等等…等等」坐在輪椅上的永松發出虛弱的聲音。

「？」我不解地傾身向前。

「我想唱一條歌，請老天和大家作見證…」蝦米？要唱一條歌？請老天和大家作見證？我一時意會不過來，搞不懂他要作什麼？耳邊隨即傳來熟悉的旋律：奇異恩典。

「奇異恩典，何等甘甜！我罪得以赦免。前我失喪，今被尋回，瞎眼今得看見。如此恩典，使我敬畏，使我心得安慰……」

永松在病前，嘹亮的歌喉和對古典樂的造詣，是他頗為自豪的，此刻聽得出他唱得認真、賣力，卻是喘呼呼的，上氣接不了下氣。在那當下，不是歌唱得好不好的問題，而是加護病房內還有很多的病人、護士和醫師耶，在那場合唱歌，怎麼好意思呢？我這怪胎丈夫，想法、作法一向與眾不同，我雖是見怪不怪了，可是他這出其不意的舉動，還是讓我羞赧得不敢直視大家。

事後，我不解的問他，幹嘛如此怪異，他的回答同樣讓我驚訝：「老天留下我這條命，我決定餘生要做對社會有意義的事，希望老天見證這一刻。」啊！命都朝不保夕了，還想做對社會有意義的事？我不想和他多爭辯，我的盤算是：他出院後，把台北的房子賣掉，我們倆搬到鄉下，讓他好好養病，凡正兒子大學快畢業了，可以靠他自己了。

我的盤算敵不過他的堅持。為就近養病、看病，在高雄長庚醫院附近我們租了一間套房，住了一年，九十四年初，我們搬回台北。他誓言要重建已成廢墟的喬美公司。

可以嗎？可能嗎？？？我心中有一百個、一萬個問號，喬美公司員工只剩小貓兩三隻，永松開刀前公司還留下四百多萬，也早已用罄，沒錢沒人，如何東山再起啊？隨他吧！這些年來因他的肝病，陪著他出出入入醫院，已是家常便飯，也體會生死一線間，人生有何其多的苦難和悲痛。這回陪他走過死亡的幽谷，我的心早已經是淡定又淡定了。

從廢墟中站起來

走過死亡的幽谷，人生的停損點是零了，一切從零出發，沒什麼好怕的，但喬美公司沒錢沒人，四顧茫然，如何從廢墟中站起來？沒人，可以找，但沒錢就一切免談了。

為打開公司的窗口，引進活水，永松迫不及待地一一聯繫、拜訪對公司的生機可能有些許幫助的公司機構。有時機會儘管只是那麼一丁點，他也不放過。此時的喬美公司有如置身在茫茫大海中風雨飄搖，任何可見的浮木都想攀爬，只是大多時挫折多，希望少。奇妙的是：永松有次到一家知名的產險公司作產品說明會，經歷了生平最屈辱的一刻，處在最絕望時，他打電話給進德中學的同班同學：潤泰集團的尹衍樑，老天了也在此時給了我們機會。

尹君是永松的同學，兩人在校成績常在伯仲之間，彼此也知對方非泛泛之輩。只是出了社會，尹君把繼承父親的家業發揚光大，早已是社會上有頭有臉響叮噹的人物；而永松走的卻是另一條坎坷道路：坐牢、搞社會運動，後來選擇做生意，事業亦起起伏伏。永松一向不想沾人家的光，所以平日也很少與他連絡往來。但畢竟同學還是同學，少年情誼還在，尹君很爽快地說：「好哇！我們談談。」就這樣，尹衍樑不顧他身邊投資團隊的反對，他投資了喬美公司，他的理由是：「我不是投資喬美公司，我是投資簡永松的腦袋。」

有了尹衍樑的入股，喬美公司重新站起來，接著又開啟一系列金融創新的研發、喬安公司「安家30」Insurtech、「台灣資金交易所」Bank3.0版的實踐等等創新的另一篇章。

後記

二〇〇八年加拿大Ivey管理學院與政大商學院來個案研究喬美公司時，主事的Jim Hatch教授曾不解的問永松：「金融是西方文明的主要部份，為什麼在東方的小小島嶼台灣，台灣的小小公司喬美會有那麼多的金融創新呢？」永松笑笑地回答：「困境，使人跌倒，也會給人機會。」

作為一個從年輕時代即從事婦女運動、客家運動的新女性的我，與簡永松生活了三十六年，現在彼此又是事業夥伴，怎麼看待這問題？怎麼看待這位換過肝，還在金融創新的跑道上不顧一切衝刺的老頭呢？

這個問題，我最近想了又想，簡單的一言以畢之，簡永松是金融創新的怪胎。他從小成長的環境、接受的教育異於常人，腦袋想法自然與一般人不同。他的思維沒有框框，不受世俗禮教、傳統意識的桎梏。喬美公司 95% 的金融創新專利是由簡永松發明的，為什麼他會有那麼多的創新想法？我們卻沒有？一般人的學習成長都是循既有的教育體制，父母還從旁約束管教；但是他從小父母就放縱他，在少年時代他就接受了馬克思主義的唯物觀點，不迷信鬼神。他還不僅只信仰而已，更劍及履及地實踐他社會主義的信仰—要為普羅大眾服務。數十年來如一日，不曾稍或遲疑、改變這個信念。

這種驚人的實踐毅力，連我也百思不解。是左派社會主義的理念動力？是與老天有約的信念支撐？亦或兩者都有？這牽涉到他內心深層的叩問，也許他自己也不曾想過呢！舉個日常簡單的例子：一件事，他認為有必要，他可以重重覆覆的做。比如爬山對睡眠有益，無論刮風下雨 365 天，他一定爬我們居家附近的仙跡岩；比如閱讀，他不只讀財經思想的書籍，連唐詩宋詞，他隨口就可背誦四、五百首。

這樣的人當然是強人性格，與他意見不合，要說服他是不容易的，和他吵吵鬧鬧，也在所難免。常說：伴君如伴虎，要不是筆者本人也非等閒，有幾步三角貓功夫，早就被他吃乾抹淨了。

此外，從居家的角度，他也算不上是個好男人，因為他有個能幹的母親，即我的婆婆，從小習慣有媽媽伺候，婚後在家他也只會打打嘴砲，習慣茶來伸手，飯來張口。

以上，加加總總，對簡永松，這個讓我嚐盡人生辛酸苦辣，又讓我的人生增添意義的人，我對他的評語是：勉強及格的丈夫、金融創新的怪胎。

（二〇一八年二月）

輯二：

「雖千萬人吾往矣！」信仰社會主義的簡永松，早在二〇〇〇年即以金融創新為職志，誓言為普羅大眾在傳統銀行、傳統保險領域開創更合理的商業模式，殊不知這是難上加難、荊棘遍佈的道路。

做事向來是蠻牛般拚命的他，換肝後返回台北，立馬又汲汲重建已成廢墟的公司。我這副手也以不知天高地厚的蠻勁，勉力應戰。此間選錄幾篇當年印象鮮明的奮戰，還有力抗專利蟑螂之事，即可見一二。

不可置信的是：幾年下來，在苦澀和淚水的交織中，居然出現了奇蹟：喬美公司從廢墟中站了起來！

「偏執狂」才會幹金融創新！

從事創新、成就創新，非一般性格的人能竟其功，中外皆然。從事創新，需要高瞻遠矚，需要見識膽識，要能在沒有音響處聽到音響，在沒有影像處看到影像，創新更要堅持、氣脈要長，所以創新者的心智模式、人格特質是有別與一般，有其特殊性的。

喬美公司是二〇〇〇年達康潮顛峰時創立的，算算已有十二個年頭。經營者肩負公司成敗的重責大任，自始我和永松壓力都很大，特別是每年的股東會，老是對股東陳述：公司的大方向是對的，公司的願景是看好的，這樣的說詞說久了，不僅股東不滿意，連我們自己都心虛虛的。所幸去年公司已轉虧為盈，我們大大的鬆口氣，對公司一開始即選定營業範疇不在紅海中與人廝殺競逐，而是另闢金融創新這片藍海前進，現在回想起來，當初我們的選擇與堅持是對的。

十二年來的孜孜矻矻，回首來時路，心中充滿好多的感慨，好像登山者，對準山頂目標，一路奮不顧身，賣力攀爬，其間經歷不少懸崖、峭壁之奇險，現在好不容易登上平台，可以稍喘一口氣，回望腳下走過的崎嶇不平，心中還有幾分膽寒，只是當時一心只顧往前，無暇多思，不知害怕；其間，我們也有多時處在糧餉不足，有斷炊之虞的危境，但老天悲憫，總算一一克服。靜心想想，喬美公司，一個先天財務結構不良，後天又是存在於對金融創新不友善的大環境，內外交相煎熬，經歷了無數次的磨難，在風雨中飄搖，也在風雨中淬鍊、成長，現在公司總算存活下來了，也算是奇蹟一樁。

喬美公司發展之奇與創辦者個人生命之奇，息息相關。這之間，永松生命遭逢幾次轉危為安之奇。民國九十三年，永松因長年積勞引發嚴重的肝硬化，醫生判定若非換肝，存活期不超過半年。原本彪形大漢的他，體重八十五公斤一路掉落下來，只剩六十公斤，幾乎不成人形：蠟黃的臉龐睜著兩顆黯然的大眼，癯瘦的身軀因腹腔積水而大腹便便，整個人像似憔悴怪異的外星人。

換肝，談何容易，找誰捐肝？我和兒子都屬B型肝炎帶炎者，不符捐肝條件，永松自己是抱持「死就死了」的放棄態度；我則不輕言放棄，一而再、再而三的試探求援。老天垂憐，沒想到永松的表姪子居然自動跳出來，願意捐肝救舅。永松垂危之命逆轉，換肝後，生命得以重生。換肝休養一陣子後，永松不顧我的勸阻，執意重新出發，誓將已成廢墟的公司打造成台灣金融創新的領頭羊。懸標雖高，但如何實踐？特別是金融創新比一般創新更艱難，更不容易，為何？因為不論科學技術的創新、學術認知的創新、產業的創新，亦或文化藝術的創新，這些別人眼中推動時代進步，化不可能為可能的創新，其測試過程或實踐場域，只是個人或一小撮人所為，影響涉及的範圍較小，與需要尋求合作夥伴的金融創新比較起來，都相對容易多了。金融創新除了自我的要求，還需向外的拓展、擴張。難就難在自我部份可以主動掌握，向外他求的部份，要說服多數人能配合實施，其工程之艱巨，其實踐之花費，更甚於其他的創新。之所以說是金融創新是所有創新中最困難的，原因即在此。

喬美公司再出發，由此可揣知其困難度。行行復行行，此後喬美公司的發展，有時覺得前面道路一片清朗，我們可以暢行無阻了；有時又因法令桎梏，窒礙難行，甚至有走到山窮水盡，立在絕壁死谷的感覺；奇妙的是：當生命被逼到最後的邊界，抱著「已無退路，就奮力一搏吧！」的態度，老天好像感應到我們的呼喊，陡然，公司又柳暗花明，另有一番新氣象。

從事金融創新都是那般辛苦嗎？現代金融包括銀行與保險，其緣起、發展均來自西方，金融創新在西方應該都是順水推舟，輕而易舉的吧！我試著從書本找答案：

在金融史上七〇年代的金融期貨，算是偉大的金融創新發明。期貨概念源自十七世紀亞洲的「米賭」，將古老的「米賭」脫胎換骨，創造金融期貨交易市場的怪傑，也是七〇年代美國銀行業的最重要人物米拉梅德（Leo Melamed），他從未在金融機構做過事，卻在二十世紀改變了金融市場交易的面貌。

被稱「期貨教父」的米拉梅德，祖籍波蘭，年幼時因德國佔領波蘭，隨著母親四處逃難，輾轉移民到美國。大學讀法學院時，家貧半工半讀，白天在芝加哥商品交易所工作，晚上開計程車。他前後共破產三次。在交易所增加家畜的期貨合約豬肚、活牛及乳牛的項目時，米拉梅德在投資豬肚的期貨上賺到了他的第一桶金。之後，他設計了一套新的活牛合約交割方式，名聲漸起，後來當上了交易所的董事長，即大力發展貨幣期貨交易。銀行加入外匯期貨市場、選擇權的交易、利率期貨以及可在任何場所隨時下單，都是出自他的構想和推動實踐。

此人之傳奇不僅在於他戲劇般的起伏人生和劍及履及的實踐精神，他亦是文武全才。喜歡詩，寫過科幻小說，從事過業餘的戲劇表演，還得過橋牌比賽的冠軍。

狄伊．哈克（Dee Hock）是VISA的創始人。VISA被譽為工業時代四百年來僅見的超管理智慧型組織；狄伊．哈克本人在一九九二年亦獲選為「改變人類過去二十五年生活方式」的人物之一。此人一生膽大冒險，其人生亦經歷過顛沛流離、窮困潦倒的階段。

一九二九年出生於美國猶他州的他，從小就叛逆，不受管教，厭倦學校和教會給他的束縛。十四歲時謊稱自己十六歲，在一家罐頭工廠找到一份粗重的工作。也半工半讀當過灑水車司機、農場蔬果採收工人、屠宰場搬運工、乳牛場伙計等等。一九五一至一九六七年，是他最困頓失意的十六年，但也看出他屢敗屢戰，不向環境低頭，不肯服輸的個性。此間，他還曾負債、失業，舉目無援，在妻女嗷嗷待哺，家中面臨斷炊時，還一度想擠進排隊的人龍群中，領取失業救濟金。

一九六七年，狄伊．哈克受美國國家商業銀行高層之命，協助開發信用卡業務。1968年，他發展出一套「價值交換」的全球系統，也開創了一個全新的組織—即是現今擁有七億五仟萬顧客的國際性VISA。

從書籍中知道了這些，才清楚明白。對敢於從事金融創新的人，專家學者幾乎都有相同的詮釋：

◎是夢想家，也是實踐者，有探索及冒險的精神。

◎思維打破舊有的框架，不遵循現有的標準答案。
◎能見人所未見，行人所未行，且執善固執，以創造力解決問題。
◎創新的人是革命份子，是叛逆的人，更是理想主義者。
◎可以將苦難與危機轉為正面的力量，將不幸與傷痛內化為敏銳、豐富的創造泉源。
◎對混沌不明的狀態有極高的忍耐力，且不計一切地承擔其風險。
◎家庭成長環境，容許有完全的自由，完全的自我負責。

……

創新者這些性格上的特質，以淺顯世俗的用語，就是偏執、狂妄、自我、另類、怪胎、不輕易妥協、不容易馴服是也。

喬美公司的金融創新，不論是網路銀行或互助保險，與通行全球，已大成功的金融期貨、信用卡相較，我們仍處在萌芽階段，不敢與其相提並論；但永松個性的叛逆、反骨，坐過政治牢，換過肝，人生經歷的坎坷，與米拉梅德或狄伊．哈克兩人相比，實有過之而無不及；他鍥而不捨、屢敗屢戰的氣力，即使身為他的另一半的我，和他生活了三十年，也不知他的動能源自何處，可以如此長年的堅持，我知道他年輕時是屬於左派的「革命份子」，可也不明白，怎麼老了，還是一身反骨，仍是個與眾不同的「怪老子」，也是民名符其實的「偏執狂」。

（二〇一二年七月）

危機V.S轉機

錯愕憤怒是永松在腦海中的直覺反應，但經歷過大風浪、大悲痛的他，只讓那原始的情緒反應在胸臆盤旋兩秒鐘，隨即回復了鎮定、理性。

而本是人生最感屈辱的時刻，因為轉念，再接再勵，即帶來了人生另一個機會。

這天，能到國內這家大規模的產險公司作產品說明會，是我們期盼已久，也是經過一番費心的安排。

P君是這家產險公司的董事長，P君屬下的一位副總對喬美的創新金融機制，多年來一直保持高度的興趣，時不時都會到我們公司走動走動。他有心也用心，有意無意地在P君面前談起喬美公司的金融新發明，才促成了今天的機會。當然，我們的目標是對準P君，因為我們心知肚明這事實：私人公司只有老板才有權對雙方的合作方案說Yes or No。

三十幾位高階主管齊聚一堂，兩位副總、精算師以及業務部、企劃部主管，幾乎全員到齊，可以看出他們公司是頗為重視這次的說明會的。永松對這會議也抱著高度的期待。P君的兄長是國內知名財團的總裁，向來以大膽操作財務槓桿，作風驃悍聞名，只是我們苦無機會接近，讓他認識喬美的新產品。如果能說動P君，說不定也是一條上達的路徑。喬美處在茫茫大海的逆境中，任何可見的浮木，任何可賴以生存的機緣，我們都想攀爬。因為這場說明會太重要了，永松決定由他自己主導全場。

說明會順利地進行一個多鐘頭，身為喬美公司這個金融新產品的發明人，這些年來重重覆覆地向各大銀行主管、財團及一些投資人介紹，且一次又一次地修正添新補充，不僅立論已周延有序，口頭亦早已演練滾瓜爛熟，即使是專業之士，也很難挑剔。在場個個主管聽得聚精會神，這是他們從未聽過的創新機制，爭相發問，氣氛熱烈。尤其永松擅於演說，掌握當下的氛圍，會場自始即無冷場。就在大家說興高昂，互動熱切時，當天會議的主人P君突然現身。會議開始時，秘書臨時告知他有急事耽擱，要晚點進來。延滯此時，他才進場截斷會議的進行，雖有失主人風度，但永松不疑有它，熱切地上前招喚，不料P君表情冷峻地劈頭潑下一盆冷水：「簡董事長，我對喬美的金融發明產品沒興趣，我們公司也沒有採用這機制的意願，所以我不想聽。但沒關係，你可以繼續講。」

冷冷地丟下這些話，P君轉身走了，留下整個會議室的尷尬和訝然。原先不是說P君對我們產品有高度的興趣，彼此有合作的可能，才興沖沖地前來的嗎？事情怎麼突然變得如此難堪？商場上即使合作不成，聽聽亦無妨，至少予人三分情面嘛！

偌大的會議室頓時鴉雀無聲，原先一張張熱切凝神專注的臉孔，一個個俯低下頭，尷尬讓整個會場凍僵住了，大家都手足無措，不知如何散場。永松提醒自己要保持最起碼的尊嚴，以最優雅的姿態退場，即使是在眾目睽睽之下，最屈辱的時刻。他笑笑地對大家說：「啊！既然P董事長說他沒興趣，我們也就介紹到這裡。不過，今天大家來這裡聽了我剛才講的那些話，我就請在座的各位作個見證。喬美這個創新機制，我有信心絕對會成功，我就請大家作個歷史的見證吧！」

永松帶著公司的兩位主管志氣昂揚地出門，卻像鬥敗的公雞般垂頭喪氣地回來。走進辦公室，對著我投注予他的關愛眼神，他漠漠然，無意多作解釋，只淡淡地說：「從沒有感覺那麼屈辱過。」此時此刻，儘管我擔心惡劣的情緒影響他的健康，可是我又能說什麼呢？過去幾年來，我們四處找尋機會。我們碰過不乏這樣的經驗：有的認真聽，直誇好，但是沒下文；有的一眼看出是奉老板旨意隨便聽聽，虛應故事一番；還有在會議中不留情面地打哈欠，當場瞌睡的．．．但是從沒有碰過事先約好，而連聽都沒聽，當場否定的，彷彿沒來由冷不防被人賞一巴掌。這就是商場，這就是人生。夠殘酷，很真實。回到家，像沒發生任何事般，我照樣作晚餐，聽新聞播報，看電視笑話，睡前也依例幫他按摩一番。靜靜地讓他的情緒沈澱，心境澄明再說吧！

第二天，永松早早就起來。睡了一覺之後，看起來神清氣爽多了，一掃昨日的頹喪之氣。一如往常，挑他喜歡的襯衫領帶，門面清朗、整齊地出門。

一到公司，永松就打電話給尹君。尹君是永松的初中同學。兩人在校時成績都名列前茅，在伯仲之間競爭，彼此也互知對方非泛泛之輩。只是出了社會，尹君把繼承父親的家業發揚光大，早已是社會有頭有臉響叮噹的人物；而永松走的卻是另一條坎坷道路：坐牢、搞社會運動，後來選擇作生意，事業起起伏伏。兩人雖常透過同學知道彼此的近況，經由報章媒體，尹君也略知永松參與國際特報組織、人權運動等等，只是兩人在社會象徵身份地位的財富事業畢竟懸殊太大了，生活圈子不同，永松一向不想沾人家的光，所以平日也很少與他連絡往來。

但畢竟同學還是同學，少時情誼還在，尹君很爽快地說：「好哇！我們談談，不過，我不懂金融，可否找 Paul 一起談。」Paul 是建華銀行的董事長盧正昕。尹君告訴 Paul：「我的同學簡永松小時候點子就很多，你就聽聽他說什麼吧！」

就是前一日的屈辱激起永松的意志，打了電話給尹君。金融非尹君本業，他自謙不懂金融，亦是事實，而永松之前亦沒有找他的念頭，可永松說他感覺自己走頭無路了，任何一線的希望，他都不能放過，沒想到就是這通電話開啓了喬美公司和建華金控的合作關係，也將我們開創金融新紀元的夢想向前推進一大步：可以在現實的銀行體系中實際運作檢驗喬美的創新金融機制。

永松接著也打個電話給那家產險公司的副總，感謝他的牽線安排，也安慰他不要在意。這位副總萬萬沒料到他誠心誠意的安排，意出現如此難堪的局面，他對永松深感歉意，正思慮如何啓齒向永松道歉，沒想到反而接到永松的安慰電話，感動得頻頻交心。現在他與永松成了好友，他本人也成了我們公司的股東。事後，我們得知那位產險董事長 P 君之所以會有不合商場禮貌的突兀之舉，是在開會之前隨意聽信同業的意見。

「一個人最感屈辱的是什麼事？真的只是人家一時給你的難堪嗎？」深秋的傍晚，散步在公園小道上，晚風習習，拂面醉人。這是我和永松在白日忙碌紛擾一天之後，讓心思沈澱澄明的時刻。商場競逐，本就是現實殘酷，成敗亦兵家常事，並不是什麼可嘆之事呀！經過人生大風大浪、大悲大痛的永松，有如此在意此事嗎？我直指問題的核心。

「應該說那只是一時情緒的激憤和尷尬，現在想來算不得是屈辱啦！人生最屈辱的應該是放棄自己吧！特別是此刻的我，年少時還懷有革命的理想壯志，現在五十好幾了，人生已沒有多少機會，要是我不能堅持這對普羅大眾有利的金融機制，讓它開花結果，枝葉茂盛，甚至繁衍移植、外銷國外，枉費這一生，這才是真正的屈辱、可恥呢！」

坐過政治牢的人都有很強的反叛性格，永松就是這樣的一個人。在我們公司的會議室，有一幅他寫的對聯：右批是「歷史上偉大的事物都是從微小開始」；左批是「法律永遠走在事實的後頭」。橫幅則是：「顛覆銀行」。這麼狂妄自大的口氣，來自一個一生受盡苦難顛沛、困頓橫逆的人，想來未免好笑。特別是和他共同生活了二十多年的我，有時也戲謔他是否得了大頭病，成天在作夢。而他不只敢於作夢，還誇下大口：「韓國一個電影明星裴勇俊能為韓國賺進二十億美金，我發明的金融機制難道不能替台灣賺個四十甚或八十億美金嗎？弱國輸出勞力，強國輸出金融。我希望這個機制能輸出到國外，為台灣賺進龐大的外匯。」我聽了不免呀然失笑，反正老夫老妻習慣了，也不以為意。我想旁人聽見這樣的痴人說夢，大概都會嗤之以鼻：這個神經病吧！

永松提出的「顛覆銀行」，意思是顛覆銀行的傳統思維，而代之以創新的作法。他自八十九年提出他的創新機制：結合網路平台、銀行機制、民間標會模式的一個前所未有的金融營運手法後，他不只坐而言，還起而行，成立了喬美公司，將原始構想付之行動。在實驗創新的同時，不斷地修正、補充、更新，讓此機制無懈可擊。其間經歷的艱難險巇，真是不足為外人道也。每每看公司已彈盡緩絕了，由於他的堅持與信仰，又讓公司保留下一絲絲的生機；而他自己的病痛也是眼見沒救了，又像九命怪貓一樣，奇蹟似的活過來。他的愈挫愈勇，有如打不死的不倒翁，有時我不免懷疑：他血液中的 DNA 是否有異於常人。

至於何以要在前一刻才挫敗時，即一刻不能緩地再找下一個新的合作標的？他的解釋是：「每一個客戶的開拓都代表另一個希望的開始。我要鼓舞士氣，最實際的作為就是給員工希望。公司員工只剩小貓兩三隻了，我不能讓他們僅存的一點士氣又再沈淪。同樣的，我也要以新的希望新的標的來激勵自己，不能洩氣。」在此夜涼如水的夜晚，路燈的銀光映照出他面容側影的堅毅線條，身旁的他口氣一如當年我認識他時昂然直立、屹立不搖的大松，誰會想到他現在可是一位作過肝臟移植，屬於極重度身殘的糟老頭呢！

（二〇〇五年十二月）

不眠的夜晚

驟雨已歇，天光漸亮，曚矓的晨曦入窗。我和永松像歷經沙場征戰無數的革命伴侶，在此不眠之夜，回憶人生的種種甘苦辛酸。我們只能說人生不必太多的機巧算計，因為人算永遠不如天算。面對專利禿鷹的挑戰，我們會坦然迎戰，而面對公司的明天，我們也知道一切唯有努力才有機會。

淺眠的我，睡夢中依稀感覺有什麼晃動的異樣，睏惓中隱隱摻著不安，推遲了好一會兒，奮力的睜開雙眼，哦！枕邊人不見了。起身探看，書房煢煢燈下，永松正在桌前呆坐。時間是凌晨三點。他已呆坐一個小時了。這是他動完換肝手術後，罕見的不眠。走過死亡的幽谷，早已看淡世間的名利，我知道此時他心中惹上塵埃，因為有難消的不平。

昨日建華銀行總經理賈堅一歡喜地告知：董事會已通過和喬美公司的合作案了。我和永松雀躍地相互擁抱，喜悅高亢的情緒久久才平息。忍不住又一一電告關切我們的知心親友。與銀行合作定案，那是五年來多少個白天和黑夜我們引頸的期盼，也是關乎我們人生定位與成敗的最後一戰。幾年下來的磨難和挫折，幾乎毀掉永松的一命。也許是天可憐見，像過河卒子般沒有退路只能一意向前的執著和堅持，終於讓我們的努力看到了曙光，甚至還可延伸更大的想像空間，也許那前景有廣闊的視野和絢爛的光彩可等待。

喜悅歸喜悅、快樂歸快樂，那種力道倒沒有預想中那般的強勁，要敲鑼打鼓，滋味也沒有濃烈得讓我們歡天喜地。公司可以存活了，對人對己都有了交待，有種心寬的坦然來面對明天，就是那種美好的感覺而已。

想不到初嚐那種美好，才一日的時光，迎面的又是一則以喜、一則以憂。喜的是公司申請的第二個專利：「結合既有金融機制的線上融資管理方法」正式核發下來。另一，則是有人舉發公司的專利。由於舉發人的舉證，我們的專利內容和他的大相逕庭，他的純粹是「民間標會網路化」，而我們着重的是浮動利率交易的網路平台。兩者思維、出發點有異，內容當然不同。我們有兩個專利在握，可說已屹立不搖，也不畏挑戰。何況我們早先就已曾申請過「標會網路化」的專利，證明我們發想在先，反而我們可以反過來舉發他，何懼之有？

即將邁入耳順之年，人生歷經過無數的風浪，特別是生意場上，得失常相伴相生，禍福亦緊鄰相依。那種一日之間上沖下洗，喜怒如包夾的三明治般同時襲來的經驗，可說也見多不怪了。訐譙幾聲，淡然處之就算了，反正攻守都在我手中，我們早已勝券在握，何煩之有呢？

夜半不眠，獨坐桌前，我知道永松心中的不平：若不是巧合，而是背後有隻躲在黑暗中的專利禿鷹呢？果真有此事，我們已前後兩次被啄食而不勝其擾。幸好我們不只技勝一籌，冥冥中如有神助般，我們都毫髮未傷，換成別人，也許就被吞食了。

喬美公司第一次委託S專利律師事務所申請專利是在八十九年初。我們撰寫的專利內容，經過律師一個多月以法律字眼的加工後，正式提出申請。為了將此創意付諸實際的運作，修正它的可行度、周延它的執行面，我們一再地琢磨揣度，以期符合市場的機制及顧客的需求。我們的機制才剛磨礪了半年，我們越來越發覺還多所欠缺，這是一項艱巨的工程，非當初想像的容易，專利的申請也還未核准下來。有天我們驚見一家大報大篇幅地介紹一家成立不久新的公司，在網路上登記營業內容是：民間標會網路化，成立的時間正是我們委託律師之後，向智慧財產局提出專利申請卻早我們幾天。這家公司僅止紙上申請，並沒有實際行動的經營。起初我們想大概是英雄所見略同吧！也許別人也有此見地。但背後可疑的禿鷹表現太急切了，手法也太粗糙了。報上捧了沒隔幾天，我們收到這家公司發的存證信函，一口咬定我們抄襲他們的專利申請，要我們出面解決，除了行文威嚇，也幾次電話警告。這分明就是勒索嘛！商場如戰場，假如對方擁有讓人一刀斃命的「專利」尚方寶劍，我們也無話可說。問題是我在鑄劍，你也在鑄劍，同樣都還沒拿到核發的專利這支尚方寶劍，就急著拿把菜刀到人家門口磨石霍霍，對坐過政治大牢的永松，自然是眼睛是不會多眨一下。對此，他採取態度是根本不予理會對方。

巧合加上隱隱的不對勁，老謀深算的永松試探地打個電話給委託的專利律師，照理說我們付費雇請他，加上他還是公司的股東介紹，他應該起身捍衛，告訴我們如何以法律來反擊，不料，這位律師聽了卻是無關緊要，一派輕鬆地勸說：「唉呀！對方只不過要點錢，你就多少給點嘛！」這是什麼話！憑什麼給錢，我們又不是凱子，永松心裡有氣地擱下電話。這位律師與威嚇我們的公司，其間的某種關連，很難讓人不猜疑。

也是律師的友人得知，揶揄我們：「專利律師哪要賺你們幾萬塊的委託費，他不來點陰的，哪有錢賺呀！」可恨的是，你明明可以感受到這個專利律師出賣了他的靈魂，可是證據呢？如何查證？文字的盜寫太容易了，不像物件的偷盜一樣可以指認。想來好笑，初初認識這位專利律師時，他知道永松曾是政治犯，打著與反對運動人士同邊站的旗號，對我們極盡友善同情，我們也不吝介紹他極欲認識的一位政治人物。這傢伙的行徑說來也驗證了當今口中夸夸大言的人權民主，只要有金錢的誘惑，絕對敗下陣來。此事在我們一毛不拔，不加理會；對方無法、無理亦無計可施的情況下，不了了之。後來這家新公司似乎也隨之消失無蹤了。

創新機制的專利申請，要如何防止委任律師背後的那隻黑手呢？這是我們公司在第二次申請專利時困擾的問題，在會議中討論多次，仍是無解。找家規模大、歷史久一點的吧！這是我們的結論。而這集眾人智慧的結論，從昨日收到的舉發信，我又再次明明白白強烈地感受到被專利禿鷹再次侵襲。痛在心裡，然而口中無言的無奈，只因證據難尋。時間點同是我們交付申請內容予專利律師之後，幸好我們對此專利內容有多次修正，更改原先的發想，與當初所提精神、面貌都大不相同了。專利禿鷹應是無法撼動我們，何況我們又有涵括第一個專利的第二個專利正式核發下來。

神經一向大條的我，白天氣憤填膺，返家後一番蒸煮炒炸的家事折騰，疲累得像是癱平的豬一樣，呼呼大睡，也早已把此擾人之事丟到九霄雲外。平日拿得起放得下的永松，又何苦有此庸人自擾呢？

夜深人靜，另有窗外淅淅的雨聲。在此雨夜，不眠的四目相望，漫思細數二十年來商場歷經的不平：那時還是國民黨執政的戒嚴時期，另一家我們投資由永松擔任董事長的公司，因證券股市正蓄勢大發，景氣一片看好，公司因接獲一筆不斷電系統的大生意，手下總經理竟生二心，背地裡自己再成立另一家與原公司名稱諧音，乍看像關係企業的新公司，來擄獲此訂單。手下背叛另起爐灶，我們自己識人不明，搶奪公司生意，是我們管理不周，心中有怨，又徒呼奈何？

但是當我們接到稅捐處的補稅通知，獲知這位背叛的老兄為籌措他的生意本錢，還不惜違法盜賣我們公司的大量發票予一家頗具規模的大公司時，儘管此買方大有來頭，永松誓言絕不輕饒，不惜對薄公堂。法院才開第一次庭，永松不肯息事寧人，準備對幹到底，可是也不知為什麼？此事竟不明不白的不了了之，稅捐處補稅通知撤回了，法院既沒有再開第二次庭，亦沒有告知下情。此事只讓我們領略「哇！權力有此神通。」，也多少印證了以前國民黨高官曾說的一句話：「法院就是我們開的。」

多少年過去了，不知當年那位有橫心想發橫財的總經理，而今安在？

早年由兩位黨外人士支持，由永松擔任總經理的自動化工程公司，由於其中關鍵技術碰到瓶頸，不能突破，創立前三年即耗費了大半資金。永松於是從日本進口一台機器，找來工研院的工程人員和工廠的員工一同研究，眾人圍著日製的度量衡新機器，百思不得其解，何以台製「光柵式」的機器不若日製「荷重元式」的來得準確？永松說那情景讓他聯想起「上帝也瘋狂」那部電影：一羣非洲土著對著飛機掉落下的一只可口可樂空瓶，端詳研究一般的可笑。這樣的技術懸殊，他忖度今後公司發展必困難重重，當下即決定要將整個公司售予台中一家資本雄厚的鐵工廠。不料，兩位合夥人擔任「廠長」及「董事長」的長輩，卻大表反對。他們不同意的理由不是要提高售價，而是：「公司技術不如人，我們一定要設法突破。日本能，我們為什麼不能？公司要是還有可為，我們一定要堅持下去；要是自認為沒希望了，放棄技術的研發了，我們幹嘛抓水鬼填暗坑？」於是永松又帶領公司在有限的人力、財力下，投入整個心力研發「荷重元」的新技術。萬萬沒想到他們耗費多年研發成功了，壟斷市場的日本人又出了狠招：把此自動化的關鍵零件「荷重元」降至成本以下，讓台灣人根本沒法量產。這一路走來，永松投擲在此幾近二十年的光陰，健康自此亮起紅燈，公司最後還是結束了。

為打開公司局面，永松曾與業界商談整併，想彼此合縱連橫，壯大規模，聯手一致對外，力併日貨，無奈公司兩位長輩無此野心，以致功敗垂成。後來在公司資金面臨缺口時，一位股市大享準備投資參仟萬元，已經匯入前金三佰萬了，公司兩位長輩在對方投資條件上仍猶豫不決，三拖四拖，不料在兩個月後股市大崩盤，資金因此無法到位。

昨日歷歷，當年從綠島服完六年八個月的政治牢，滿心想一展鴻圖的永松，事業的開展是多波多折。奇怪的是他的雄心壯志，或者可說是痴人說夢，始終一如當年。只是現下心不老，人卻老了。

「你怨嗎？」人生最美好的階段貢獻在此家公司，結果卻是如此。我這樣反問永松。

「說不上怨或不怨。但是在他們兩位長輩身上，我是看到了真正的人格者，他們也影響了我日後的行事風格。」談及以前種種，我亦是身歷其境的當事人之一，心情不免為之激動；而永松卻一派心平氣和。

憶起曾經是我們事業上最得力的助手：吳龍欽，我和永松又陷入了深深的感慨。記得他第一次來公司面試擔任副廠長，和永松相談甚歡，第二天即到公司上班，卻對待遇問題隻字不提。

一個月過去了，公司發薪水時，永松忍不住問他：「你是第一個不問待遇就進來公司的人，你怎麼有把握我會給你滿意的薪水？」

他笑笑地答道：「我和你面談時，我就相信你。再說，萬一被騙也是一個月嘛，也沒什麼損失啊！」

這樣頭腦清楚，又多才多藝的人（曾擔任台中國樂團之長），的確少見。他在公司待了兩年，自覺難以發揮，要另立門戶生產最新的放電加工機時，永松不但大力支持，也設法籌措了一筆資金投資他。果然他們兩人搭配無間，很快地公司的營運就上軌道。吳龍欽亦不負永松對他的期待，為開發最新的放電加工機「可乘式」機種，曾二十四小時以廠為家，達半年之久。終於新機問世，轟動業界。公司的獲利更是可觀。

沒想到一場慶功的澎湖之行，卻是空前的一場海難浩劫。公司賠償了八千萬，經營權易主，吳龍欽殞命。我們損失了事業上最得力的助手，想來不勝唏噓！人生禍福難料，吳龍欽以前如此孜孜矻矻地為公司奮力拼命，而今收割獲取者又是誰呢？

而現今的喬美網路公司，在一片網路熱潮中創立。投資的夥伴只是盲目地想一沾網路的邊，即夢想發大財，找了一批專會燒錢的科技盲流，待公司錢燒完了，投資的合夥人也走了，留下永松力挽狂瀾。之前，在公司草創之初，在「出錢是大爺」的情況下，永松因大病住院，沒能及時攔阻。後來在公司危急存亡之際，他一肩扛起，在business model上，下功夫鑽研創新，才有公司的一線生機。

感謝上蒼，讓我們臨經過大悲大痛的此刻，還有機會努力。

（二〇〇六年八月）

閣樓上的林布蘭

「閣樓上的林布蘭」，多奇怪的一本書名，既不是荷蘭籍名畫家林布蘭的傳記，也看似不像科幻小說，譯者「林柳君」是我熟悉的名字，多年沒聯絡的文化界朋友。在圖書館開放的書架上琳瑯滿目的書海中，驚鴻一瞥，好奇的取下翻閱，沒想到卻成了啟迪我智財知識的第一本書，這本書也大大影響了喬美公司經營的方向。

是二〇〇六年的夏天，像往常一樣，兩天的週末假日，我通常一天是整理家務日，清洗一個禮拜的衣服，採買需要的日用品，拖拖地板、爬爬小山；另一天，我在早餐後接著準備好中午的飯菜，讓老公不會餓肚子，之後，我便到附近的圖書館，找個僻靜角落，在開放的書架上選幾本書籍閱讀，讓一週來因公事煩躁的心靈沉澱下來，混濁的心思澄明一些。喜愛文學的我，拂去塵埃的心台，像乾涸的土地有了文學雨露的滋潤，潛伏在內心底層蠢蠢欲動的創作因子，也像埋在土地中窒悶已久的種子，有了雨水肥料的滋養，即努力從土地裏躦出頭，抽根發芽。幾個小時的筆耕，若有所獲，即是我一週來最快樂的時光。這天，在圖書館的書海中瀏覽，一個熟悉的名字，一本奇怪的書名映入眼簾，好奇的翻開第一頁，即欲罷不能，一口氣讀完它：閣樓上的林布蘭。這是美國從事專利代理的兩位律師執筆，有關專利概念的書。像在危難困惑中碰到一位知識的貴人般，它給了我好多的啟發。

晚餐後的公園散步時間，是我和老公意見交流，觀念溝通的時刻。往往從公事、家事談到天下事。當然，難免也有爭辯對嗆的時候。這陣子老公因眼睛視網膜剝離，動了兩次手術，短時間無法看書，加上公司取得的專利，又有疑似「專利蟑螂」的困擾，心情鬱悶可想而知。公司的事多如麻，以他換了肝，在病理上的分類是屬極重度的殘障之身，要肩負公司起死回生，又屬前無古人的創新行業，責任及壓力之大，每每令我不忍，但有些事非他親為，我只有無能為力之嘆。就像我們都知道：在知識經濟時代的此刻，知識可以賣錢，廣泛苦讀加上謀略佈局，即是成功之道。老公是風燭殘年，加上早晚孜孜不倦地閱讀，眼睛終於受不了，亮了警燈。這些日子，因為沒有知識活水的引進，他更加心浮氣躁。我只好買了傅佩榮的老莊有聲書，讓他在睡前聆聽一、兩小時，老莊對順天知命的闡說，稍稍減緩了他的壓力和挫折，對他而言，也加開一扇知識之窗。此外，我的眼睛即是他的眼睛，我督促自己加緊閱讀，將每日的讀書心得或報章媒體的報導見解與他分享。

這晚，夜間的例行散步時間，我迫不及待的現買現賣，將「閣樓上的林布蘭」這本書的內容，言簡言賅的向老公陳述。這本書有幾個重要概念：

一、先申請專利比先進入市場重要。意即在進入市場之前，要把你的核心產品或核心技術申請專利，並視業務市場之需要，早先作區域性或全球化佈局之考慮。專利有如江湖上行走的武功秘笈，沒有自己的撇步—獨門絕學，如何闖蕩江湖、獨霸一方或揚名立萬？

二、單一專利容易迴避，非得要一窩子的專利家族，才有恃無恐。單單學會一招半式的武功，太容易讓人破解拆招，但若有十八掌的降龍連環術、三十六式太極劍法，加上七十二招無影腳等等，讓敵人摸不透、看不清，則可攻可守，操之在我。況且，專利的精進一如練武的試煉，強中自有強中手，只有不斷的勤奮精進，接受千錘百煉，方能立於不敗。

三、專利的三要件：產業利用性、新穎性、進步性，看似簡單，其實個中學問多多。特別是取得專利的精髓在於：解決技術問題，採用技術方法，產生技術效果。此間，光是「技術」這兩個字的定義，各國即不一，值得探究的地方，非短時間可竟其功。要了解專利，既要廣還要深，就像習武之人，沒有一定的火侯功夫，即不能進入武術的堂奧，窺見武術變化萬端、出神入化之美。

除此，我還將書中提到的幾個知名的案例，向老公解說。其一，世界知名電腦商戴爾 Dell，它的核心價值是：接單後生產。即是電腦生產不再由工廠預先生產好不同規格式樣，再以實體店面展售；而是完全依客戶需求「客製化」生產。客戶在網上下了單，選擇自己要的容量記憶體、不同尺寸的 Monitor、各式各樣的零件配備。戴爾公司在網路上接了客戶訂單，即依需要量向全世界電腦零組件廠商下單訂購，分送全球各處，以就近的 DHL 或 Federal Express 快遞公司組裝，四十八小時內，客戶需求的電腦即便到手。如此簡單，反向思考的經營方式，推出後所向披靡，把當時的對手康柏、HP 遠遠拋諸腦後。戴爾在二〇〇〇年進入市場時，即作好萬全準備，當時它已取得四項專利，申請當中的有三十八項。

再以男性刮鬍刀的頂尖品牌—吉利刮鬍刀為例。它光是一項感應式刮鬍刀即擁有三十五項專利，甚至連特殊的包裝方式，讓客戶在拆裝時發出很具有「男人氣概」的撕裂聲響，也申請了專利。

我把此本書的專利概念一一和老公分享，他聽了大為振奮，對擾人的「專利蟑螂」以及公司前進的方向，他當下即有定見。

我沒想到永松劍及履及，翌早，天未破曉，窗外仍是黑黝黝的，我睜眼枕邊人不見了，摸黑下床，只見書房熒熒燈光下，坐了埋首疾書的他。見我趨近，他得意地揚揚手中的紙筆，上面書寫的是十來個他一夜醒來如獲至寶的專利構想。

有了專利發明的構想，如何撰寫成法律的格式及文字其實不難，參考智財局出版的系列叢書及書肆的出版品即可，但是以公司經營者的寶貴時間花費在此，經濟成本並不划算，他要做的是公司的策略佈局、經營方向、業務的拓展結盟、外部力量的延伸等等，按例一般公司都委託專利事務所撰寫，花點小錢即可完成，但是我們公司有被兩家專利事務所扯後腿的慘痛經驗，而且我們也不認為專利事務所可以寫的好，為此，我們作了決定：我們自己培養人材，以台大、政大財金所的高材生為主，有財經背景、中英文俱佳是必要條件。

一年多下來，到九十六年月為止，我們已向智財局取得三項專利，申請當中的有三十四項。

以公司九名成員，外加兩位每週各來上一次課的顧問，有此成績，可算差強人意了。

喬美公司在研發專利的同時，也不忘和台大、政大財經教授請教交流，令人意外的，起先他們都停留在工業時代的看法：「金融進入無障礙」，殊不知一九九〇年末期網路興起後，加上美國聯邦法院在一九九八年作出軟體及營業方式也可以申請專利的判決，故而，紐約華爾街的要角，如花旗、高盛等莫不在交易風險分析、信用卡、股票指數型基金、衍生性商品等方面，不遺餘力的研發專利，儼然進行一場軍備大賽。根據美國智財局 USPTO 的資料，在二〇〇八年底為止，Citibank 花旗集團已取得一百一十一個專利，美林證券三十八個、GE capital 二十六個、高盛二十三個，連投資銀行雷曼兄弟也已取得一個專利，申請當中的有二十六個。看到這些專利數據，這些台大、政大名教授啞口無言了。第一流學府的名教授尚且後知後覺，那如何啟迪學生？前來我們公司應徵的多數高材生，大多根本不知金融專利為何物，怎麼不令人憂心感嘆！

再看看台灣的金融業，依台灣智財局公告的資料，所有金融保險的專利數加起來不超過三位數；在「外商銀行在台灣」一書中明白指出：在外銀來台灣經營消金之前，台灣是沒有個人消費金融產品的。現在每家本土銀行都有的信用卡、現金卡、代銷基金等全模仿外銀，以前甚至沒有銀行在媒體上促銷產品；而外商銀行在台灣創造的消費金融的各項第一，包括了花旗銀行在一九八五年首創的貴賓理財中心；一九九三年的照片信用卡；一九九四年的無人銀行及二十四小時電話服務的理財中心。

由此，我們就不難理解：為什麼台灣的九家外商銀行他們一年的營業額，超過台灣本土的五十幾家銀行加計起來的營業額了。

台灣人的勤奮以及一定的教育水平，讓台灣在電子業、電腦通訊業以及半導體等科技產業綻放光芒，在國際上佔有舉足輕重的一席之地，為什麼獨獨財經核心的金融業呆滯不前？在外商銀行在連結網路科技的這個區塊紛紛伸展拳腳，摩拳擦掌地作軍備大賽時，我們的本土金融業卻在睡覺！是政府嚴苛的管制扼殺了從業人員創新的契機嗎？還是金融業的老板們認為與其動腦筋創新商業方法，還不如拉緊政商裙帶關係對自己有利？

反觀對岸的大陸，雖然大陸智財局遲至一九八六年才開始設立，但他們整個移植德國智財局完善的規章制度；這些年來，大陸的經濟崛起，龐大市場的誘因反使大陸在世界各國的年度專利申請量快屆五十萬件，排名世界第一；且中央至地方各省縣市，上下一心鼓勵創新，發明專利。有前瞻視野的學者專家更洞見與電腦網路及相關資訊連結的產品專利，是經濟耀進的核心競爭力，亦是金融業發展的命脈，所以當他們看到美國花旗銀行、大通銀行、JP 摩根蔡斯銀行紛紛在大陸插旗佈局這方面的專利，而面對外來專利入侵，大陸銀行界卻只在點鈔機、保險櫃、信用卡標誌等無關痛癢的新型專利下功夫時，莫不憂心忡忡，大力疾呼：創新發明、申請專利，一刻都不能等。他們更直言：「等一等，失去的將是未來無限大的市場！」

大陸睡獅已猛然警醒，加快推動金融專利的腳步；台灣小龍呢？仍沉溺在政治口水戰而忘了在知識經濟上加緊幹活嗎？

專利固然是產業競爭的利器，然而專利的三性（新穎性、進步性及產業利用性）強調的是非顯而易見的技術，如何登門入室，見到專利的堂奧精要，是一門大學問。誠如本文開宗明義即點出的這本書「閣樓上的林布蘭」書名的隱喻一樣：林布蘭是十七世紀巴洛克時期荷蘭著名的畫家，對光影處理有很獨到的手法，但他不迎合世俗，堅持自我美學的態度，使他晚年潦倒以終。但明珠終究會出土，得到後世人的喝采賞識。現在他的一幅畫作在倫敦佳士得拍賣會上就賣出四千萬美金的高價。糞土、珍寶，真是天壤之別。不識者，把它當作放在閣樓上的廢紙；識者，則是捧在手心上的稀世瑰寶。

記得多年前，我們扶輪社的一位社友搞不懂我們公司研究什麼產品，永松向他解釋：我們是研究網路各種不同模式的電子商務，供金融及保險業使用。他聽了嗤之以鼻：「假如腦袋的想法就可以申請專利，那麼我看三民主義也可以申請專利了！」二十一世紀電腦網路演化出來的虛擬經濟，即是無形的創新知識、技術設計與服務等等，其重要性已遠遠大過工業時代倚重的土地與勞力了。「閣樓上的林布蘭」，珍寶與糞土，識與不識端看你的視野、專業與本事了！

（二〇〇九年六月）

一場與「專利蟑螂」鬥智的角力

（一）讓躲在黑暗的「專利蟑螂」在陽光下現形

武俠小說中常見這樣的情節：有位俠士在江湖行走，總覺得有一黑影幢幢一路跟隨，他搞不清楚敵人來路，只知對方虎視眈眈，伺機對其下手。此時他全神貫注在生死關鍵的武功修練，沒有餘力也無暇他顧。一天，他自覺練功稍有所成，在困頓的旅途中正想歇坐，喘口氣，一回神，林蔭深處，一個似曾相識的身影自遮蔽處悄然落下，順手射發的刀鞘遠遠的正對準著他飛馳而來，當下，他才明白原來這是一樁暗藏多年的陰謀，驚疑、憤怒充塞著他的胸臆．．．

喬美公司多年來，搞不清楚每每在申請專利的過程中，何以一直受到一個署名「陳X」的人的「關愛」，一路異議，始終纏黏不放。在異議被智慧財產局駁回後，又鍥而不捨地舉發。舉發的證物是早我們兩天申請，與喬美專利有若干相似的專利證書。懵懂多年，這下我們終於恍然：直覺「陳X」這個應該是人頭戶的背後，絕對有一個或數個藏鏡人，這藏鏡人很可能就是我們十多年來信賴委託的專利代理，我明敵暗，伺機啃噬，這就是俗稱的「專利蟑螂」。

這是我們第二次被耍。第一次對方沒得逞；這次敵方有了和我們近似的專利，殺傷我們也許不那麼容易，但精神干擾是有可能得逞的。想想縱橫商場數十年，閱人無數，十多年來，我們對此位外貌斯文和善的專利申請委託人信任有加，也不曾虧待於他，豈知信任的背後竟進行盜取偷竊的陰謀，甚至可能進一步反噬。一向高舉公益正義大旗的我們，豈可讓此輩宵小橫行。在困惑多年後，一時了然於胸，和那位俠士一樣，我們的反應是憤怒多於驚訝。

這讓我想起專利同業告知，發生在十年前，轟動社會的一件專利申請糾紛：一位專利申請人發現自己委託申請的專利權被盜，向那家專利事務所求訴無門，憤怒之餘，只好自力救濟，以汽油潑灑，火攻專利事務所。

同理之心，那人的悲憤我們是可以理解的。我們憤怒歸憤怒，但提醒自己一定要冷靜反擊。我們的第一步是：「專利蟑螂」既然躲在陰暗處，我們就要想辦法讓它在陽光下現形。

理性告訴我們：這家專利事務所是兩三百人老字號的公司，老板應不致涉案，否則如何以身作則，經營管理；我們向專利同業打探，也印證我們的推論，但該事務所其下員工水準參差不齊，就難說了。

首先，永松找來這家專利事務所的業務員，攤開檔案資料，開門見山即提出喬美公司的三個懷疑：

其一：喬美公司委託專利申請的日期是九十年元月十九日，為何向經濟部智慧財產局填寫的委託日卻是九十年二月十四日，而申請遞件日亦是九十年二月十四日？奇怪的是何以對手早我們兩天，即在九十年二月十二日申請遞件？其間的巧合，不是很耐人尋味嗎？（喬美公司可沒忘了我們第一次被耍也是申請遞件日早我們幾天啊！）

其二：此異議、舉發人「陳X」戶籍設在高雄，其名下向經濟部登記的公司營業項目是旅行社。網路的金融機制與傳統的旅行社，其間的差別也太大了吧！

其三：經營傳統旅行社的人申請最先進的網際網路金融機制的專利，即使有可能，但是一般人有誰會懂「專利索引」，對一個素昧平生，之前與自己一無所悉、毫無干係的我們，運用其異議、舉發策略，一路窮追猛打？要知「專利索引」可是專業的行家才能所為啊！由此明白「陳X」不是行家，躲在他背後的一一出招的所作所為，才是「專利蟑螂」的行徑。

這個與我們交往十幾年，我們向來都把他當朋友的專利事務所業務員，聞之臉色大變，說詞當然是不出所料：極力撇清。

我們進行的第二步是：直接找「陳X」這位老兄，瞧瞧他的真面目。我們推想：假如他不是人頭，正常反應必是坦坦蕩蕩，也絕不害怕與我們碰面。商場的競逐若是公平競爭，何來畏懼、膽怯呢？

永松主張單刀赴會，趁他每月定時赴高雄長庚醫院回診時，和「陳X」會會面。永松是肝臟移植的病人，我擔心萬一碰到暴力場面，在體力上他稍遜一籌，找個人同他前往，比較放心。永松提醒我：別忘了他除了坐過六年八個月的政治牢，年少時他還唸過集全省不良少年於一校的彰化進德實驗中學（現已改為彰化師範大學）。混過流氓太保的他，對方區區小角色，何懼之有？

那天，永松先赴醫院抽好血後，即按圖索驥準備來個無預警地登門拜訪。在一棟舊大樓，掛有宏振旅行社招牌的十二樓，永松出示他名片告訴櫃台小姐：「我和陳Ｘ先生已經認識多年了，雖然從未謀面，但應該都知道彼此。今天特地來拜訪。」

櫃台小姐拿著他的名片，請他在待客室稍坐，轉身進入辦公室。約莫三十分鐘過去了，櫃台小姐才出來，身後多了一位看來頗為年輕幹練的女士，不懷善意的說：「陳Ｘ不在，有什麼事跟我談就好。」

「小姐！我是來高雄看病的！」永松一面出示他的重大傷病卡：「我有重要的事必須和陳Ｘ面談，請代為轉告。」永松的善意或許打動了她，她轉身又走進去了。

再過五分鐘，那位小姐出來了，以幾乎下逐客令的口氣說：「陳Ｘ不在，不用等了。」這不是一般的待客之道，永松判定陳Ｘ一定在辦公室內，剛才半個小時的時間，必然是陳Ｘ忙著向背後藏鏡人請示。可揣想結論是：「絕對不能見面，以免露出馬腳。」

永松是老江湖，當下即明白怎麼回事，他逕自大刺刺地直闖而入。面對三十多坪內三、四個張皇失措的員工，永松毫無顧忌，游目四顧，並開門探看兩間虛掩的房門。就在其中一間，見一五十來歲的男子，永松輕聲問：「請問你是陳Ｘ嗎？」對方顯然是害怕，低掩著臉，連連搖手：「我不是陳Ｘ，我不是陳Ｘ……」

大白天在辦公室沒能巧遇，夜晚人總要歇息，到家拜訪亦可吧！該晚十時許，永松打電話到陳Ｘ家。接電話的是外籍女傭，應聲說：「等一下！」不一會即有一男子接話，一連聲溫和地說：

「歹勢啦！我要掛電話了。歹勢啦！我要掛電話了。」永松直覺此男子是陳X，但任憑永松怎麼詢問他的身份，他都不搭腔，只客氣地重覆那兩句話，即斷了線。

陳X何以懼怕直接和我接觸？我們研判分析：「陳X」是個人頭應該沒有錯，其職業背景與教育水平，與他所取得的專利太不對稱了。正因為如此，他不敢堂堂正正的面對，怕見光死。而「專利蟑螂」不外乎就是勒索要錢。人頭緊閉尊口，以防洩底露餡，應該也是背後那一撮人共同約定的默契吧！

正因為這不是一人可以單幹的事，我們進而判定：這一小撮的共犯結構，犯的案絕對不單此一樁。上網查詢，果然沒錯：登記在「陳X」名下的專利記錄除了藉此舉發喬美公司的「網路安全標會之方法及系統」之外；另有：二〇〇五年十一月二十一日異議成立：「銀行業金融機構互助式櫃台服務系統」；還有二〇〇二年五月二十一日發明的：「加密協助的網際網路中由受贈人採主動提出其所想被餽贈獎品之非忠誠積點制方式及系統。」

由專利內容判讀，這是屬金融工程或IT行家的專業領域，絕非「陳X」可為。從這幾個事證資料交叉比對，我們更加篤定自己的判斷，於是我們找來被「陳X」異議的另一對象：陳麗娟夫婦。目前他們和「陳X」正在行政訴願中。從這對年輕夫婦訴說的原委內情，證實我們揣測沒有錯：這是一撮專門損人利己的「專利蟑螂」。

我們問這對年輕夫婦：「他們要的不過是錢，為什麼不給呢？」

「給一次就永遠給不完，對方還是可以換用其他名字繼續舉發呀！何況我們又沒錢！」

凡走過必留下足跡，做壞事不可能神不知鬼不覺，任何詭計也無法設計到「天衣無縫」的地步。但如何從點點滴滴可疑的線索，耐心細心地追索藏鏡人，考驗著我們的智慧。小貓兩三隻的喬美公司一面為了增資案正全力尋求策略夥伴，銀行的合作案也尚未簽核下來，此時還要分神聲討藏身在黑暗，令人咬牙切齒的「專利蟑螂」，心情有時不免懊喪低潮，此時，永松總會引用毛澤東的一句名言：「戰術上我們要重視它，但戰略上我們要輕視它。」算是給他自己和他的小貓夥伴們的忠告。

（二）在書本中我找到了答案

解決「專利蟑螂」，最快最省事的方法是給點錢了事，但是我們明白錢也不能徹底解決問題，否則即成了養痍貽患。孫子兵法謀攻篇說：上兵伐謀。我們就是要使盡一切方法找出「專利蟑螂」更多的罩門，再給予致命一擊。但雙方已開戰，對方背後既是有一群專業的藏鏡人，勢必也準備好一番攻防，甚至更加緊密的演練來應戰。

敵我雙方已形成對峙的局面。這之間，如何掌握拿捏整個事件情勢的虛實、鬆緊、主動和被動，拉高自己的制高點，避免陷入太多的情緒和精力，也考驗著我們的智慧。

這些年來，不止在人生的方向每有困惑、茫然時，我在書本中尋求慰藉和安頓自己的力量；即使在商場跌宕低潮時，書本亦往往給我理念和答案。

這天，晚餐過後，我們依例到住家附近的景美國中操場散步。永松自去年底右眼視網膜剝離，在台大動了兩次手術，至今尚未復元。為他讀報和讀書，成了我每日的例行勞務。當天，我告知他最近閱讀一本有關專利且正好是我朋友林柳君翻譯的書籍「閣樓上的林布蘭」，它讓我茅塞頓開的感受：知名的吉利公司在推出新型的刮鬍刀之前，其核心技術、主要產品特色及關鍵方法，就申請了三十五項的專利保護；甚至連包裝的方式也請了專利，理由是：「它特殊的包裝，在取出刮鬍刀時，會發出一種撕裂的聲音，讓使用者覺得很有男子氣概。」

全球最大的個人電腦零售商：戴爾電腦公司，它首創的「接單後生產」的直接銷售模式，聽起來簡單，一點也不稀奇，可是其間卻有大大的學問。一般企業的營運模式不外將公司現金轉為存貨，再由存貨轉為應收帳款，繼而再取得現金；戴爾公司反其道而行，將客戶的應收帳款轉為貨品，貨品再進而變成現金。此模式排除了轉售所增加的時間和金錢，打破競爭者的價格，為自己帶來了業界最高利潤、最低成本以及最少的庫存成本。

同時，它提供了「客製化」自由組裝和即時供應的銷售型態：顧客可以透過網路或免付費電話，以最快的速度訂購到自己想要的電腦。這種以客為尊，讓顧客自主的消費意識，獲得了全球千百萬顧客的強烈支持。

「接單後生產」的商務模式，乍聽之下，多麼簡單易行，但是它在推出時，戴爾公司不但已經拿到四個專利，註冊申請中的也有三、四十個。它的專利範圍涵括了顧客可以在線上自行組裝電腦的訂購系統，系統整合到公司製造、出貨、庫存及客戶服務的作業方式等等。這些專利成了戴爾電腦的最佳武器，把一些眼紅的競爭者，包括知名的電腦大廠康柏等，一一阻絕在外，無法仿傚。

暑氣正熾的夏夜，在操場的跑道上散步享受著汗溼衣衫，消除了一天工作壓力後的輕鬆，也享受著一旁榕樹吹拂而下的陣陣涼風，我心有所感地娓娓敍說，永松聽了頗為振奮。我們一致的共識是：專利是喬美公司生存的根基，大量地申請專利，以專利群來鞏固、保護我們的基礎專利，就如同築起一座穩固的碉堡，在敵人入侵前，準備好各式精銳的武器，以逸待勞，又何懼敵人的進擊？

但是想歸想，說歸說，專利豈是垂手可得？

「想就有了。」

我對永松篤定的口氣可是充滿著懷疑。

永松不愧是「金頭腦」。翌日一大早，我尚在睡眼惺忪，永松已坐在書桌前，向我揚一揚他手上的紙片，其上條列是他前一晚思索而得的七、八個專利構想。

孫子兵法有云：「善出奇者，無窮如天地，不竭如江河。」奇者，套上這個時代的說法，即是現在商場上所謂的創新是也。吉利電鬍刀和戴爾電腦的創新專利策略，給我們很大啓示。這幾年來，喬美公司受限於財務、人力，我們幾乎把全付精力放在公司的增資和銀行的合作案，以致於偏廢了創新專利的繼續研發。

為此，永松訂下了公司的當前策略：在銀行的合作案推出之前，我們的工作重點是以專利申請與培訓研發人才為主。喬美既然自詡為一知識導向的公司，專利的持續研發即是公司生存發展的命脈。可預見在銀行推出喬美的創新金融商品後，引爆金融市場板塊的挪移，勢必會引發金融同業跟進，爭相研發新金融商品，挑戰喬美。因應這樣的局面，喬美也必須做好準備，以專利群鞏固自己先行的優勢，堆高專利門檻，擊退挑戰者。

有此體悟，我們加快腳步，在短短兩個月內，喬美公司已陸續提出近十個的專利申請。我們的目標是在年底前（還有半年時間）至少推出三十個專利申請。

在敵我雙方的爭鬥中，把自己推向一大步，拉開差距，把敵人遠遠地甩掉，這是我在書本中獲取的最好答案。

（三）想想還真得感謝我們的敵人！

走過解放勞動力的工業時代，二十一世紀成了解放腦力的網路時代。人們開始知道：技術、能力、專業、營運模式、軟體、著作等等無形的智慧資產，比起過去的現金、土地和建物、工廠、設備等有形資產，更有價值，且更影響企業的榮枯，替人們創造更大的利潤，探勘出更多的財富金礦。為保護這些智慧財產，有了專利制度的設計。現在「強力保護專利是推動發明、共享知識及助長經濟最有效的方法」這樣的概念，自美國聯邦最高法院改變了原先認為「專利本質為反競爭的立場」，轉為認同「強大的智財權是助長創新的要素」之後，成了當今的經濟的主流思想。

我們清楚知道人類知識的累積不是憑空而來，都是前人的努力和創造的沿襲與延續。如今，腦力開發的專利已成最賺錢的工具，聽起來太不可思議了，若時光倒流，在十幾二十年前，我和永松一定是嗤之以鼻的。特別是半生奉獻予左派的社會主義理論思想，還為此坐了政治大牢的永松，一向標榜的普世主張即是社會資源分享，現在自己經營的公司也成了以知識導向，高舉專利大旗的公司，對此，除了感嘆：世事變換，在資本主義沛然莫之能禦的浪潮下，經濟發展的軌跡讓人不得不服膺之外，這之間，發生在我們身上還有一個可嘆的 story。

十幾年前，我們經營的另一家公司是以自動化的工業整合以及代理國外的應用科技、設備為主。其中 RFID 的各式應用是我們的主體項目。注射在貓狗等寵物的皮下組織作為追踪管理的 RFID 射頻晶片，即是我們代理的產品。當時我們代理的是一家德國製造的廠牌，在我們多年從無到有的努力之下，正逢政府在一九九八年大力推廣，作為管理貓狗寵物的工具。在彼時，這種通稱寵物晶片的 RFID 一時大行其道，為我們創造了營業的佳績。當時我們在全省北中南各設有多處經銷商，其中台北縣市經銷商是對年輕能幹的夫婦，很受我們的信賴。

有天，我們從國外原廠獲悉：有人偷偷地註冊我們夾有中英文的銷售商標，一查之下，竟是這對年輕夫婦背地裡幹的好事。原廠慫恿我們一定要將他們繩之以法，我們不忍年輕人為此喪失人生大好前途，在他們將我們的原設計商標歸還我們並寫下切結書後，就原諒了他們。（此事經過六年，沒想到還有更戲劇性發展的續篇，這是後話了。）

從此，我們獲得教訓：投身商場爭戰，要在資本主義的遊戲規則下獲勝，除了要狡黠如狐狸，防人之心切不可無啊！為此，喬美公司設立之初，我們即起念一定要將此金融電子商務機制申請專利。此次「專利蟑螂」事件也提醒我們非得加緊腳步，以「專利群」來鞏固自己的基業不可。想想還真得感謝我們的敵人，給予我們的刺激和棒喝呢！

（二〇〇九年十二月）

知識可以內化成一把利劍

在知識領先，專利主導的世界，沒有恆久不變的優勢，只有時時衡時度勢，自我努力，求新求變，疾行向前，才是唯一的真理。

面對「專利蟑螂」多年的侵擾，永松的策略定調是：戰略上，我們忽視它；戰術上，我們重視它。

在戰略上，置身於商場叢林，與其在黑密幽暗的叢林角落，在搞不清楚狀況下，與敵人作近距離的纏鬥廝殺，不如躍升而起，站在制高點上，目光為之清晰，視野為之遼濶，此時眼前伸展的道路明朗，方向可辨，那就是暫時捨棄這糾纏，往既定方向，向前疾行，全力專注於新專利的研發，把敵人遠遠拋諸腦後。

但在戰術上，我們並沒有忘記躲在陰暗中，虎視眈眈的「專利蟑螂」。當前的情勢雖是敵暗我明，但戰術上我們可以反守為攻。我們明白自己的弱點是對專利知識一知半解，特別是近年崛起的電子商務相關專利法律，我們更是付之闕如。孫子兵法謀攻篇有云：「知己知彼者，百戰不殆。」公司員工如何充實電子商務專利的相關專業知識，是公司當急之務，而且我們要的是火速密集汲取，課堂上慢條斯理的點滴吸收，已不敷我們所需。

機會來了。這個機會還真是天上掉下來的禮物。

七月初旬，一則不起眼的工商新聞，一個熟悉的名字映入眼簾：智慧局副局長蔡惠言月底即將屆齡退休。永松想起二十幾年前和他「不打不相識」的經過。

彼時，智慧局尚未改制，其前身為中央標準局。學機械的蔡惠言當時擔任中央標準局度量衡部門的標準制定及執行的主管。而那時經營電子磅秤製造的永松常在有關規格與執行的問題上，和他有所爭執。兩人各有立場，各有堅持，但兩人也都沒有錯。

蔡惠言站在政府這方，採行先進的概念，訂定及推行度量衡的統一標準規格，亦即是捨棄十六進位的台斤制，改為十進位的公斤制。永松同意政府的政策，但他同時要求政府執行要徹底，不可在規定上嚴格，在執行上卻馬虎，讓不守法的不肖廠商，可以陽奉陰違甚而偷斤減兩，造成市場上不公平的競爭，反而打擊了奉公守法的廠商。中央標準局的難處是人力不足，要執行徹底，確有困難。為此，那時年少氣盛的永松常「理直氣壯」地和蔡惠言爭辯。

我慫恿永松，何不就困擾我們的「專利蟑螂」問題就教於他，於公於私，智慧局理應告知，也是智慧局服務民眾應盡的義務。

二十多年沒連繫，一通電話，蔡惠言仍對當年「據理力爭」的永松印象深刻。閒談間，永松僅約略提及有一專利的糾葛。多年不見，他不好厚顏一見面即向人請益解厄，倒是中央標準局改制為智財局的劇變，以及蔡惠言提及現今網路世界電子商務的專利申請已成國際潮流趨勢等等，永松越聽越有興味。士別三日，刮目相看。長期浸淫在政府官僚體制，永松很訝異眼前這位蔡老先生，能跨越本行的機械，從硬梆梆的鐵板領域，轉型着陸到專利知識導向的軟件天地，而且還跑遍四大洲、五、六十個國家，觀摩考察，擷他人之長，以補己之短。就這樣一步一腳印，一手建制起台灣現今的智慧財產局。雖說他現年已是六十五高齡，然身體仍遒健，腦筋亦靈活。這樣的一本專利活字典，政府沒有再安插個職位，等於是人才的浪費。永松心生一念，何不請他每週撥冗一個下午為公司員工上課。永松誠摯的邀約，蔡惠言也欣然同意。

就這樣，蔡惠言從八月起，一週三個小時，鎖定專利相關議題，將其畢生所學、所看、所聞，從淺入深，依序地在喬美開課。公司雖僅僅有十來隻小貓，但是小貓們對專利知識有飢渴的現實的需求，個個是惟恐稍有遺漏般的認真的汲取；學生認真，當老師的莫不掏心掏肺的傾囊相授。許是「瘠田能汲水」，僅僅四個月的時間，對專利原是懵懂的一張白紙，現已有了基礎的一般知識。不僅對專利申請內容的撰寫、對舉發的辨駁，可以不需假手他人，將來可預防「專利蟑螂」於第一步，對專利法條的認知、世界專利的現況，甚至專利代理人的選擇，蔡惠言也都為我們鋪陳了一定的概念。

面對專利知識的汪洋大海，誠如蔡惠言所云：其中的「眉眉角角」，真是「萬底深坑」，但是公司上下，每個人都急於在此練就一身好功夫，以期能在專利大海中悠游自如，所以在課堂上，我們疑難奇想可是層出不窮，這位專利的「老仙覺」也不厭其煩，取出他腦海中的百寶箱，一一為我們說明、剖析、解惑。他宣稱，為了不可漏氣，每每上課之前，他都要做足功課，以免被我們問倒。喬美公司每個成員都珍惜這樣的機緣，如此活生生的專業體驗教材，是多少智慧、心血的付出所得，絕非是一、兩本專利書籍自己啃啃可以比擬。當然，這些寶貴的活教材我們也一一記錄下來存檔，作為公司後進人員必讀的教材。

人的困惑、懼怕主要是來自無知。這段時間，我們深深體會到「知識即力量」這句話的意涵，對干擾我們甚久的「專利蟑螂」，在戰術上，我們也成竹在胸，因為我們已習得對付敵人，讓敵人「一刀斃命」的專利絕招。所以，這之間，我們也不曾對「專利蟑螂」這件事在蔡惠言面前提起半言隻字。

十一月下旬，那天上完課後，蔡惠言不經意地提起，有位在智慧局服役即將來喬美上班的新人向他問到：喬美公司的現有專利有個舉發人，這個舉發人的專利申請早喬美的只有兩天，「感覺上有點怪怪吔！」蔡惠言關心地問永松：「有關係嗎？」由於這故事太長，也一言難盡，五點下課在即，蔡惠言還要趕到北科大教書，永松只笑笑地對他說：「我們已經處理了，下次來專案討論好了！」

隔週，我們即以研討個案方式，實際把公司的攻防策略在課堂上攤開來檢討，對於初初乍到的研發新人，永松也毫無忌諱地讓他們一起來參與，分享公司的戰略、戰術，也讓這批新人了解公司這段期間的壓力與成長。

我們的不忌諱，正表示我們的不懼怕。

在戰略上，我們告訴員工：這段日子來公司何以要快馬加鞭，加速研發的腳步；身為核心專利的研發者董事長，除了吃飯睡覺以外，幾幾乎他所有的時間都在朝思暮想公司的專利；同時，公司也成立研發單位，找財金、經濟碩博士以上第一流的人才，從金融電子商務最發達的美國智慧財產局，研讀探索其投資銀行、商業銀行研發專利的現狀、趨向等等。此間，喬美公司除了佈署台灣、大陸、美國的專利申請外，也進而在歐洲的重要國家：英、法、德、瑞士、義大利、瑞典以及日本等國佈局，以經濟、科技及人口的消費能力來考量全球的佈局。王安石有詩云：「不畏浮雲遮望眼，自緣身在最高層」。有了制高點，我們看清楚自己的方向，可以舉棋若定，也化解了之前的焦躁、鬱悶之氣。

在戰術上，我們也成竹在胸了。對付此「專利蟑螂」，我們可採行多招「知識利劍」，讓它招招斃命。

第一：非真實的發明人，若檢舉屬實，可撤銷其專利。專利法第六十七條第三款規定：「發明專利權人為非發明專利申請權人者，專利專責機關依舉發或依職權撤銷其發明專利權，並限期追繳證書，無法追回者，應公告註銷。」意思是：掛名人頭的專利，依法是可以撤銷的。一個從事旅遊業，學歷只有ｘｘ程度的人，名下專利除了擁有「網路安全標會之方法及系統」之外，還有「加密協助的網際網路中由受贈人採主動提出其所想被餽贈獎品之非忠誠積點制方法及系統」，並異議成立他人另一專利：「銀行等金融機構互助式櫃台服務系統」。後兩者是連一般銀行專業人士即使看了也都不能馬上理解的專利，一個非銀行業者沒有涉足此領域可以有此發明，不是太怪異了嗎？即使是早我們兩天的專利發明：「網路安全標會之方法與系統」，其中牽涉的有關IT等資訊，不是有網路專業知識者，亦難竟其功。憑此，對方即無法自圓其說。

第二：專利申請有三要件：除了產業利用性、進步性外，還要有新穎性，意即是此概念或方法要過去所無；過去提出申請的專利案沒被核准，他日若有人依樣畫葫蘆再提出專利申請，儘管核准了，仍可以前案作為舉發撤銷的有力證據。「專利蟑螂」以我們最早以民間互助會的概念以及富○科技公司的申請案，兩者相加，把原先參加標會會員分成金銀銅鐵錫五類的，改為鑽石、黃金、．．．．五個層級等等，很顯然是不具專利申請的基本要件「新穎性」。

第三：「專利蟑螂」所提的網路交易安全方式中，提到的電子裝置，即IT的部份佔了它蠻多的篇幅，但是細讀之下，那些數位電子簽章、密碼認證等等IT技術，早在全國碩博士論文中已有多篇提及，其中有篇彰化師範大學商教所學生黃國華在八十九年十二月十九日發表的「網路互助會系統之設計與實現」，對數位簽章及認證技術論述之完整、邏輯之周延，非但比「專利蟑螂」所提的更充實，概括範圍亦更完全，時間也較「專利蟑螂」所提為早，專利蟑螂不具進步性的證據亦歷歷在目，不容置疑。

還有，不知是否因我們的「知識劍術」一發，此「專利蟑螂」無法招架，我們感覺奇怪的是：對於喬美公司對其提出的舉發文，是辭窮了亦或作賊心虛，竟完全沒反應，不作答辯；而對我們另一友人的舉發，雖是答辯了，但細讀其答辯文，漏洞百出，時間引證多所謬誤，足見此「專利蟑螂」並無什高明之處。

公司老鳥談此曲折往事，給初初乍到的新兵上了人生最真實最寶貴的一堂課；蔡惠言對我們能夠「現買現賣」他的專利知識，甚感欣慰，對我們舉發「專利蟑螂」有了足夠的自信，亦頗肯定；只不過他聽了永松陳述，一人單槍匹馬，勇闖「專利蟑螂」巢穴的經過，他認為此事未免太大意，也太危險了吧！戰場對陣，不都是士卒勇往直前，將軍在後指揮若定嗎？哪有將軍一人「直搗黃龍」之理？對於永松身為公司董事長，其不按牌理出牌的行事風格，大夥聽了都忍俊不住哈哈大笑，只有身為老伴的我知之最深，感受也百味雜陳，當年的時空情境，實非外人所能道也。

劍道有所謂三先：先先之先、先之先、後之先。即是兩方對峙，如何客觀地研判形勢，審慎地因應對策，靈活運用「先發制人」、「以逸待勞」或「反擊致勝」等戰術，端看個人的智慧和修練，有時非筆墨言語所能形容的。

永松年少時，曾輕狂叛逆，唸過管訓不良少年的進德中學（現改為彰化師範大學），熟稔流氓幫派、江湖術士之道，對人心人性，他亦有洞澈先機的本事。對於「專利蟑螂」，為「一探究竟」，他採「先發制人」，「知己知彼」了，再積極創造我方優勢，「以逸待勞」，待自我條件準備充足，時空成熟了，則採「反擊致勝」，予對方致命一擊。

一番曲折，現在我們對「專利蟑螂」已有勝券在握的信心，但我們也知「兵無常勢、水無常形」，為此，我在公司的公告欄裡，貼上一非洲的諺謠，敦促自己和勉勵員工：

每天早晨在非洲
都有一隻羚羊醒來
知道一定要跑得比最快的獅子還要快
不然就會被吃掉
每天早晨都有一頭獅子醒來
知道一定要撲上最慢的一隻羚羊
不然就會餓死
不論你是獅子還是羚羊
當太陽升起時，你最好快跑

（二〇一〇年二月）

輯三：

二〇〇八年金融海嘯時，全世界金融業哀鴻遍野，若非政府出手相助，國內外很多金融保險業恐已不存。

為此，簡永松下了苦功研究，心得是：互助是保險業的初衷，互助保險是一種可以自求多福的生活保障，所以他創辦喬安公司。他更進一步研發取得一系列互助保險的專利。

為記錄公司發展的每個腳步，實踐的種種歷程，我同時也在「喬安公園」寫部落格，寫下這些年來我的心志情境。

在陸續發表的八十多篇隨想錄中，在此選取偏向感性的十來篇，想為生命留下可以回味的印記。

以信念留下生命的印記

「用資本主義的手法達成社會主義的公平正義」，這句話，在喬美及喬安公司幾乎人人朗朗上口，成了公司的口號，因為長年來永松和我在人前人後，都不忘以此惕勵自己和員工。

永松從不諱言自己是左派社會主義的信仰者。和他結婚後，我從一個小資階級的都會上班族，掉入了左派社會主義的社交大圈圈，因為永松的朋友不管是坐過牢或沒坐過牢的，大都屬馬克斯主義的信徒。

記得新婚不久，賃屋在新店的我家小小客廳，在週末假日，總是擠滿一些左派朋友：蘇慶黎、黃英武、王津平、林華洲、陳秀賢等人，大夥高談闊論，每每已三更半夜了，仍欲罷不能。起初我不懂他們談論什麼，漸漸聽懂一點，但夜深了，我支撐不住睏倦，先回房睡了，永松和他們還意興昂揚地繼續談論。隔日一早，我要外出，還得小心翼翼，免得驚動或踩踏到他們或坐或臥在客廳中捲曲的軀體。

那是二、三十年前黨外狂飆的年代，那是人人對民主政治有憧憬有夢想的年代。我們熟識的不少左派朋友，在台灣這塊土地上全心投入他們青春的生命，以理想、信念、熱情留下多麼美好的印記：蘇慶黎主編的夏潮雜誌，啟迪了多少青年學子追求民主、公平、正義的決心；在台灣農運、工運街頭抗爭最生猛的年代，策動反台中三晃農藥廠公害、反杜邦、反五輕運動，幕前幕後掌舵者的陳秀賢，是台灣捍衛環保的開路先鋒；現在北京養病被譽為兩岸第一人的陳映真，在七〇年代鄉土文學論戰中，舉台灣本土的大纛，主張文學本質應反映現實社會，力戰御用的反共文學。他辦的人間雜誌，不只開啟了報導文學結合影像紀實的先河，其關懷社會底層，揭發社會的陰暗，正視被遺忘的弱勢族群，更大大地震撼社會人心……數十年來台灣在追求民主多元、鄉土環保的進程，左派的社會主義者貢獻的心力大都因當今現實政治環境的變異，他們的身影漸漸被我們社會遺忘了，但他們留下的資產、影響，相信都潛存在你我的生活中。

不可否認，社會主義因忽略人性的自私，在吃大鍋飯的心理作祟下，「各盡所能，各取所需」的人類共同理想在實施社會主義的前蘇聯、中國、東歐等國家都證實失敗了，以致於資本主義幾乎被全世界全盤接收；而資本主義極大化的結果，人性的貪婪、掠奪在這次金融海嘯卻顯露無遺。這也證明極端的理想主義絕對有其危險性，務實的理想主義應是我們要奉行的準則吧！最近申奧成功，帶領巴西數百萬人走出貧窮，也率先走出金融危機的巴西總統魯拉，本身也是社會主義的信徒，但經濟博士出身的他，以社會主義為本，資本主義為用，履行資本主義的市場經濟，不僅讓巴西崛起，更讓全世界看到巴西的進步與成熟。

對社會主義的理論，我只是淺顯的略知一二，但社會主義追求社會公平、正義的理念我則是心嚮往之。嫁給永松，一部份的理由也是社會主義信念的召喚吧！網路時代的來臨，提供了創新者一個好的機會。永松即是劍及履及，藉由網路電子商務的創新營運模式，結合具社會主義色彩的金融創新產品，這就是喬美及喬安公司經營的方向。多年來，我之所以像一個信徒般，無怨無悔地追之隨之，亦因為社會主義的意識已生根在我的血液中。

不記得誰說過：只有純潔的信念，才能在孤獨沒有掌聲時，勇往直前地堅持下去。我和永松一路走來，不要說掌聲，即使明知前面的道路滿佈荊棘，我們也互相激勵、堅持；即使是現在，周遭也不時充斥著各種干擾的聲音，有時也讓我們身心俱疲。每每在此當兒，腦海中的信念像一波波溫柔海浪的輕撫，在心海中蕩漾蕩漾，彷彿給了我加持的能量。

而這二、三十年來在商場的現實競逐，也讓我們深深體悟：理想要紮根在現實面的考量，才能真正落實，才能永續的經營。在理想與現實之間，資本主義力倡的市場的自由、開放、競爭，組織管理的效率化，商業方法的創新，我們已有深刻体認，這也是社會主義所不足之處。如何在兩者之間找到平衡點，這就是喬安公司標榜的「用資本主義的手法達成社會主義的公平正義」。

最近看了文訊雜誌特別企劃的陳映真專題，心中有諸多的感觸。像多數的文藝青年一樣，曾經我也以仰望的心情一而再，再而三地拜讀他一系列的文學巨著：《山路》、《鈴鐺花》、《夜行貨車》等作品，除佩服他的文字魅力，更震撼這位臺灣文壇巨人的思想高度。特別是永松與他同是左派社會主義一掛的，和他有較多往來接觸的機會，對他有更深一層的認識。記得他四年前遠赴北京之前，我還幫他在網上查證臺灣在所得一千美金時期的社會大事。此刻，在台灣文學界熱烈談論陳映真的生平事蹟、景仰陳映真的文學成就時，我除了懷念這位社會主義的大師，祝福他早日康復外，也警醒自己：前人以社會主義之名，打過生命美好的戰役，我們可得要加緊努力啊！

（二〇〇九年十月）

找尋生活中感動的力量

最近部落格貼文少，疏於筆耕，感覺自己好像是沒有按時繳交作業的學生，心虛虛的。不是不想多多動筆，實在是工作煩雜，心力分散，無法專注一事也。每每抽空寫了三、兩百字，一個訪客、一場面試、一個會議開下來、一通擾人的電話，時空轉換，文思中斷，就無法一氣呵成。幾天後想接續前文，Timing 不對、情境不對，寫稿的心緒也不對，以致於我的電腦 word 檔上留存的便是一篇篇未完成的斷簡殘篇。這大概也是我最近心情的寫照：懷憂、焦躁。

在此急遽變動、激烈競爭的時代，除非只想作個朝九晚五的公務員，可以安安逸逸的過活，如果想頭角崢嶸，選擇不尋常的道路，就必須時時面對與人競逐的不安，刻刻面臨市場嚴峻的搏鬥與考驗。喬安的商業模式前所未有，戰線又拉太長，要接受的挑戰可不少。況且我們要撼動的是舊思維的龐大體系，要有長期抗戰的心理準備。這之間，要維持工作的動能，我發現除了要神經大條外，還得要時時充氣，否則一個不經意，精神就會塌陷，像不小心被針刺破洩了氣的球一樣，萎靡乾扁。古人所說的養志，就是這個意思吧！找尋、擷取生活中令人感動的力量，讓自己可以撐起小小的志氣，也成了我生活上的小小心願。

上上星期，移民美國的姪子帶著他的成年子女回台，我們家族趁此機會聚餐，我也藉此回楊梅老家。竟然發現楊梅到湖口的田野間也種滿一畦畦紅、白色相間的波斯菊，還有一大片黃澄澄的油麻花田。在初冬細雨霏霏、有些冷冽的天候中，這些花仙子隨風搖曳，把灰濛暗淡的鄉間村落都點亮了，它們的嬌美讓我心情為之一振。

其間，路過一老舊四合院，門口掛著一小小招牌：「里長伯的湯圓，周日休息。」因為太不起眼了，一般人應該會視而不見，可是老哥說他的生意可好呢！在一處僻靜的鄉間賣起湯圓、家常菜，生意可以大好，我好奇前往，發現一量量轎車都是前來取菜的，看起來也是屬返鄉度假的上班族。應該也像我們一樣，哥哥、嫂嫂或爸爸、媽媽年長了，不想麻煩家中長輩吧！再者，阿嬤的古早味對都會人有種致命吸引力。鄉下里長伯的頭腦動的快，看到了這商機。真沒想到吧！

為參加客家鄉親聚會，當天急急趕回台北。酒足飯飽後，聆聽客家山歌是一大享受。那天除了往常例行的客家山歌之外，台師大傅武光教授的古詩詞吟唱，最令人動容。古詩詞吟唱我不是沒聽過，可能是吟唱者的火候吧，感覺就不對。傅教授當天吟唱的是李白的《宣州謝眺樓餞別校書叔雲》：

棄我去者，昨日之日不可留。
亂我心者，今日之日多煩憂。
長風萬里送秋雁，對此可以酣高樓。
蓬萊文章建安骨，中間小謝又清發。

俱懷逸興壯思飛，欲上青天攬日月。
抽刀斷水水更流，舉杯消愁愁更愁。
人生在世不稱意，明朝散發弄扁舟。

問明來由，原來師承自他的高中國文老師楊膺宗，此人是閻錫山的秘書。傅教授的吟唱，聲調高低頓挫之間，帶著河南梆子的曲調，特別有韻味。中文系出身的我，此詩此情，正契合我當下心境，聽來頗有與我心有戚戚焉的感受。

前陣子，永松應嘉義南華大學之邀，前往演講。好久沒回故鄉嘉義，趁此機會返鄉，永松當然高興。南華大學位在嘉義大林鄉。南下那天，南華大學幫我們安排住在民雄的一家商務旅館：二階堂，對永松是正中下懷，因為那裡離他的故鄉：民雄北勢村，好近好近。不到五點，check in 安頓好隨身行李，天色尚早，永松說想回北勢村看看，我們兩人即輕裝便鞋往北勢仔那個方向徒步前行。沿著雙福社區一路走去，永松不停地東問問、西問問，和廟埕前的老人東拉西扯，借問路之便向雜貨店老人攀談。一路上他興奮地重重覆覆談論古早的童年往事，談著談著，不知不覺走了兩個多鐘頭，天色也忽地暗下來。四處張望，我們兩個老人竟然站在前不着村，後不着店的田野，眼前不遠處是車輛來來往往奔馳的道路，只好行行復行行再往前走。好一會兒，看到前方有輛車停下，好不高興，趨前問路，開車的婦人告之要再走兩小時才能回到二階堂旅店。知道方向，慢慢走，我是無所謂，永松可不行，他有糖尿病，誤了餐，血糖低，他可是會昏倒的。看我們面有難色，這位載著兒子想利用週末外出用餐的太太居然說要先送我們一程。

半路落難，遇貴人相助，何等運氣。閒談之下得知這位黃女士竟然是我們好友協志工商創辦人何明忠的學生，現在就在學校的教務處任職。何明忠的辦校成績鄉里都稱道，我們與這位黃女士的不期而遇，就親自驗證了他的教學品質。真替他高興喔。

回到二階堂，我們隨意訂了兩道５００元日式套餐，烹調食材、菜色、手藝，再再都讓我們驚豔，連餐具都考究。吃遍台北的各大餐廳，很意外發現在鄉下地方也藏有餐飲的明珠，又是讓我們刮目相看。

在簡單的衣食、在不經意的人情世故、山光水色中找到寬慰與滿足，找到感動的力量，這是我最近養志的心得。

（二〇〇九年十二月）

一個人出外走走

改變心情最好的方式是改變身處的情境，就像攝影機一般，直接抽去腦袋中的舊影像，換上新內容，除舊佈新是也。

依例，假日一大早到市場逛逛，買買一周的儲糧：魚肉蔬菜、日用品，快炒幾道菜，中間的空檔趕緊轉動洗衣機。一切火速，不到十二點，衣服洗好、晾好，飯菜也上桌。打個電話給在中研院工作的兒子：「快回家吃飯吧！至於你是否要到國外唸個PH.D，或直接進入職場，你和你老爸商量，我沒意見。」兒子在電話那端直嚷嚷他很煩惱；我告之我也很煩惱，就各自設法吧！掛上電話，揹上背包，老娘一個人要出外走走啦！

去那兒呢？想想最近最好的，就到淡水看海吧！

避開人群的磨磨磳磳，我無目的的穿梭在淡水的大街小巷，後來索性跳上淡水的公車，擴大遊蕩的範圍。淡水是有歷史文化底蘊又兼具天然海景的小鎮，雖然它越來越商業化，然瑕不掩瑜，無損它天生的麗質以及耐人尋味的內在。

在淡水，有我年少時諸多人事物美麗的回憶，特別是與H的一段友誼。H是一個與眾不同，沒有太多道德包袱又勇於追求自己的理想女孩，包括她的愛情。浪慢純真的性格，加上娟秀清麗的外貌，她身上永遠有一長串述說不完的愛情故事。後來，她也因愛走天涯，到美國、英國、香港等各地流浪。

H有段時間與友人曾在淡水僻靜的鄉間租賃一民宅，她就是可以撿撿海邊的石頭，學學陶瓷，不食人間煙火地過日子。也許我心中的某一角，很想和她一樣：可以不顧世俗的眼光，丟掉人間的械甲，依我叛逆本性，為所欲為。不過，早被世俗規範框住的我，一切也僅只於想想而已；而她卻勇敢地實踐了某部份的我，是這個原因吧，所以我和她頗為契合。只是她離開台灣後，行蹤不定，我都是在報上得知她的消息。人生的歷練多了，H的文章越寫越好，她現在可是旅外知名的專職作家了。

有次中時副刊大版面介紹海外四位有名的女作家，我看到H的名字，很想看看她現在的模樣，卻找不到她的照片。我嘴巴咕噥着，老公把報紙搶過去，端詳半天，指着那最大張的人頭照：「這就是H哇！」

「不像耶，不像耶！」

「二十多年不見，當然不像啦！那天在路上相遇，妳認不出她，她也認不出妳。妳們現在都是老太婆了嘛！」

淡水，是文人藝術家薈萃之地，我年輕當記者時期訪問過此地有特色的藝術家，就不下十個。歲月流轉，人世滄桑，他們現今可都安否？淡水，也是中西文化並陳歷史遺跡最多的地方，紅毛城古堡、北門砲台、牛津學堂、淡水教堂，加上現有的漁人碼頭、八里渡輪、榕樹道等等，可看可玩的地方太多了。海風輕拂，遠眺群山，望穿雲霧，「淡水暮色」可是古來多少文人雅士吟詠讚嘆的台灣十大美景。

但，屬於淡水最美的故事，當數一百多年前遠從加拿大來台傳教兼行醫的馬偕牧師。是什麼強大的力量促使他來到當時還是醫療衛生落後、疾病叢生的滬尾（即現在的淡水）傳教？又是什麼原因讓他願意將自己寶貴的生命奉獻給臺灣，甚至埋骨於此？僅是宗教的緣故嗎？這是我難以理解的地方。他有句名言：「寧為燒盡，不願銹壞」，給後世人留下的典範，可激勵鼓舞了不少的人心哪！他當年創辦的「滬尾偕醫館」（現馬偕醫院），是北臺灣第一間西式的醫院，拯救了無數的生命靈魂，包括永松都受其恩澤。

民國八十九年，永松因肝硬化導致食道靜脈腫瘤破裂大出血，緊急送到淡水馬偕醫院。第一次手術沒有成功，因凝血因子崩壞無法止血，命在旦夕。我還清楚記得那晚凌晨兩、三點，醫生告知要再次動刀，若仍舊便血，便沒救了。佇立在病房外，等待漫長的手術，望著窗外朦朧月色下的淡海，感覺雖孤獨無助，心緒卻是出奇的平靜。而永松的獲救，就是在淡水，就是託馬偕之福，我則見證了他生命中的第一個奇蹟。

浮光掠影地在淡水繞了一大圈，回到榕樹道，盤膝靜坐，面對遼闊的大海，腦袋放空，呆呆癡癡地學習莊子的「坐忘」。近來為工作，感覺自己氣力用盡了，能量沒了，就是想找個地方躲起來。身為現代企業主，要學要記的東西太多了，「坐忘」更是必要的修行。公司在大步向前的同時，人才的引進、制度的建立、業務的拓展，衍生的種種惱人的、繁瑣的問題，有時不僅讓我思緒混濁，沉重的壓力更讓我常常失眠。六祖壇經有一偈句：「身如菩提樹，心如明鏡台，時時勤拂拭，不使惹塵埃。」心鏡本映照萬物萬象，身在紅塵，如何保有明亮無礙的心，見山是山，可要很高的修為。輕囊可以致遠，淨心方能行久。邁入耳順之年的我，應是心智最成熟的階段，面對紛至沓來的挑戰，大可沉靜以對，怎麼有時感覺自己身體住著一個身心俱疲的老靈魂呢？

就在我胡思亂想的當兒，前方不遠處海面突然激起水花，定睛一看，是一尺長的小魚正在練習跳遠，還一連三跳呢！我趕緊翻出包包中的相機，可惜慢了一步。沒抓住這畫面，懊惱地收好行當。ㄟ！怎麼又來了，又是三連跳，趕緊聚焦，按下快門，終究還是慢了半拍。接下來，我集中精神，瞄準鏡頭，心中不服氣：絕對要捕捉這難得的畫面。「守株待兔」了好幾個時刻，這隻調皮的小魚好像跟我捉迷藏似的，再也沒有露臉。天色漸漸暗下，周遭燈火也逐一明亮了。心念一轉：小魚三連跳的畫面雖然沒留在我的相機內，但至少已留在我的腦海。這樣一想，心情反而輕鬆起來。

歸途，我踏着輕盈的腳步，感覺自己年輕了十歲。

（二〇一〇年五月）

我在西安城牆上騎鐵馬

應保釣台灣同學會之邀，我去了大陸古都西安一趟。有人說：看一千年的中國到陝西，看五百年的中國到北京，看一百年的中國到上海，看未來的中國到香港。誠哉斯言！

陝西是中國古文明的發源地，陝西的省會：西安，古時候稱長安、京兆，是周秦漢唐的建都所在。周秦漢唐，都是大中華強盛時期，當時版圖即以陝西為軸心，向外輻射擴張。以唐朝來說，唐朝出現過中國歷史上政治最開明也最開放時期，當時唐型文化是外向文化，文明遠播，國際化程度已很高。據考，彼時長安城人口已有一百萬，較諸同時期的古羅馬僅有十萬人，倫敦、紐約只有二萬人，對比之下，前者已是大都會，後幾者卻只能算是發展中的鄉鎮。最不可思議的是，長安這一百萬中竟有十分之一是外籍人士，他們是遠從波斯、中亞、日本等地來求學、當官或作生意的，可見當時國際化的程度。

在兩天密集的學術研討、交流之後，主辦單位安排一行七、八十人，以西安為中心，往北，我們參觀了中華民族的祭壇：黃帝陵和軒轅廟，參觀了氣勢萬千的黃河壺口瀑布，也到共產黨的革命聖地：延安，參觀早期紅軍住過的棗園、楊家嶺。令人欣喜的是：沿途看到綠化成功的黃土高原，不再是書本印象中的光禿禿的不毛之地，而是植被有成的綠色原野；往南，我們到漢中，參觀武侯祠、諸葛亮墓、石門水庫、長空古棧道舊址，還參觀了大坪峪熊貓家園景區、金絲猴大峽谷；往西，到扶風縣，參觀法門寺，還有台灣名建築師李祖源設計的法門寺文化園區。

隨著團隊，平均每天拉車七、八個小時，自是人疲馬困，但是面對古文明的珍寶，仍難以自拔地以貪婪的目光，目不暇及地一一感受古文明的震撼。幾天下來，塞入腦袋瓜中不停地變換，也來不及消化的，儘是這些古文物的影像。當然，我們參訪的焦點仍在西安的秦始皇兵馬俑、唐代大雁塔及陝西歷史博物館、漢陽宮等地。

回台前一天，對此行作最後的回眸，我選擇到西安城牆上騎鐵馬。那天午後，西安上空是灰濛濛的一片，還間歇下著小雨。這建於明洪武年間，清順治年間重修的城牆，總長十三・八公里。儘管是盛夏暑熱的天氣，來自世界各國及外地的觀光客，仍絡繹不絕，可見西安的古文明有多大的磁吸力了。

御風而行，遙想腳下這塊土地曾經有多少我仰慕敬佩的古人踏踩而過，我第一個想到的是：司馬遷。司馬遷是中國古代史學的開創者，他撰寫的《史記》，有別以往史官只關注政治面的記錄，他則熔文史於一爐，將政治、經濟、社會、軍事、文化以及天文地理、風俗民情等聯繫起來，建構一個真實、豐富的社會面貌。獨步千古，也留芳後世。

年輕時的司馬遷曾在漢武帝身邊當個「郎中」的小官，乘著當皇帝侍從的便利，他的腳步遍及漢朝廣闊的大地，當時才二十歲的他，行腳的出發點即在西安。在二千多年前交通落後的年代，年紀輕輕的他，足跡即踏遍江淮流域和中原、巴蜀地區。所到之處，他必考察風俗，採集傳說，認識大中華遼闊的版圖，這讓他除了獲得地理的現場感，還養成了別人沒有的視野高度，以及胸臆間的浩然大氣。後來他雖忍受宮刑之辱，然「究天人之學，通古今之變，成一家之言」，完成中國第一部偉大的紀傳體通史—《史記》。

《史記》到底有多偉大呢？淺白的說，它像一盞燈，懸在歷史的上空，照亮了中國三千年歷史文明的脈絡，也讓我們後人鑑古知今。司馬遷人格又有多偉大呢？假如我們以孟子的標準：「富貴不能淫，貧賤不能移，威武不能屈」，要找個頂天立地的歷史人物來當大丈夫、知識份子的楷模，司馬遷絕對是首選之一。

第二個我想到的是秦孝公嬴渠樑和商鞅。秦始皇嬴政從長安出發，併吞六國，一統江山，成就了前所未有的霸業，固然不簡單，但是奠定霸業基礎的是卻是嬴渠樑和商鞅。秦國原是位於邊陲的貧窮小國，嬴渠樑重用商鞅，變法圖強，改變了秦國的命運，也開創了中國統一的初始形態。

商鞅變法在那個時代是很前衛的思想，因為王道統治下，通常是刑不上大夫的。在商鞅變法的二十年中，只要嬴渠樑稍一心軟，變法就功虧一簣了。而嬴渠樑與商鞅的邂逅，君臣兩人的相惜相知，是人間實踐理想的一樁美事，是朋友之間知己互信的一段佳話。

記得兩、三年前，台灣的某個電視頻道曾播出大陸的歷史劇《大秦帝國》，即是描述這段史實。我對這齣拍得如史詩的歷史劇，看得如醉如癡，劇中往往不經意的一句對白，就是耐人尋味的人間哲理。為此，我逢人必推薦，自動為此劇作宣傳，實乃太欣賞嬴渠樑與商鞅這兩位政治家的相遇，引爆的理想改革。

本人是學文的，此時此刻當然也想起唐朝的「詩仙」李白、「詩聖」杜甫。李白的《子夜秋歌》：「長安一片月，萬戶搗衣聲」；杜甫的《月夜》：「遙憐小兒女，未解憶長安」，都有提到當時的京都長安的景況…唐代以前，中國雖也有詩歌，但到唐代才蔚成空前的風氣，原因無它：政治的開明，孕育了百家爭鳴的思維；經濟的繁榮，造就了唐詩的豐沛。

一時一地的文明，其豐富燦爛或萎靡暗淡，固然繫於國力的強弱，更相關政治的開明與否。唐代不談幅員遼闊的大中原，光是陝西一省，亦或即便是西安一地，就有太多人類文明的奇蹟以及一段段傳奇故事。唐朝是中國歷史上綜合國力最為強盛的時期，也是政治最開明、開放時期。在信仰上，它接納任何宗教，在自己本土被禁的景教、拜火教、摩尼教等，在中原卻得到生息的機會；在種族上，它不排外，任何人都可在此落地生根，求學、就業、經商甚而當官，就是這種無所束縛、突破傳統，才把文明推至百花齊放的高峰。

在此兩岸政治、學術、文化頻頻交流的此刻，大唐政治的開明、文化的開放，給兩岸有什麼啟示呢？值得我們想一想。

（二〇一二年八月）

在生活轉角處發現美

每每從海外回來，熟一點的街坊鄰居總會問上一句：「好玩嗎？」

「好玩哪！」這是我直覺的反應。

「比起台灣呢？」

「這個嘛⋯⋯」要真心回答這問題，我還得思索一番。

說實在的，不管是美國的異國風情，或是大陸的崇山峻嶺、大江大河，我都覺得美雖美矣，但通常是走馬看花似地瀏覽一番，而不是深度地品味當地的地理人文、民情風俗，總覺得只看到皮相的影像視覺之美，而不得山川地理人文的精髓，那種美好在腦海中，只是短暫停留，也很快消逝，對自己的精神層面沒有留下太多痕跡。

這幾天，在家整理這幾個月來，週末假日「趴趴走」隨意拍下的照片圖檔，再次觀賞這些照片，回味當下，卻很有感覺，值得咀嚼再三。其實這些照片並沒有奇絕的風景，也沒有震攝人心的鏡頭，為什麼自己看了會動容，會有歡喜心，會覺得即使生活居家轉角也可以發現美，靜心一想，那是因為這些景像與我的生命連結在一起，與我生活的土地連結在一起的緣故吧！

這些年來，永松眼睛因視網膜開過刀後，兩眼視角廣度變窄，開車危險，這樣也好，搭公車或用免費的兩腳走路也不錯。以住家的景美為中心，我們的行腳範圍從坪林、烏來、新店、深坑，亦或沿著景美水岸的河濱公園隨意走上一段，看看天，看看雲，淺嚐在地小吃，與路人甲、路人乙隨意地聊天閒扯，圖個浮生半日閒，不亦快哉！

烏來娃娃谷的瀑布，在大雨過後，水量特別豐沛。這種山澗小瀑布在臺北郊區多處可見。娃娃谷的步道是臺北近郊老少咸宜的大眾路線。殊不知這些山路步道多處是由荒野保護協會的假日志工們，以生態工法修護的。兩個月前吧！行經娃娃谷的步道時，正撞見一群荒野的志工汗流浹背地忙碌。荒野保護協會的創辦人徐仁修是我年輕時認識的朋友，我們同是客家人，談起話來特別親切，我編客家雜誌時，邀他寫了幾篇稿子，見識到他的好文筆。他與我們我們左派的朋友林華洲（小有名氣的詩人）是台中高農同班同學。我那時還納悶：一個算是後段班的台中高農，怎麼就出了兩個才子呢？多年沒有和徐仁修聯絡了，和這些志工們聊起，才知徐仁修前兩年赴東南亞熱帶雨林探險，不幸染病，還在療養當中，盼望他早日康復！

說起來徐仁修算是台灣奇人，年輕時代即走向台灣的高山深谷，還到過菲律賓、印尼、馬來西亞沙巴洲、婆羅洲、泰北、寮國、緬甸等世界各地的叢林探險，一面從事寫作攝影，為世人留下很多珍貴的紀錄。六十年代，他看到台灣大自然受到嚴重破壞，不僅率先發起保護大自然生態的呼籲，還身體力行，着手拍攝與記錄台灣大自然的原貌，進而從事自然教育，出書、辦演講。一九九五年，他更發起成立荒野保護協會，匯集眾人的力量，守護環境。

初認識他時，聽他意興遄飛地談論他的生態保育，甚而要集資購買濕地，作棲地保育、物種保育等等理想壯志，我嘴巴雖讚許他的理念，可是心裏暗想：那有可能？這簡直是愚公移山，是痴人說夢吧！沒想到一、二十年過了，荒野保護協會的成績斐然，有目共睹。我們知道，任何事情開創容易，如何堅持，讓更多人參與，進而永續經營才算是真本事。讓我佩服的是，徐仁修為人樸實低調，不爭名邀功。現在荒野保護協會的志工聽說有八千人，可謂後繼有人，也徒孫遍台灣了。

◎

新店的濛濛谷。午後一陣雷雨，湖面氤氳，放眼望去，朦朧一片，真是名符其實的濛濛谷。

早期我們來此，都從新烏路的屈尺站下車，沿途迤邐而入。濛濛谷湖畔原有一私人經營的露天營地。早年，我們一家三口常來此戲水遊憩，青山綠水，四面環繞，真是人間佳境！後來這營地出售，改建為私人別墅，公共空間變得侷促，遊客來此難以盡興。我們現在則換個遊覽方向，搭新店市公所的免費公車，到對岸的廣興下車。此地的河濱公園，人行步道建置得很好，是台北市不錯的觀景、賞鳥地點。

這天，我們像往常一樣，隨著新店區公所藉由台電回饋金購得的免費假日公車，一路搖搖晃晃，穿過新店的花園新城、烏來的台電廠，轉入廣興。新北市在此推出農地出租。星期假日，常可看到大台北市民，攜家帶眷，來此玩泥巴，學種菜，當個快樂的假日農夫。我們也在此東晃西逛，感受一下田野的氣息。不料午後一陣急雨，我們急忙地躲進屈尺國小廣興分校，在操場一角，見一老先生，拿出準備齊全的道具，教導學生，一字一句地練習英文，我們以為他是學校老師，為學生作課後輔導，一問才知此人為蘇澄雄，只是學校的工友。曾從事電腦教材編寫工作的他，來此發現城鄉教育資源差距很大，偏鄉地區的小孩英語普遍不佳，於是他把自己教導外孫學英文的成功經驗在此複製，每逢假日，犧牲自己的休假時間，免費幫此地的小孩強化英文。

我們常感嘆：若光看台灣傳播媒體的訊息，以為台灣只有一個字可以形容，那就是「亂」；但是走訪民間，又覺得台灣處處有溫情。蘇澄雄先生的義舉，讓我們真真實實地感受到台灣的里仁之美！

◎

初夏的午後，我從景美水岸的步道散步而來，半小時就到公館的寶藏巖，這裡常有藝術展覽或樂團表演活動。那天碰巧是個小型的演唱會，觀眾在草地上或坐或臥，一派悠閒，這景致像不像印象派莫內的一幅畫呀！

離寶藏巖十分鐘腳程的客家文化館，是我常去之處。入口處有一繩草編製的龍，真的是「活龍活現」，每次經過，我都會向它致意Say「Hello」！

客家文化中心原由交通博物館改建而成，小小的園內景緻宜人，還有罕見的水車裝置，這是台北市區僅有的吧！每逢週日，園區內還有客家特產展售。身為客家人的我，當然不忘吃個客家菜包或來碗客家湯圓，回味一下小時家鄉的滋味！

沿水岸再往前行，則是馬場町公園。日據時代它是個軍事練兵場，五〇年代白色恐怖時期則成了行刑場，當時專制的國民黨在此槍決了不少未經審判的左派志士。現園區內設一碑塚，則是紀念當年的罹難人士。三十年前此地可說是充滿了肅殺之氣，現在則成了台北市溜狗、散步、烤肉、放風箏的地方，今昔對比，令人慨嘆！

永松每路過此地，都要在碑塚前脫帽，行禮再三，口中還不忘唱著左派的《安息歌》：「安息吧！死難的同志，別再為祖國擔憂，您流的血照亮的路，我們會繼續前走……」這時周圍的人通常會投來異樣的眼光，那意思明顯是：「什麼樣的怪人？唱什麼怪歌啊？」永松向來不畏世俗，當然仍神態自若地繼續唱他的歌。

這首《安息歌》歌曲源自於俄羅斯民謠，歌詞則為已故的前台大醫學院副教授許強所作。許強當年是引領風騷的台灣菁英之一，在民國三十九年被槍決。現在已沒幾個人知道他了！不要說他，白色恐怖總計有兩萬九千四百零七件冤案，但在人們記憶中，只記得美麗島事件，卻不知有那麼多優秀的台灣志士在時代悲劇中被犧牲了。那是當年國民黨幹的壞事，當然極盡遮掩；那為何在野的民進黨對此也噤聲不語呢？是因為「割稻尾」的心理，希望台灣人只記得美麗島事件而不知其他。我想這就是台灣年輕一代失憶的由來。

唉唉！話說遠了，我要說的是，一個地方好不好、美不美，除了山川地理，歷史人文也是因素，而後者是需要在地人自己的澆灌和努力的。

（二〇一二年九月）

戀戀南庄

客委會宣告桐花季開始了，我和扶輪社一大群朋友來到我喜愛的客家小鎮——苗栗南庄。它真是臺灣少數保留住好山好水的地方。

和南庄的結緣，要追溯到二十年前，那時我還值盛年，腳力正好。記得是大年初一吧！我們一家三口和一對當律師的山友，五人來到南庄的山區鹿場。在鹿場的民宿住一晚，大清早五、六點，帶着口糧，儘管天氣是溼冷冷灰濛濛的，我們還是向標高兩千多公尺的加里山進軍。

加里山是登山界山友熱門的景點之一，大概是節日加上天冷，整條山路，當天只有我們一行五人。前行不久，不知何處卻竄出兩條大黃狗加入我們的陣營，好像識途老馬的嚮導般，一路帶著我們前行。

當年才六、七歲的兒子，因為山路陡峭又濕滑，一路摔跤，跌坐在濕漉漉的泥濘地面，幾次都耍賴嘟囔：「我不走了。」我們是又勸又哄，後來索性丟下他不管，讓他自己跟上來。當我們加快腳步前行，又不放心地偷瞄他是否跟上，卻看到好玩的一幕：原先跑到前頭一馬當先的黃狗，卻奔竄到兒子跌坐的前方汪汪地吠叫，那吠聲好像是同伴的鼓勵：起來、起來，快到了、快到了。兒子也真聽了話，拍拍屁股，又跟上來了。午餐，我們找一平坦的溪谷分食婆婆幫我們準備好的蘿蔔糕、炸香腸，兩隻大黃狗肚子似乎也餓了，蹲坐一旁，津津有味地和我們一同進食。

那天我們走了九個多小時，下山時天色已昏暗了。為了感謝兩隻大黃狗的免費嚮導，回到鹿場的民宿，我趕緊到民宿對面的雜貨店打算買些罐頭犒賞它們，雜貨店老闆娘一聽我的來意，哈哈大笑。她說：她就是那兩隻大黃狗的主人。她的先生早年是伐木工人，狗兒都陪伴他先生上山。久而久之，狗兒也愛上爬山。不獨我們，任何人往登山口方向走去，狗兒見狀，即自告奮勇地當嚮導。

這是陳年的往事了，但這溫馨美好的記憶卻不時在我腦海湧現。南庄山明水秀的田園風貌有如村姑般的恬靜清麗，予人深刻的印記。事隔多年，再次重遊，發現這位村姑有些不一樣了，彷彿淡雅地上了妝，更加迷人。置身其間，客家美食、梧桐花蹤、咖啡飄香、原住民歌舞，再再令人流連。最讓我感動的是，我看到南庄村民的努力：蓬萊溪的護魚成功。整條溪溪水淙淙，清澈見底，苦花、石斑、鯝魚優游其中，絡繹不絕的遊客走在護魚步道上，觀賞讚嘆，這才是南庄最大的資產，也是南庄的驕傲。

我們一夥人走了觀魚步道，吃了美滋滋的客家美食，也喝了濃郁的桂花釀，我心中還是懸念着想去「山芙蓉咖啡花園」。陳文茜曾撰文推崇它有讓人驚豔的奇花異卉，好想到那兒喝杯咖啡，真實感受以花卉妝點的藝術花園。可惜團體行動，時間不允，只好留待下次了！

酒足飯飽，大夥又班師到新竹湖口的南園。這座漢寶德設計，彷江南庭園建築的園林，我也是二十年前即造訪過。初初觀賞時，對堪稱是建築工匠極致的紅磚青瓦、馬背燕尾以及各式亭台樓閣，驚為天人。這次重訪，昔日的雕龍畫棟已有些古舊斑駁，像遲暮美人，不耐看囉！相較於南庄大自然之手雕成的天然美景，套句通俗的廣告詞：「還是天然的最好！」

其實這些年，我已厭倦走馬看花、趕集式的旅遊，也不愛商業化、媚俗的觀光景點，我只想在作個隨心所欲的晃遊者。在好山好水的一隅，看看天光雲影，聽聽鳥叫虫鳴，和老農話話桑麻，享受人世間的寧靜安祥，已願足矣！而苗栗南庄就是我的首選。現在我腦海已構思好下次到南庄，除了吃客家美食，走觀魚步道，喝桂花釀之外，我要去「山芙蓉」喝杯咖啡，我要去找幾位老農，最好還可以遇上南庄賽夏族神秘的「矮人祭」！

（二〇一〇年四月）

打從你身邊走過的人

「吳龍欽的兒子好嗎？」

日前永松赴台中參加聯盛機電公司的董事會，一返回家門，我即迫不及待地問。

「還好啦！負責QC的工作，一個月三萬多。」

「喔…」，我靜默下來。

聯盛機電公司是永松在民國七十六年所創辦，專門生產各式放電加工機（製成模具的工具母機）的公司，當時公司的總經理即是吳龍欽。他是我們在生意場域打滾三十多年，碰過最好的事業夥伴。因為他和永松理念相近，只要三言兩語，他即領悟永松的想法，也當即貫徹永松的想法，所以永松這老闆當的也輕鬆。聯盛公司在他的管理下，經營的有聲有色。

每每他北上，就在我們景美家的餐桌上，一邊用餐，一邊和永松討論公事。我在廚房手忙腳亂當廚娘，旁邊的餐桌即不時傳來談笑聲：「好，好，就這樣辦！」談笑間，兩人就達成共識。

長得矮壯，敦實，坐在餐桌上，我從正面打量端詳，他方臉大耳，上半身很有架式，只是站起來，稍嫌腿短，整個人氣勢弱了些。因為和永松投契，兩人對公司經營的願景與看法，都不謀而合，公司上下一心，業務發展自然蒸蒸日上，在同業，聯盛公司算是數一數二的領頭羊。平日永松只需要下下指導棋，管理業務等全都放心地交給他，他也不負永松的期望。為進一步向海外拓展，聯盛公司不但與工研院合作 PC Board 的打孔機，也與德國西門子公司有進階的合作計劃，為此，西門子公司還派任工程師常駐於聯盛公司，實際研究雙方合作事宜。

「用對的人，就做對的事」，一切是如此順利如意，公司上下同心，非但賺錢，遠景又看好，多順心的美事一樁啊！

就因為公司發展太順利，民國八〇年，公司招待員工及家屬遠赴澎湖旅遊，卻不幸發生了台灣史上最慘的澎湖海難，聯盛公司死了十八人，包括總經理吳龍欽夫婦。這是距今二十四年前的事了，可是我們人生忘不掉的慘痛，最最讓我們不忍的是：失去了一位事業上的左右手，人生旅途上最佳的好夥伴。

這個痛，深藏在我跟永松心中的一個角落，平日我們不想觸碰，深怕隱藏的傷口被戳破，悲傷的情緒會一瀉千里。但是，我們關心故人吳龍欽的兒女，所以永松每年一次到台中開例行的董事會，我都忍不住問問吳龍欽的兒女近況。

我們憐惜吳龍欽，重用他，不只在乎他的專業，他還是個多才多藝的人，他拉得一手好胡琴，當時還擔任台中國樂社的社長，多次率團到台北社教館表演。是老天忌才嗎？讓他早早即離開人世！至今，每憶及此事，我晚上還會夢魘。

清楚記得那是民國八十年九月十三日，正逢黑色星期五。傍晚，我和永松剛吃過晚餐，隨即接到我們不認識自稱是報社記者的來電：「請簡老闆趕快看電視！請簡老闆趕快看電視！」莫名其妙地打開電視，跑馬燈的號外，一連串流動的可怕字眼出現眼前：一觀光游艇於澎湖外海距碼頭一百公尺外海處翻覆，內載觀光旅遊的台中聯盛公司的員工，死亡名單有……像五雷轟頂，腦子一片空白，震駭、恐懼、不知所措，都不足以形容我們當時的心情。半晌，我回神過來，拉起身旁的永松，「快快趕去澎湖啊！」只見他面色青森森，整個人癱軟軟的，幾次都站不起來。

命運是每個人掙扎不過的宿敵。經過時間的洗滌，我們接受了這個事實，只能偶而多關注故人的後代，比如，吳龍欽的小舅子在聯盛公司當個部門主管，他的兒子因車禍傷及腦部，就做簡單例行的工作。

這是二十多年前的往事了，沒想到此後我們還有生命更大的磨難：永松肝臟移植，幾度在鬼門關徘迴，幸運地碰到高雄長庚醫院陳肇隆醫生，揀回一條老命。

在高雄養病一年，返回台北，已人去樓空的喬美公司幾成廢墟，是永松年少的朋友尹衍樑拉了我們一把，讓我們有東山再起的機會。

人的一生，打從你身邊走過的人不計其數，有的只是互瞄一眼，打個招呼，或吃個飯，說聲「bye-bye」，彼此是平行線；有的是互相欣賞，工作生活交集，影響你的人生、思維，甚至滲入你的腦海，成為你生命的一部分。

當然，打從你身邊走過的人不可能全是正人君子，我們也碰過離職多年的員工，因為多年沒頭路，卻幹起威脅恐嚇公司的勾當。

今夜的台北，雨仍是淅淅瀝瀝下個不停，回顧這些往事種種，我想：這些年來，讓我們堅定信念，持續走向普惠大眾的金融創新之路，即使荊棘滿佈，也無怨無悔的，不正是打從我們身邊走過的人的恩賜、鼓勵和影響，以及注入我們體內細胞，已自我內化的淬煉嗎？

（二〇一五年五月）

東里，那好似遙遠的地方！

東里，位在花蓮縣富里鄉，搭乘火車，玉里鎮的下個站即是。它是傳統的農業小村落，夾在花東海岸山脈與中央山脈的縱谷之間。它的美，正是因為長久以來都沒什麼改變：遠近起伏的山巒、悠悠的白雲、青青的稻禾、縱橫的阡陌、幽靜的鄉間小路，以及空氣中夾雜著青草和泥土的味道。它，是我從小生長的地方。從出生到玉里初中畢業，有十五年的光景，我都生活在那裏。對我而言，地理上的距離，它夠近了，搭個火車，幾個小時就到了，可是心理上，它又似遙遠。離開那裡五十年了，每每魂牽夢縈，我卻不常回去，幾次都是匆匆而過，說不清的「近鄉情怯」心理，是關乎年少離鄉時家族敗落不堪回首的種種往事糾結？

東里，因鄰近知名的六十石山林場，曾是花蓮重要的木材集散地，而當年的東里木材廠，即是家父所經營；打出名號的花蓮「御皇米」，即是東里米，東里碾米廠也是父親一手創建的。父親很多「豐功偉績」，我只是聽說，大哥、二哥較好命，享受過家境優渥的時光，我則自懂事起，聽到的都是父母日復一日因缺錢的種種煩惱：工廠的周轉不靈，債權人登門的大呼小叫，而父親的咽喉癌日益嚴重，叔叔只顧著和結拜的十兄弟花天酒地，以至於後來導致家變：父親與多個堂兄弟為分產鬧得不可開交，幸好有德高望重的姑媽（前海軍總司令郭中清上將的母親）出來說公道話，才平息一場兄弟鬩牆之爭。

我初中畢業時，父親一一將工廠盤讓、農地變賣，我們全家也搬離東里。當時連根拔地的離開家鄉，雖說談不上倉皇逃離，但對於父親，至少在地方上是個有頭有臉的士紳而言，是極不光彩的，但我知道父親已心力交瘁，搬回桃園楊梅的祖地，不到三年，他即病逝。

回憶這些年少的過往歲月，在重重疊疊的光影中，摻進的悲傷往事，讓我遺憾、感傷，所以它在我腦中的記憶匣裡隱隱的藏著，不輕易外露；但另一面，除了準備搬離東里的那幾年，我的童年歲月其實大都是充滿歡樂的，在東里方圓幾公里前前後後的山巒、溪流，都是我和玩伴的秘密花園。屋前的阿眉溪，可以捕魚抓蝦之外，溪邊玩樂的花樣可多呢：打水漂、玩沙坑、堆砌房子；屋後滿山遍野也盡是寶藏，挖山薯、採野莓、山果，甚至偷採鄰人的芭樂、木瓜，都是我們常幹的事。

在我家通往東里國小的上學途中有一條山路，山路旁的野地種有玉米、甘蔗、紫地瓜等等，隨手都是我們可口的零食，可是在路旁一棵棵樟樹幹上，常可見六角星字形的人為標記，還塗上腥紅色，傳說有匪諜藏身於此山野，在那高喊「殺朱拔毛」時代，身處四下無人的荒野，雖沒有園地主人來追趕，我們可放心的大口啃著甜滋滋的甘蔗，但心理卻又有點驚慌慌的，惟恐傳說中的匪諜突然現身；山上也有幾塚墳墓，傳說魔神仔最愛牽小孩：童年的時光就是在上山下水的玩樂中忽忽而過。

每每和兒子談及小時的種種童趣：每個人都打赤腳上學、走泥巴碎石子路、普通的四角方巾就是我們的書包、遠足時母親給三毛錢而我以一毛錢換到十個橘子：他都覺得我在「講古」，那是古早時的天方夜譚，任我說的口沫四濺，自覺逸興遄飛，他小子總是似懂非懂，毫無共鳴。幾次之後，我終於了然，成長於山林鄉野與都會叢林是多麼的不同，以至於志趣、喜好，甚至人生觀都和我們戰後嬰兒潮世代迥異，這是勉強不得的，這就是代溝，這就是滑世代與我們三、四年級生的不同吧！

離開故鄉東里五十年了，到現在，我夢中的背景常常仍是東里一脈悠悠的山巒、清澈見底的小溪，我也時時向留在那裏的幾位親友打聽故鄉的大小事：東里村現在人口只有幾百人嗎？東里國小全盛時期學生有八百至一千人，為什麼現在全校學生只有三十三人、教職員十三人？人口都外移了嗎？那我們家算是最早出走的囉？聽說最近有兩個年輕的兄弟返鄉種田了！大哥的同學還在東里國小當工友嗎？我們的鄰居賣農藥的一家五姊妹個個都很會念書，她們搬去哪兒了？影響我一生的初中徐文勳導師現在好嗎？

人老了，特別會思念故鄉吧！這些年我常嚷嚷要回東里看看，最近大病初癒的姪女對人生也有特別的感觸，在她吆喝之下，我月初請了三天的假連同周六、日共五天，我、她和老妹一行三人，把所有俗事拋在腦後，住在光復的姪兒太太開車全程當地陪，我們在花蓮開心暢遊了五天，在東里則待了兩天，盡覽花東海岸及縱谷之美。

花蓮古稱洄瀾，它的美已經是眾口皆碑，有太多的影像及文字記錄，不需我贅述，倒是待在東里的時間，我的心情一直五味雜陳。如同台灣其他的農村，看到的大都是老人在耕作，老人孤獨地守著老家，我的同輩、同學一個個也都外移，好不容易找到幾位長我一輩的親戚聊聊，東家長西家短一番後，他們竟然也戲謔地說：「東里是好山好水，可是好無聊呦！」

是啊！東里交通變發達了，以前的泥巴碎石子路條條都成了筆直的柏油大道，東里國小改建翻新後，外觀設備一點都不輸給都會區學校，大自然環境也沒變，走在曾經熟悉的鄉間小徑，微風陣陣迎面吹拂，抬頭是高低起伏的山巒，一片片舒捲的白雲悠悠地停在山腰，一切彷彿都很美好，可是少了什麼呢？對了！人氣，人少了，就沒了那股勃勃的生氣，怪不得連老人家都覺得無聊！

而我自己呢？童年的種種，都在我生命中烙下不可抹滅的軌跡，我熱愛山林、原野，性格表裡如一，即使在商場打滾，也學不會鄉愿、矯情，那為何又有「近鄉情怯」的種種心理糾結呢？返回台北後，我想了又想，是當年離開東里家鄉時藏在記憶匣裡的遺憾、感傷，尚未撫平？抑或潛意識裡希望自己有所作為，替父親扳回一城？

最近看了蔣勳的一篇文章，其中有段話是這樣寫的：「生命裡忘不掉、捨不得，都是幸福的開始，不是一直要有新的東西，然後把舊的丟掉，這樣不會有記憶。幸福，就是從這些事情慢慢建立的。」我忽然有所領悟，好希望自己有朝一日能為我的家鄉作些什麼，而首要之務是我要鍛鍊自己成為一個有能力為他人付出的人。（二〇一五年六月）

關於生活中的加與減

「忙也自在，閒也自在；好也自在，壞也自在；富也自在，窮也自在。」對此懸標，我知道自己駑鈍，修為不夠，但我心嚮往之！

Facebook（臉書）在台灣已有一千兩百四十萬用戶，其中更有四百萬人每天使用臉書超過四小時。喬美、喬安既然是網路平台公司，標榜網路社群，當然要善用臉書的功能，何況我是媒體人出身，在公司擔負文宣企劃的重責，首要的功課是熟悉、運用臉書這媒介，進而廣結善緣，建立人脈，作為公司業務推廣的後盾。

為這前提，我在臉書註冊了兩次（其中一次隱姓埋名），也試著接受它、使用它，後來發現要在上面廣交朋友，就像種花種樹一樣，要花時間澆灌、要有耐心培植，一日不只要看三回，可能要看三十回，三十回少說要花三、四小時，那我上班還有時間幹其他活嗎？權衡之下，我只好選擇放棄。

我的大學同學（當然跟我一樣是ＬＫＫ）老是跟我誇示：他是iPhone迷，iPhone有多好用就有多好用，iPhone每推出新款，他都搶頭香購買。屬低頭族的兒子身上也隨時帶著一支iPhone，有事沒事就低頭按、按、按，我調侃他：到底iPhone裡面藏著什麼東西讓你那麼著迷？「你自己用就知道」兒子如此回我。上星期 iPhone 5 推出，他預購了一支要送我，我想了想，在辦公室我已是電腦的重度使用者，一天少說也用五、六小時，我下了班，眼球還要黏在那小小的螢幕上嗎？我斷然謝絕他的好意，因為我的手機能撥打電話、接聽電話，我認為就很足夠了。

人老了，更需要朋友，是這原因吧！我們東昇扶輪社不論社友或社友寶眷，三天一小酌，五天一大宴，社友之間感情更加濃濃蜜蜜。我和永松年輕時也好此道，在應酬往來中和人交友、交心。這些年，作個企業主，在工作上需耗神費力更甚以往，每每工作一天下來，再也沒有多餘的心力體力花在 Social 上了，所以對朋友的邀宴，我們現在只好敬謝不敏。

我喜愛山，我們有一對山友夫婦，年輕時與我們爬遍北台灣的各個郊山。這些年，我們腳勁不好了，只能望山興嘆。他們夫婦比我和永松年長五、六歲，體力卻比我們好，還照樣到世界各天涯海角玩透透，已去過一百多個國家了，還樂此不疲。即使在島內，他們也沒閒著，總是吆喝一群志同道合的朋友，遊山玩水，真是愜意。今年冬天，整個台灣又濕又冷，他們已計劃好從邁阿密沿途到加勒比海，度個陽光普照、暖呼呼的新年假期了，如此人生，怎不讓人欽羨！

想要或需要，每個人生活中每天都要面對這些選擇，這之間有太多的想望，應是生命的原驅力吧！還是跟個人的性格、心理情境、工作環境…等有關？

前不久，女作家平路在聯合報副刊發表了一篇文章《包包物語》，對現代女性的戀物僻，永無止盡的追求名牌包包的心理狀態描述得幽微深入，不愧是學心理的，如此了解女人。

本人當過時尚雜誌的編輯總監，卻討厭女人受時尚流行宰制。我認為買東西就像交朋友一樣，看對眼就好了，所以我很少買貴的衣物，就像我很少與權貴階級往來一樣，總是隨緣隨興。偶而逛逛百貨公司買些衣物，永松問我多少錢，我的答案總是在數字後面加個零。這輩子，除了結婚時進過金飾店挑選過飾品，至今我還沒進過珠寶店，身上衣物的佩件，全都來自菜市場，往往幾百塊也能挑幾件對眼的。珠寶說穿了不過是漂亮一點的石頭，但終究是石頭！

不過，當過媒體人的我，對新生事務總有份好奇，也喜歡接觸陌生人，在想要、需要之間的加加、減減，也就難免有猶豫、有掙扎。

人生在不知不覺中，老年襲來。過了耳順之年，特別是經過一些人生的磨難和悲痛，生活中的「加」與「減」，我越來越挑選「減省」這一項。商場的應酬能免就免，人與人間的往來，與朋友的互動，都喜歡直接、真誠、隨緣，討厭社交場合的客套、包裝。

但在另一面，我又希望自己每日精進，不能忍受自己因年齡而停滯，在人生前進的路上如何能做到「不滯於物，也不滯於人」呢？也就是說，知道人生要更高的視野、更長的時間，來看待一事一物，當下如何能擺脫黏著，不把自己囿於鼻尖，追求隨意和自在，是很大的功課。要修好這門功課，是不簡單的。

揮別二〇一二，迎向二〇一三新的一年。個人和公司一樣，少不了要作年終盤點和新一年的展望。新的一年，我期待自己的生活是什麼樣貌呢？最近讀到這段佳句：「忙也自在，閒也自在；好也自在，壞也自在；富也自在，窮也自在。」對此懸標，我知道自己駑鈍，修為不夠，但我心嚮往之！

（二〇一二年十二月）

後山歲月

春雨霏霏，乍暖還寒的時節，我隨著扶輪社的一群朋友，到「後山」走春。

後山，花東是也。

是日，從台北搭乘台鐵的太魯閣號，不到一個鐘頭，眼前景色即由灰暗陰霾的台北上空，換成天青氣爽的花蓮、碧波萬頃的太平洋。空間轉換，整個人心神鬆懈，長期來被工作綁架，腦袋常處渾沌的我，感覺細胞也跟著快活敏銳起來。

在花蓮，眾人呼呼喳喳的吃了招牌的曼波魚餐，隨即換上遊覽車，往台東方向駛去。肚子一填飽，眼皮自然就下垂，不一會兒，車上社友沉睡的鼾聲已此起彼落。眾人皆睡，唯我獨醒，無它，近鄉情怯是也。特別是車子出了花蓮市，在近郊路旁，一商家的招牌：「後山歲月」四個大字映入眼簾，更勾起我這「少小離家老大回」的滿腹感觸。花蓮是我出生地，也是我年少成長的地方。人生已過一甲子了，想起滋養我，緞鍊我人生基底的故鄉，一拖拉庫的回憶也在胸臆間迴盪、撞擊。

花蓮，又稱迴瀾，對土生土長的花蓮人來說，後山，才是我們對自我的家鄉親暱的稱呼。對花蓮人而言，後山，不僅代表自己家鄉，這個詞還對應另一個詞「山前」——花蓮人對台北西部的通稱。

我出生於花蓮富里鄉東里村，玉里初中畢業我們全家搬離花蓮，我才轉念新竹女中。小時，住在僻遠的花蓮小村落，山前，對我是陌生不可知的地方。糢糊印象中，幾次隨著母親回娘家桃園，成長於田野習於鄉居的我，每經過當時台北繁華的高樓大廈和迂迴曲折的地下道，我都會有種莫名的恐懼和迷惑。這潛藏的不適應，影響至今，雖然久居台北三十多年了，在台北我仍是個路癡，常常走呀走的，就不知自己置身何處。

五十年前的後山，比較起「山前」大台北地區，想當然是閉塞多了。我依稀記得隨母親回娘家，在中壢街上，隨著眾人擠在商家前看一方盒子居然有人會講話（電視是也），心中感到莫名震駭。回到花蓮東里鄉下，跟同伴分享我發現的新奇事兒，我的死黨們怎麼都不信；講起台北人穿的內褲是三角形的稱為三角褲，與我們鄉人常穿的有鬆緊帶的四角褲不同，我的玩伴們都笑翻天。

當時別說到台北闖出什麼名堂，連我大姊在「山前」學裁縫，二姊、三姊在桃園的紡織廠當女工，過年過節不免帶著大包小包返家，也好像衣錦榮歸似的，不少村裡人聞風而至，以欽羡的目光紛紛打探「山前」的景況，那陣子二姊、三姊的房間都好不熱鬧。因為這樣，我家成了對外的窗口，村裡不少姑娘也隨姊姊們到「山前」當女工。而在中壢公部門工作的舅舅，除了受母親之託要照顧到北部工作的幾位姊姊，連同去的村人也要一併照料。

父親原生地在桃園石門水庫的大坪，為何在日據時代跑到那時交通不便又算是荒僻的花蓮鄉下，經營碾米廠和木材廠？客家人的家庭，父親向來威嚴，他很少與兒女談論自己的過往。父親的種種，我是年長後才由老哥口中知道：日本殖民臺灣時，父親參加了台灣文化協會，從事地下的抗日工作，還擔任桃園大溪支部的負責人。後來他為日人所捕，坐了八個月的牢，他的小學老師吳鴻麒——即吳伯雄的伯父保了他，才得以出獄。之後，為避禍，父親便到花蓮發展。

在花蓮，父親也是不甘寂寞的好事之人。我們村裏蓋廟作醮，他是起頭的人；村裡有人吵架，鄰居媳婦跟人跑了，他是排難解紛的人。在我們家，還常有特別賓客甚至出家的方丈到訪。對父親社交的迎來送往，當時才唸小學的我，很難理解人事後面的來龍去脈。

記得永松第一次到我家，距父親過逝已有十年了吧！他看到我家牆壁上掛著一幅毛筆字：「帝國主義以宗教侵略中國」，是一外籍傳教士送給父親的，他大感驚訝。他揣度有此想法的傳教士必是左派人士，而我的父親也必是認同左派的。所以，私下他幾次慫恿我向我老哥要那幅字，我拒絕了他，因為我一向自有分際，不想卡娘家的油。誰知，老哥重新裝潢房子，我返家慶賀，發現那幅字沒了，老哥的回答卻是：「我把它給扔了。」我張口結舌的愣了半天，一時語塞，不知如何反應。這事讓我悵惘許久。

至於我的母親，有著客家女子堅韌的本性，勤儉持家，任勞任怨。父親主外，與叔叔一家子同住的大家庭就靠母親張羅操持。我還記得野心勃勃的父親總是要做大頭路，總是向鄰居金賢叔公借錢周轉。父親豈知向金賢叔公借來的錢都是來自母親辛苦積存的私房錢，只因為透過他人之手，母親的錢尚可回來，直接拿給父親，就是肉包子打狗—有去無回了。

在我們居住的小村，百來戶人家，大都以農為主，過的是雞犬相聞，相戶往來，與世無爭的日子。特別是我們的那個庄子，好多是來自桃園、中壢的客家人，其中又以母親宋氏的族人居多，所以村人我叫舅媽、舅公、叔公、伯公的特別多。不僅是年節，即使是平常日，村人彼此也禮尚往來，你送我一大碗湯圓，我送你幾顆家種的紅肉大柚，你嚐嚐我醃製的冬瓜，我試試你作的紅麴酒糟。

小時，村後聳峙的山脈與村前花東縱谷的溪流，就是我童年和玩伴們嬉戲遊樂的大場域。山上採野果、溪裡捉魚蝦是我童年最愛玩的遊戲。那時物質雖貧窮，但人人過著「日出而作，日入而息」的生活，沒有比較，也自在快活。我的童年，物質雖不豐裕，日子也不曾感覺有任何欠缺。少年不知愁滋味的生活，在父親生病後，家境變艱難了，我開始感受人間的愁滋味。

初中畢業，同學們都去考花蓮師範，因為那時最好的出路是當小學老師。我捨去當小學老師的念頭，一心想敲大學之門，算是異數。之所以有此膽量，主要是受我的班導師徐文勳的鼓勵。我功課雖好，但自認資質普普，徐老師獨獨對我另眼相看，大概他看出我有不服輸的蠻勁吧！

十來歲離開花蓮的少女，四十多年過了，人生已過了四分之三，現已髮蒼目茫，我怎麼看待自己呢?當年沉浸在《咆哮山莊》、《基督山恩仇記》等小說以及金庸、古龍的武俠世界的文藝少女，沒有大才又不甘庸碌的我，我怎麼看待自己的人生呢?當初自己也曾懷抱著遠大的志向和理想啊！

反省起來，唸了正規的新竹女中和成功大學中文系，接受標準化的養成教育，在我的性格上內化了不少書呆子的傳統包袱和道德的框架。除此，客家母體文化在我體內產生的影響，解嚴前後參與黨外運動、婦女運動也磨練了我知識份子對某些事物的堅持，這些種種，就大抵揉搓形塑出現在的我吧！當然，潛藏在我性格底層也應有父親一生對正義感的追求吧！

遊覽車急急前行，我對著窗外東想西想。一幕幕倏忽而過的風景，是我曾經熟悉現在又有點陌生的綠野溪谷。直覺有話要說，我忍不住從導遊手中截下麥克風，對車內的扶輪社社友講講我年少的這段「後山歲月」，也提起自己父親年少時反抗過日人以及被補的際遇；沒想到我東挑西選的另一半，竟也是做過國民黨的牢，是冥冥之中命運安排？我的父親終其一生都想做大頭路，我的另一半永松不也是矢志不移要開創商業模式的創新大路！

眾人聞之有趣，忍不住哈哈大笑，我自己也覺好笑。只是憶及年少的過往、故鄉人、故鄉事，又感覺有些悵惘。席慕蓉有首詩《鄉愁》，其中的兩句是：

故鄉的歌是一隻清遠的笛　總在有月亮的晚上響起

故鄉的面貌卻是一種模糊的悵惘　彷彿霧裏的揮手別離

這，正是我此刻心情的寫照吧！

（二〇一一年四月）

要老得優雅，老的安心

我對人生沒有太高的懸標，惟要求自己獨立自主。我不崇尚名牌，也沒有太多交際應酬。日常生活奉行的是：讀書、輕食、運動。在簡單規律的生活中，工作是我最重要的部份。我喜歡工作，因為工作帶給我成就感，還有自我的肯定。

去年開始吧，我明顯感覺自己體力的衰退，身上的零件無預警地一個個都出毛病。先是靈魂之窗—眼睛跟我抗議，我喜歡睡前躺在床上看看散文、小說，不知是光線不足的關係，抑或閱讀姿態不對，我的右眼常感覺霧煞煞，揮之不去的黑斑點老隨着眼球轉呀轉的，看了醫生才知道：這是飛蚊症。

接下來，膝蓋怎麼老是隱隱作痛。我心裡老大不服氣，我喜歡登山，算算也有二十年的登山資歷了，台灣北部的中級山都曾有過我的足跡。一向自詡的老骨頭怎麼也跟我過意不去，難不成自認勇健的膝蓋有問題？骨科醫生的回答，讓我大吃一驚：「妳的膝蓋過度使用，半月軟骨都磨損擦差不多了，當然會痛。」我聽進了醫生的咐囑：不能在穿高跟鞋了。可是我還放不下心中的懸念，忍不住問了他一個傻問題：「那我還可以去走八通關古道嗎？」

「可以呀！只是妳的腿會斷掉。」醫生的直言讓我覺得自己好白癡。

再來是我萬萬想不到的：我的下背從兩條大腿外側一直延伸至腳盤，常像觸了電一樣，一陣陣痠痲抽痛。我原以為我閃到腰扭到筋了，上瑜珈課時，特別強調下腰的幾個體位動作。奇怪的是：往常那裡痠痛，拉拉筋就沒事了，這回不但沒改善，幾次抽痛到半夜醒來，不能成眠。醫生的檢察報告讓我大吃一驚：原來我的背脊下腰第二、三節有滑脫的現象。

天呀，怎麼會呢？我瑜珈練了十幾年了，功力還算不差，年輕人誇口的劈腿，不管是直劈或橫劈，都難不倒我。每天在辦公室坐了八個小時，操的人疲馬睏了，下了班後，我還每星期兩天強迫自己練瑜珈。在一群同學中，我是除了老師之外，年紀最長的老生。不服輸的性格使然吧，每每在兩個小時的瑜珈課中，我都比年輕的同學認真，巴不得把所有的瑜珈體位法練到位。這樣的躁進，怪不得身體抗議，下背滑脫痠痛。

身體零件的固障，讓我心緒一度很糟。我是屬於戰後嬰兒潮世代，也就是人稱的「螞蟻族」。這世代人普遍有個特色，追求的不單是將個人生活過好的聰明，還有對自己人生的期許，對志業的一份企圖心。我覺得此刻的我，雖已屆耳順之年，精神內涵應是人生的頂峰，我的人生應該還有很多奮發的未來，但作為心志載體的健康卻怎麼有了問題？身心的變化，從不知「老」之將至，到承認自己「老」已降臨，從不服氣到認份，無可否認，自己的內心是經過一段時間的翻騰、掙扎和調適的。

現在的我已不敢漫無限制的在床上看書，只要眼睛一澀，趕快閉目養神，每日也不忘補給眼睛的維他命—葉黃素；以往一天可以爬山十幾小時而面不改色的腳勁，只能當聊天時的吹噓罷了，星期假日走走景美溪水岸，遙望遠山，往日登山的種種只好放入記憶匣中偶而回味；下背痛的問題，我不敢掉以輕心，常勉強自己擠身在醫院復健科中讓機器在下背搓揉、拉扯。

當然，我正視也接受了這個事實：我雖然還不太老，但已經有點老了。身體的零件固然還堪用，但需要時時保養了。原先以為我輩中只有自己才有此老化現象，一問方知周遭為膝蓋退化吃維骨力、打玻尿酸的還真不少；近來老友聚會，話題也在心血管疾病、三高等老人病上打轉。唉！原來老病是一家。

變老是人生必經之路，但希望自己能老的優雅，老的安心。最近我發現「老」這個字是除了選舉新聞、歐債危機之外，報章媒體談論的最多的公共議題：「台灣老化速度，世界第一」、「二十二年後，台灣將成全球最老國」、「面對即將而來的老人海嘯，你，做好準備嗎？」……這些標題雖然聳動但都有真實的數據為證，看了還真叫人觸目驚心。

一個人要老的幸福，老的安心，西方諺語說要具備三要件：「老本、老伴、老狗」。老本，說來俗氣，可也最實際。人老了身邊沒幾個錢，就像魚沒水是沒法動彈的。理性妥善的處理老本，是銀髮族的功課。前些年的金融海嘯，不少人購買雷曼兄弟及衍生性商品，導致血本無歸，大大影響了退休生活。講到這裡，我很高興我們喬安公司推出的「安家30」互助保險，兼具保險與儲蓄功能，讓普羅大眾的老年人得以受惠。

至於老伴、老狗，對現代人的意義應更廣泛了。現代社會有眾多的社團組織，只要身體能動，走出孤獨，排遣解悶，並非難事。何況人老了，總有一人先走，尋找靈魂伴侶，談何容易？養隻狗當伴，好是好，在都會養狗大不易，要如何不吵到鄰居就夠你傷透腦筋了，怪不得現在日本發明了不吵人的機器狗。

唉！唉！談到老，聯想的好像都很負面，最近看一本日本有名的女作家—曾野綾子的書《中年以後》，這本書是她六十五歲時的作品。六十五歲前，她曾經歷過視網膜病變、骨折之痛，對人生的觀察，她提出很多新的見解。比如她說：

「人的靈魂在晚年以後才呈現成熟的一面。」

「真正的人生價值判斷力，只有在中年才具備。」

「中年以後，是肉體衰退精神趨向豐富的階段。」

……。

對，人老了，對生命仍要懷抱熱情，而作為一個獨立自主的人，「老的優雅，老的安心」是對自己也是家人的一種承諾。

（二〇一一年十一月）

以生命踐行左派理念的陳映真先生

十一月二十二日，台北的入冬，天候特別溼冷。

我一如往常，下班後回到景美的公寓，忙著張羅晚餐，永松則是每日例行的運動：到附近的仙跡岩爬爬山。備好簡單的晚餐，躺在沙發上歇息，才拿起遙控器打開電視，銀幕上跑馬燈顯示出幾個字：「小說家陳映真病逝，享壽八十二歲」，一陣驚詫、錯愕，此時爬完山的永松正好推門返家，我告知此事，「啊！啊！」他一副難以置信的反應。其實兩年前，因為商務他跑了一趟北京，即略知陳映真的病況，但陳映真辭世的消息傳來，還是那麼令人感傷、不捨。

記得也是入冬時節，永松第一次去北京，行前，他託囑在北京中國社科院任職的朋友韓嘉玲，可否聯繫上陳映真的夫人陳麗娜，他想去探望大頭（陳映真的綽號）。圈內熟悉的朋友都說：陳麗娜擔心朋友到訪，會讓大頭情緒起伏太大，對心臟病人不利，所以一律謝絕。在北京談完公事了，永松還是記掛著大頭，他又請託另一熟人聯絡，因為他堅信：憑他和大頭的特殊革命交情，無論如何都要見上一面。等啊等的，北京的氣候比台北更濕冷、凜冽，十年不見，故友近在咫尺，想念之情加上等待的焦躁，讓一行人坐立不安。一方說：等等，很快就會有回音；另一方說：不能等了，回程的班機訂好了，再等下去就要拖好幾天喔！永松終於無奈地說：「好吧！我們走吧！」

一行人在奔往機場的路上，永松的電話響起來了，電話那一頭是陳映真的夫人陳麗娜，十多年不見，她只開口：「你好嗎？」，便哽咽啜泣，千言萬語不知從何說起。但僅僅如此，永松相信：陳麗娜和陳映真夫婦應能感受台灣友人對他們的深深關懷。

學文的我，年輕時是媒體人，也愛在幼獅文藝、皇冠寫寫散文、小說，和當時的文青一樣，著迷陳映真的小說《鈴璫花》、唐倩的《喜劇》、《夜行貨車》、《萬商帝君》…是先天對文字的駕馭就有魔幻般的天份吧！他的作品對人事物景況的掌握、描摩，其強大的宣染力，令人嘆服，華人作家也少有人能及。當時當個雜誌主編，靠採訪撰文、編輯修改他人文字為生的我，對他是既崇拜又好奇，對他筆下所傳達的想法、信念，好像懂又好像不懂。

真正開始認識他，了解他的作品，和他有交集，是嫁給永松，掉入左派的「大染缸」後。記得第一次在「台北空軍俱樂部」聽他演講，那是他出獄後首次的公開活動。我已忘記他講的內容了，但至今我還清晰的印象是：場內歡欣的、熱烈的氣氛，對主講者陳映真好似英雄般的仰慕期待，現場聽眾彼此自家人似的親切送暖，那是我聽過無數次演講所不曾感受過的經驗。

之後，在左派圈內的一些活動，如左派另一要角：《夏潮》雜誌總編輯蘇慶黎赴美深造前的歡送會，留美作家陳黎回台的聚會…其間陳映真的身影，儼然就是台灣左派的頭頭，或者說至少是精神領袖。

永松和陳映真熟稔，除了是思想信念相同的革命同志之外，還有兩家家人都互有往來。當時永松家在和平東路二段開一家「聯合印刷打字行」，陳映真創辦的《人間雜誌》則租賃在附近的巷子裡，雜誌的一些稿子就交由聯合打字行處理。一九七八年黨外時期發生的高雄大橋頭事件，國民黨以隱匿匪諜為名，逮捕余登發父子，引發黨外人士的遊行示威抗議，蘇慶黎特南下高雄到場聲援。返回台北後，找了永松和陳映真，三人在一間咖啡屋商議如何製作文宣，聲討國民黨。在那風聲鶴唳的緊張時刻，沒人敢冒被逮風險印製文宣。說著說著，陳映真轉首徵求永松意見：「聯合好嗎？」永松頷首應允。

永松剛出獄時，身無分文，連個交通工具摩托車也買不起，找個工作，調查局又在背後暗中作梗，當時，陳映真的弟弟陳映和（也因陳映真事件作牢，在綠島監獄和永松同房）便是永松的最佳交通工具。陳映和常騎輛摩托車載著永松，四處參觀各項展覽，尋找就業機會，還發生不少有趣的妙事。

陳映真關懷社會底層庶民、為勞動階級發聲，反美式資本主義在第三世界掠奪的左派思維，不僅在其文學作品中表露無遺，他還在一九八五年創辦了《人間雜誌》，落實他人道關懷的理念。當時我在企業支持的一本女性雜誌擔任主編工作，台灣雜誌界的生態，包括銷售發行，我算是內行的。彼時，同行們都流傳一句話：「要害一個人，就慫恿他去辦本雜誌。」可見辦雜誌的艱辛不易。而陳映真竟然以個人之力劍及履及地實踐他的夢想，友朋們都替他捏把冷汗，也就是他這種義無反顧的精神，感動了藝文界不少人爭相投入協助，更開創了台灣以攝影寫實為主的報導文學先河。

理想終究不敵現實，《人間雜誌》雖然在知識分子間頗受好評，也培養了陳列、藍博洲、關曉榮、阮義忠等知名的作家、攝影師，但因雜誌常以揭露社會黑暗面的素材為主題，並不討喜，發行量有限，在財務重重壓力下，《人間雜誌》還是於一九八九年停刊了。

儘管如此，陳映真個人的文學創作及左派理念的論述並沒有稍或停輟。影響所及，台灣在七十年代到民國八十年代初期，蓬勃發展的社會運動，如：解嚴之前的反污染自力救濟運動、自然生態保育運動、婦女運動、原住民人權運動、學生運動，以及在解嚴後對台灣民主影響至深的野百合運動，無不深受陳映真思想的啟迪。根據後來的學者研討分析，發現：野百合學運較解嚴前的學生運動，從動員、組織、訓練至運動的開展，因歷經七十年代的各式議題，累積了充足的經驗，是野百合學運成功的推力。

早期陳映真曾在《夏潮》雜誌參與編輯，後來交棒給蘇慶黎，以《夏潮》雜誌為核心的左派思維的擴散、延續下來的徒子徒孫，遍及各行業的中堅份子，有些還先後在國、民兩黨身居要職。換句話說，左派提倡的一些作法和思維，也部份注入國、民兩黨人士的腦袋。這之間，無疑的，陳映真可是發揮影響力最大的關鍵人物。

就以我們自己來說，永松是出身破落戶家庭的「天然左」，因反當年國民黨蔣家的專制，大二開學時即被捕入獄。出獄後，在當時幾個黨外人士的協助下，成立一家小公司，後來又轉型為以金融科技為主的喬美公司。這些年來，我們所推出的產品：《安家30》及P2P借貸平台，無不以金字塔底層普羅大眾的需求為考量；而公司創立迄今，其間歷經種種困頓、挫折，還能屹立不搖，說穿了，就是背後有左派的信念支撐。

應該是二〇〇五至二〇〇六年間吧！永松在高雄長庚醫院換肝後返回台北，正努力重建已成廢墟的公司，聽聞這些年陳映真為心臟病所苦，和我一起到中和陳映真的寓所探望他。兩人都是大病初癒，似有千言萬語要談，但看得出他一向高大偉岸的身軀已略顯疲態。因為是自己人，他的夫人陳麗娜也不忌諱地在我們面前抱怨他飯後都窩在沙發，不肯運動。我長期照顧換肝的病人永松，算是半個護理師了，所以和他們分享我的經驗及心得。

幾天後，我接到陳麗娜感謝的電話，說現在陳映真聽進我們的話，飯後已開始到附近公園散步；還有，陳映真要我協助找台灣國民所得在美金一千元時發生的一些社會事件，我不知道他要這些資料幹嘛，不料沒多久我在《聯合報》副刊居然看到他的大作：《文明和野蠻的辯證：龍應台女士「請用文明來說服我」的商榷》。陳映真以他思想的深度和廣度所作的論述，不是我的能力可驟下判斷的，我無從置喙；令我感動的是：我清楚明白他健康不佳，在那情況下，他還努力不懈地為文，作思想的辯解研究。而且，不是三、兩年，是五十年了。不論在文學創作、在思想論述上，有如此份量，如此影響力的，放眼華人世界，應該無人出其右了，怪不得徐復觀讚譽他為「海峽兩岸第一人」。

台灣現在是獨派當家，對於自始主張「兩岸同屬一中」的陳映真的辭世，有人以「政治不正確」等冰冷的語言來嘲諷，我認為這未免太小看陳映真了。從歷史發展的長河，我們知道：政治的光環都是一時的，然而對弱勢的人道關懷、對專制桎梏的反抗、對不公不義的發聲，這是人類的普世價值，任何改朝換代都不能移的鐵律。相信隨著時間的淘洗，這位思想與行動始終一致，一生踐行左派理念的巨人，將會有更多人認識他、接受他、尊崇他。

（二〇一六十二月）

輯四：

收錄一九九〇年之前，發表幼獅文藝、婦女雜誌、新生報、遠東人雜誌等報章雜誌的一些小品散文，一如收錄自己過往的青春。重讀它們，回味走過的年輕、銳氣、天真、爛漫。直覺年少的滋味，彷如一杯可口清純的果汁，香香甜甜的，入口後唇舌間還留有些許的青澀。如今歲月增長後，才知道生命需要時間的浸潤，才能嚐出郁茶般的餘韻。

井的傳說

三十年前，在臺灣東部的偏僻村莊，是沒有所謂的自來水的。村民們日常飲用的水，幾乎全是來自挖鑿的井水。我的故鄉東里新庄，即是如此。

像其他村婦一樣，每天傍晚挑上十來擔水，是母親的例行工作。小時候，每瞥見母親拾起扁擔和水桶，正在稻埕前和同伴們玩得汗流浹背，起勁得很的我，必是拋下玩伴，不顧遊戲，悄悄地尾隨母親到離家百尺的井邊汲水。儘管有時母親厭煩，叨唸我像跟屁蟲般緊隨不捨，我還是涎皮賴臉，亦步亦趨。

我家和附近鄰居共同飲用的這口井，周圍植有竹叢和相思樹，寧靜的午後，井水無波，澄澈地映照著一方白雲和藍天，有種安祥、清幽的氣氛。而井深水淺，清冽甘甜，更關乎著附近人家一日三餐的飲食。

來到井邊，我喜歡自告奮勇地替母親打水，只是我的技術並不高明，水桶沈入井底時固然是滿溢的，待我顫顫抖抖地拉上來時，已剩半桶了；我喜歡在打完水後，掬一捧水往臉上潑灑，那種感覺如醍醐灌頂，沁心醒腦，好不痛快；我喜歡沖涮玩耍了一天又黑又髒的手腳，還我潔淨的面目，一身的爽然；我更喜歡在眾人聚集於井邊的黃昏時刻，聽大人們談天說笑。通常此時打水的、淘米的、洗菜的，全在這兒一面作活，一面輕鬆、戲謔地交換一天的生活訊息。散工的男男女女打從這兒經過，也在這兒歇歇腿，擺擺龍門陣，才打道回府。隱隱然，水井牽引了村人的一份感情；隱隱然，水井連結了鄉居的閒適和親和。

特別是在夏蟬聒噪的暑天，水井四週的林蔭幽篁，最是納涼和安睡午覺的好地方。鄰人們都在此舖上草蓆，手執涼扇，迎著習習的和風，度過一季的燠熱。孩子們也不甘寂寞地在樹叢間釣知了，捉蜻蜓，或避著大人在這兒偷偷地玩彈珠，賭紙牌。

水井與附近居民的生活既有息息相關的親密，但亦有另一面的嚴肅。像恪守著約定俗成的禁忌，從小大人就告知孩子：不能在井旁說污穢的話，褻瀆井神；不能在井緣吐痰、丟垃圾，弄髒井觀；不能往井中水面探頭顧影，以免魂魄被攝走；洗淨衣物，不能太靠近井口……等等，而每年開春初二那天，要舀用井水之前，還得備香燭對井禮拜一番呢！

我自小對井還有種特別尊崇的心情，那是緣於母親口中的一則小故事，在母親未嫁給父親之前的少女時代，有關她家鄉的井的傳說。

那是廟前的一口古井，由於井口大，水面淺，每當月圓投影在井中時，當地人都相信是廟門的那尊石獅口渴飲水了。村人也深信因為石獅飲用這口井水的關係，所以每逢乾旱季節，其他的井都乾涸了，這口古井始終長年不渴，四時滿溢。為此，村人對這口古井是又敬又愛，一如他們對廟中神明和石獅的崇敬。

然而有個月圓的晚上，這口井旁卻發生了一件大事。村裏有位老婦因不堪媳婦虐待，在井邊終夜對著月光長跪之後，竟然服毒自殺了。翌晨村人發現，通知她家人，奇怪的是這位老婦在入殮前，不論她的兒子、媳婦如何自責、懺悔，始終雙目不瞑。後來不知誰提議，老婦既然擇井旁自戕，何不用井水來清洗其耳目呢！彷彿聖經中耶穌以聖水澆洒信徒的額頭的奇蹟般，當她的家人取來井水照著做時，這位老婦居然安詳地闔目了。

一口井水有如此不可思議的魅力，得以讓痛苦的靈魂安息，在我年幼的心靈即銘刻著對井的敬畏。

後來，因舉家北遷，我年少時即離開了花蓮的故居，井也成了我腦海中留存的一個片段。它在我心中，成了鄉土、親和的代表，是純淨、聖潔的象徵，又有淒美、神秘的成份。

多年後，我重回童年的故居，村人已改飲自來水，水井則成了雜草叢生、青苔滿佈的殘敗景象；而村庄裏人口外流，經濟凋蔽，僅存老弱婦孺的荒涼情景，令人黯然。昔日村民的活力、生氣、親和、閒適，似乎也隨著水井荒廢而遠逝。我知道水井的時代過去了，井，成了我美好童年的一頁記憶，井也成了我夢中的鄉愁。有着好山好水的童年故里，如同花東後山其他地方一樣，是台灣的最後一塊淨土。我是多麼熱切地盼望此地的農村經濟可以起死回生，興盛如昔；讓那些流浪在外地討生的年輕人，願意回到自己的故里耕耘，讓村裏又回復往昔的生氣和活力呀！

（遠東人雜誌）

赤足歲月

算將起來也不過是二十多年前的事。小時的我住在花蓮的一個小村落，那種整日在草地上打滾，在原野上奔跑，在溪裏捉蝦，在山上放牛的日子，每個小孩都理所當然的光著腳丫。赤著一雙天足，不怕污髒，不怕受傷，即使是扎進細刺，拿根縫衣針在煤油燈上燒一下，慢慢的挑出刺來，就是流了點血，傷口塗些青黴素，用破布綁兩天，也就好了，照樣又可以在碎石子路上行走，在荒野上奔馳。

記憶中擁有第一雙鞋子，是小學一年級班上遠足時，母親為我買的一雙黑色球鞋。我還清楚的記得那是當時最流行的品牌──中國強。那天，我的興緻特別高昂，因為我的書包內裝有一塊錢買到的五個橘子和幾個糖換來的一堆李子，還有我穿了一雙讓我神氣非凡的新鞋。在班上同學個個都是赤腳大仙，除了老師也是足蹬球鞋之外，就獨獨我一人有鞋可穿，一路上，當然是招來不少羨慕的眼光。

在艷陽高照的六月天走著，走著，不曾受過束縛的天足，受不了長時的擠壓和悶熱，開始微微的疼痛了。生平第一次穿鞋，腳丫子怎可如此不爭氣，咬著牙，忍著痛，仍不動聲色，亦步亦趨地跟著大家走。老師見我神態有異，忙叫同學幫我揹書包，我惟恐他人取笑，不敢據實以告，硬是逞強好勝，一步一艱難的走下去。

尚未到達遠足的目的地——安通溫泉，我的五個腳趾和腳後跟已如蜂螫般疼痛難忍，當老師又一次關切地詢問，我再也無法遮掩雙腳的痛楚，眼淚隨即奪眶而出。眾目睽睽下，我脫下新鞋，只見一對大腳趾已紅腫如卵，趾甲明顯地淤血了，而兩腳的後跟以及小足趾也都起泡、破皮；解放後的腳丫子重見天日，確實舒服多了，走起路來雖是一跛一跛的，卻不失俐落。顧不得同學的暗笑和竊語，我將兩隻新鞋綁起來，掛在肩上，輕快地走完全程。

到底是父母恩賜的天足耐用、好用，當時小小的心靈如此思忖。赤著足，我可以在下過雨的泥地上溜滑、打滾；可以在水裡抓魚，田裏撿螺；更可以幫母親踏鹹菜、蘿蔔，都方便得很呢！並不懂老師們幹嘛要穿鞋哩！

赤足歲月，整日徜徉在山川、原野上，是逍遙、愜意，不知天高地厚的。在我們那個荒僻的小村，家家戶戶過的都是同樣窮苦的日子，孩子們沒有比較、沒有競爭，亦不知生活的憂慮、世間的疾苦。

赤腳的日子到了小學三、四年級，突然有了改變。一陣象徵文明的狂飈忽地吹向我們小村，店面上一時之間充斥著黃黃綠綠、半透明的各色平底塑膠拖鞋。

不知始作俑者是誰，學校很快地便成了拖鞋大陣。看着一個個趿著顏色鮮麗的塑膠拖鞋，在學校水泥走廊、操場、教室大剌剌地「吱吱嚓嚓」，還拖著長長的尾音，我也趕時髦地要母親為我買雙紅色的塑膠拖鞋。趿著它，腳丫子不受拘束，輕便舒適，又易洗快乾。

大夥兒若勾肩搭背，一齊在長廊上踢踢踏踏的，還頗有韻律呢！因此，塑膠拖鞋在學校一時蔚為風潮，人人腳底一雙，煞是過癮。

大概有感於拖鞋泛濫已威脅到學校的安寧和秩序了，有天早晨升旗時，訓導主任明令今後一律不准穿拖鞋到學校，違者嚴處。自此，拖鞋的快樂時光即告一段落，拖鞋只能在家穿穿了。不過，在家中泥地上穿拖鞋，怎樣也比不上在學校水泥上那般風光，因為發不出聲響呀！

塑膠拖鞋在學校銷聲匿跡後，隔沒多久，幾位家境較好的女同學穿上平底無帶的白布鞋來上學。白衣黑裙，配上雪白的布鞋，感覺好素雅、秀氣喲！母親拗不過我的央求，也買雙給我。起初，擁有這麼一雙小巧的布鞋，我如獲至寶般，小心翼翼地保護它，一有些許污髒，我就趕緊刷洗。有時沾上污泥刷不白時，我還用大人們擦臉用的白石粉或刷牙的黑人牙粉在上面塗抹。可是，布鞋的新鮮不過幾日光景，穿布鞋，腳底易發臭，沒穿多久，我就將它棄於牆角了。

學校在放學前的掃除時間，每每有中學生在校前的路旁走過，我常不自覺傻愣愣地望著他們——身上硬挺的制服、腳上黑皮鞋白線襪，多麼風光呀！而且隱約間，那還象徵著另一個意義——讀書人，村裡的人對他們都客氣三分呢！嗯！我最大的願望是小學畢了業當中學生，穿上黑皮鞋白線襪。

一心盼著自己趕快長大當中學生的我，似乎只盼到升學的緊張和壓力，歡樂和無憂的日子不知什麼時候卻漸漸遠離了。一被分到升學班，更陷入沒完沒了的考試和補習的陣營。白天有唸不完的課本，考不完的試卷；放學後還有做不完的習題。每天一大早就得到學校早自習；傍晚眼巴巴地望著放牛班的同學吹著口哨回家，我們這群升學班還要忍饑挨餓晚自習。好不容易回到家，吃過飯，洗了澡，母親又催促我趕緊到老師家補習。

到老師家補習，我可不擔心，反正我的書唸的比誰都好，老師的處分永遠輪不到我；讓我膽寒心驚的是：到老師家途中非得要經過一座鐵橋。那座橫跨村前大溪的鐵橋，每年在雨季洪水暴漲時，都有人在那兒被洪水沖走，因而衍生許多可怕的傳聞，村裏小孩一向視那裏為禁地。為了升學補習，為了爸爸媽媽，我每晚只得趿著拖鞋，跟著幾個男同學，硬著頭皮走過那座森森然的鐵橋。

那幾個光著禿禿腦袋的男生，平時精神抖擻，生龍活虎的，奇怪，一到老師家坐上書桌卻猛打瞌睡。常常不是腦袋瓜挨老師的炒栗子；就是半閉的眼皮被老師拉得一愣一愣的，狀極滑稽，令人忍俊不禁。可是只要他們一離開書桌，個個又變得龍騰虎躍起來。最可惱的是：他們在老師那兒承受的處罰和羞恥，往往要在我身上惡作劇，以求報復和宣洩。補完習，大夥兒一同回家，經過鐵橋若看到橋下一閃一閃的燐火，他們總趁我不防，很有默契的齊聲大叫鬼來了，便丟下我一人，逕自往前衝刺。本人一向腦袋靈光，動作遲緩，每每遠遠落後，既急又怕，起跑時還得蹲下身拎起拖鞋，又慢了半拍，真是懊惱萬分。後來想通了，索性補習時赤著大腳，不穿拖鞋，至少跑起來不至落人太遠。那時心想：鞋子加之於腳，多麼不便，穿鞋實在是個累贅啊！比起來，光腳的日子顯然快意多了。

儘管一面眷念著赤足在大地上的歲月，但無可否認的，在另一面，我也暗暗地嚮往別人穿起鞋子那種不同凡響的氣勢。村裏中學生穿起黑皮鞋的威風模樣；哥哥當兵回來，腳下雪亮油光的大頭鞋，走起路來虎虎生風；在臺北做事的姊姊返鄉，除了腳上那雙新潮的皮鞋讓人眼睛一亮，一身秀麗的打扮，也那麼惹人注目。她帶回來的不只是大都市流行的訊息，還有她改頭換面的氣質。啊！鞋子，莫非也是一種值得追求的成就，受人肯定的象徵？啊！鞋子，我對它是懷著那樣既恨且愛的矛盾心情呀！隨後，在我小學快畢業時，從臺北回來的二姊送我一雙漂亮的橘紅色平底鞋。待要踏入荳蔻年華的我，這雙小紅鞋便引發出我少女的無限情懷和美麗的遐思！

說起來，那雙橘紅色的皮鞋只有八成新而已，是二姊嫌小才轉送給我的。但它有堅實的皮面、皮底，尖頭的鞋面上還縫個可愛的蝴蝶結，那是當時時興的式樣。我一見了它，就即刻喜愛上它精巧的款式以及艷麗的色澤。儘管我穿起來並不合腳，肥大的腳盤與腳趾因漲滿、擠壓而不舒服，但並沒有減少我對它的喜愛，那是因為它牽引起我不少綺麗多彩的夢想吧！

在多數同伴整日吱吱喳喳，還熱衷於盪鞦韆看漫畫的時候，我竟然不愛看有人物字畫的童話和漫畫；而在全家人吃飯時不吃飯，睡覺時不睡覺，偷偷地看起哥哥姊姊們的厚如磚頭的言情小說。幾乎每本言情小說中漂亮的女主角，都住在有美麗花園的豪華別墅，她們想必都是穿著我那樣可愛而帶點浪漫的皮鞋吧！每當我穿上我的橘紅色皮鞋，我也不由自主的把自己假想成那多情善愁的女主角哩！

那雙漂亮但不實穿的小紅鞋，平日我用鞋盒裝好放在隱蔽的床腳，像珍視自己的夢想般珍藏著它。就這樣，它伴著我作了無數瑰麗的美夢，也伴著我走過少女愛幻想、強說愁的階段。

而後我唸了大學，作了事，揮別少女的青澀，搖身一變為成熟的女性。學生鞋、平底鞋早已揚棄，也忘卻了那雙小紅鞋的下落，代之而起的是穿上一雙雙各種式樣、質地、顏色不同的高跟鞋。高跟鞋不愧是人類史上一大發明，穿起它，柳腰款擺，蓮步輕移，增添女性多少風姿。愛美如我者，在不及時下「修長高挑」的美的標準下，自然要藉它來彌補身材的缺憾了。而即使是爬山露營、外出郊遊，我仍可以蹬著三寸高跟，面不改色，一面固然是多年練就的功夫；一面說穿了還不是愛美的心理作祟！

讓自己大大詫異的是：結婚生子後，我卻無法再穿高跟鞋了。記得坐完月子我第一次踏出房門，和朋友相約在武昌街的明星咖啡屋見面。那天我穿雙舊的高跟鞋在公園下車，沒想到竟步履艱難，無法走過幾個街道去赴會。不得不急急找家鞋店，隨意買雙平底鞋現買現穿。朋友笑我是返璞歸真；我自己也生疑：到底是結了婚，解除精神武裝，沒有耐力了？還是體力衰退，足下三寸細跟沒法再支撐我這龐然身軀了？

想想，從赤足到拖鞋，從拖鞋到布鞋、平底鞋、高跟鞋，再從高跟鞋倒回平底鞋，這一步一履的足跡不正說明了我三十多年來光陰流水的人生歷程，以及歡樂悲喜的生活面貌！然而，無論如何，那最愜意的赤足歲月是怎樣都無法倒回來了！

（一九八七年八月幼獅文藝）

一朵清蓮

二姊從臺北回來了，她的小房間擠滿了人，還迴盪著陣陣喜悅的笑鬧聲。置在木床中央敞開了的皮箱，有漂亮的布料、絲巾、化粧品，女伴們羨慕的翻看，撫弄著箱裏的衣物，七嘴八舌地探問她在臺北學做衣服的情形；還有人好奇地問她：臺北人生得什麼樣子？臺北的房屋和我們花蓮鄉下的是否一樣？問的問題真是又笨又好笑。

二姊從臺北回來了，整個人變好看了。以前她是黑黑、瘦瘦、乾乾的，不知道是不是臺北的飯比較好吃，還是寄住在臺北親戚家，她不必再日曬雨淋地幫忙農事，整天躲在房裏學裁縫，就像悶豆芽般，悶得白白、細細、嫩嫩的。原本清瘦的臉龐，現在是如此的白皙、堅實，連腮幫子都鼓鼓的；身子也豐腴的如發酵了的麵包，穿起衣服是那樣的曲線玲瓏，不似過去衣服像掛在身上般，鬆鬆垮垮的，沒個樣兒。

二姊的眼睛一向是大而清亮的，如今彷彿又多了一份神采，尖尖的下巴也圓潤起來，配上她那削得短短的，黑亮的赫本頭，書上形容出水芙蓉大概就是二姊這般清純的模樣吧！怪不得隔壁的阿泉嬸對母親說：「你家榮子出落得像朵蓮花似的，將來一定是先生娘嘍！」

起個清早，我陪二姊到河邊洗衣服。二姊穿件粉紅色的短袖襯衫，袖口還摺個邊，配上大朵圖案的水藍色寬幅圓裙，素雅、好看極了。一路上和她說話的當兒，我忍不住偷覷她幾眼。我發現二姊談起話來不止輕輕柔柔的，嘴角還不時漾著淺淺的微笑。幾簇晨曦從路旁竹叢穿射過來，映照在二姊臉上，二姊明亮瀅澈的眼眸，正如那葉脈上滾動璀璨的露珠呢！怪不得阿泉嬸說二姊像朵蓮花，嗯！對！像廟前荷池中那亭亭玉立、純淨雅潔的清蓮。

二姊回來這一陣子，我一面暗暗的以二姊為榮，而隱隱間覺得自己像有意討好二姊，也變得文靜、乖巧多了。每天早早起來，爸媽一有吩咐，我即刻去做，再也不敢撒野。二姊說我長大了，要多聽爸媽的話。「二姊以後是先生娘，我也要聽妳的話嘍！」我這樣打趣她，她假裝生氣地瞪著我，臉上可是一副愉悅的表情。我腦際隨即浮現我們國小後面的教職員宿舍景象：一個個手腳細嫩、穿戴潔淨的先生娘，悠悠閒閒的菜攤前左挑右選的。二姊以後若成了先生娘，不也跟她們一樣衣食無虞，吃飽就是買買菜，牽著孩子散散步，不需像村裏的婦人那像沒日沒夜的操作農事，粗服亂髮又蓬首垢面的。

可惜二姊回來只過中秋節，她又要回臺北了。二姊說她尚未出師，等她當成了師傅，她就要在我們鄉下開間裁縫店，那時，我就有穿不完的新衣了，說的我樂陶陶的。只是二姊臨走前，我還是忍不住傻乎乎地問：「二姊！臺北人生得什麼樣子？臺北的房屋和我們花蓮鄉下的是否一樣？」

二姊的裁縫店後來沒有開成，因為她還沒有出師，父親的生意敗落下來，父親與二叔、三叔也分家了。父親除分得老家桃園的一些旱田，還承擔了不少債務，所以不得不將花蓮鄉下的碾米廠、木材廠都轉讓他人。那時桃園石門水庫正興建完成；我們分得的老家那些旱田可以耕作了，父親便要我先到北部唸書，並要二姊暫時照顧那片旱田。就這樣，二姊的裁縫只學得一半，就半途休學了。

在我就讀的新竹女中開學前，二姊提著她那口皮箱回到老家楊梅。凝視著雜草叢生的一片荒園，她換下身上那襲彩麗的洋裝，穿上質樸的長褲衣衫，兩手戴著水袖，全然一副村婦的模樣。就這樣，我和二姊過了三年姊妹相依的日子。

每天，公雞初啼，天未破曉，二姊就急急的把我推醒，要我早起唸書。晨光才從屋後相思樹射下第一道光芒，二姊已備好早餐、洗淨衣服，並穿戴妥當，準備到田間照料工人及農事了。

約莫三甲的偌大田地，雇請工人，煮正餐、點心，到鎮上買肥料、糶米，全由二姊一肩挑了起來。每天看她裏裏外外馬不停蹄的忙碌，覺得她削瘦了，皮膚也粗黑了；而我心中羞澀、嬌貴的二姊曾幾何時也變得堅毅而幹練了。

那天，星期假日，二姊要我和她到鎮上買除草用的肥料，三大包草袋的磷酸鉀，置在從雜貨店借來的人力板車上。二姊在前，兩手操持著把手，一肩掛著皮帶使力；我在後頭則用勁地推。

八月大熱天，戴著斗笠絲毫擋不住火毒太陽的威力，如雨的汗珠沿著面頰成串地滴落，衣衫早已濕透，粘在背脊上，癢癢的，好不舒服。滾燙的柏油路面透過腳上膠鞋傳來的熱氣，從腳心直達胸臆，讓人焦躁不安。最令人難以忍受的還是路人投來奇異的眼光，一向沒做過粗活的我，除了燠熱難當之外，還有一股羞慚的惱怒。一路上，我直怪二姊幹嘛不花幾個錢請鐵牛載運，要我們自己可憐巴巴如牛似地推拖。

二姊唯恐觸動我的怒氣，始終小心的不敢多言。好不容易推到雜貨店前的大陡坡，二姊直吩咐我要一鼓作氣推上去，我幾乎用盡吃奶力氣，才前進二步，不料氣道無法一貫，喘口氣，板車即倒退下來。如此試了兩三次仍無法推上坡。烈日炎炎之下，我和二姊人疲馬困、氣喘呼呼地對望。瞥著一肚子火氣，幾次都想衝著二姊爆發，二姊則很識趣地避開，要我歇一會儲備力氣。

勉為其難的與二姊呼應著：「一二三出力」，一步沒踏穩，「咕咚」一聲，我跪了下去，二姊也驚慌地鬆了手，板車尾重頭輕地翹了起來，眼看就要壓到我了，說時遲，那時快，二姊側身咬著牙死命地拖著，一路人見狀，趕緊跑過來扶推，板車終於才上了坡。

將板車置放路旁，和二姊對坐在樹蔭下。撫著破了皮，隱隱作痛的膝蓋，心裏越想越委屈，眼淚竟撲簌簌地掉落。二姊情急地替我揉搓，二姊手一起落，我才發現她兩隻手掌竟紅腫起泡流出血來了，我心裏一驚，不覺憐惜起她來。一個原本嬌弱的女子看顧一大片田園，日以繼夜操持農事，風吹、日曬，雨淋，我只偶一為之，即心生不平；二姊呢？她埋怨嗎？正值黃金年華的她，本該去享受她的青春，揮霍她的年輕，編織她的夢想的，可是，現在的她，夢想遙遠了，青春辜負了，她要分擔家裏的苦難，承受生活的重擔。她，埋怨嗎？休息了一陣，拍拍身上的灰泥，二姊又一臉沈靜地說：「走吧！該上路了！」

窮苦的日子我不知道二姊的感受，我的書可唸的不很起勁，而楊梅、新竹兩地往返通車上學也備嚐辛苦。夏天白晝長，還好；逢到晝短夜長的寒冬，學校放學時已暮色沈沈，從新竹返回楊梅車上，沿路兩旁盡是燈火點點，點綴在黑黝黝的夜空；而我在楊梅的一個小站下了車，還得走上一段闃無人煙的蔗園。夜黑時分，風吹蔗林的沙沙聲，每每嚇得我心驚膽跳，一路倉惶的飛奔而回。為此，我幾度不想上學，賴在家裏，後來二姊答應我每天到車站接我，我才又揹起書包，風塵僕僕的兩地通學。

一天，班導師臨時通知學校校慶，我們班上須表演節目，要幾個同學留下來排練，不巧其中有我。我不敢告訴老師我家僻遠，焦躁地隨同學比劃一陣，匆匆提著書包，奪門而出。外面天色已暗，又下著淅淅瀝瀝的細雨，我沒帶傘，整個人淋得落湯雞似的坐上車。

一身濕漉漉的坐在公車上，此時已顧不得雨水沿著髮梢串串滴流。看着外頭黑幕籠罩，內心則惶惶地忖度：二姊還會在站牌邊等我嗎？要是等不到我，她先回去了，該怎麼辦？

下了車，果然沒有看到二姊，一顆心如沈落不見底的幽谷般亂了分寸。周遭黑漆漆的一片，一疊聲「二姊」的呼喚，在空無人跡的站牌四周，益發沈寂令人發慌。馬路上偶一呼嘯而過的車輛，車燈劃亮一下夜空，復又歸於闃寂。暗沈沈的村郊，彷彿隨時有鬼魅出現，我驚恐小心的往前快走，在黑暗中踽踽摸索著。走了好些時候，忽見不遠處有幾點火焰搖曳，似是往我這方向走來，間還傳來人們的談話聲，我恐懼的武裝才稍稍解除。待走近了，才知道二姊久候我不到，以為我出了什麼事，情急地到叔叔家求救，與堂哥們人手一隻火把，一塊出來找我。見了二姊，我忍不住和她相擁大哭。

和二姊相依為命的日子，也曾和她起過衝突。有一年的端午節，記得前一天我放學回來，二姊正在灶前忙碌著，她見我進門，指著桌上炒好的糯米、肉餡，要我幫忙包粽子。我不耐煩地說：「哎呀！只有我們兩人包什麼粽子嘛！把肉餡和糯米攪攪在一起，不就可以吃了！」

「那怎麼像端午節？過節本來就要包粽子，你懶惰就有藉口了！」二姊沒好氣地說。

「那我吃的不要包好了！」說著我便拿起碗盛著炒熟的糯米、肉餡。

「妳若不包，就不准給我吃。」二姊重重地拋過來這句。

「不吃就不吃。」我摔掉碗筷，悻悻地走開。

冷不防二姊橫在門檻，氣急地說：「我忙了一天，腳痠手軟的，要妳包一下粽子，妳理由就那麼多，妳今天要是不包，妳就別想走過。」

我的牛脾氣一時也起來了：「我偏要過，看妳怎麼樣？」我奮力掰開二姊橫亙在門檻的雙手，不知怎樣，兩人竟扭打起來，不可開交。好些時候，只聽見窗口嘿嘿的笑聲，循聲望去，原來隔壁阿伯不知什麼時候站在窗外，正好玩地看著我們，我和二姊才訕訕地罷手。那天，我和二姊互不吭聲早早便上床，非但沒吃粽子，連晚飯都沒吃。幾天後，我們姊妹雖言歸於好，但我對二姊卻深懷歉意。此後，星期假日，我變得勤快多了。

星期天，我陪二姊到鎮上糴米，買肥料；天未亮我陪二姊去攔築圳水；姊妹倆也不時到鄰近村落雇請工人．．．．．．不過，內內外外大部份的工作仍是由二姊一肩承擔，認識她的人，任誰都誇讚她：「不知誰家有福氣，能娶到這麼能幹的媳婦。」周圍對她表露好感，獻上殷懃的男士也不少，但二姊總是客氣的、謙和的和他人保持距離。她是荷塘中央那朵孤芳自賞的清蓮，可以遙遠地觀望，但隔著粼粼的池水，她是不易與人親近的。二姊正是那樣，從早到晚總是一味起勁地工作，有時連我都搞不懂她究竟想些什麼。

高三那年，父親處理好花蓮的僅剩田產，和母親前後都來到了楊梅。有父母在，二姊肩頭的擔子無形中少了一些，但由於那時父親已病重，家裏對外的事宜大多仍靠二姊。一年到頭的勞動、奔忙，二姊原有的細嫩潔白的肌膚變得粗糙黝黑了，整個人也清瘦不少，不似當年豐腴得彈指可破。一雙黑亮的大眼仍炯然有神，只是少了幾分稚氣、羞澀，顧盼之間流露的是成熟和堅定。「閨女當大男用」，每當鄰人帶著幾分惋惜，幾分讚嘆的口氣向母親提起，母親總是無奈地說：「希望能替她找個好人家，不必如此勞苦！」在母親的話語中藏著的可不止是愛憐與痛惜而已！

眼看二姊年紀已不小，在臺北做事的三姊已超前她結了婚。但是每次有人上門來說親，父親看了看，都不滿意，「替她找個好人家」，父親和母親一心寄望以此來彌補二姊。千挑萬選的，二姊的婚事就這樣蹉跎下來。記得有次隔壁阿嬸帶來一位年輕人，聽說對方有份好工作，人也長得高高挺挺的，和父親閒談了大半天，我心中暗忖這位可是我的準姊夫了，那知對方走後，頗懂命理的父親卻說：「臉頰凹陷，顴骨又高，一生多勞碌挫折，不適宜。」

父親處心積慮為二姊物色好夫婿，慨嘆的是他竟沒有完成他的心願，即離開人世了。我剛進大學不到一星期，即接此噩耗，悲慟地回家奔喪，又匆匆地趕回學校。傷痛的情緒未癒，家中就傳來二姊趕在父喪百日內完婚的消息。而與我相依相靠，情感最是深厚的二姊，她的婚禮家人因礙於禮俗，竟沒有通知我，心中為此怨恨許久。待日後返家，看到二姊夫，心中好不失望，高高瘦瘦黑黑的，毫無俊秀瀟灑可言，而且他還有父親忌諱的高顴骨、削下巴的勞碌相呢！然而，這一切既然已成事實，也只能歸諸於命定吧！

婚後的二姊，由於二姊夫的體貼、關愛，浸潤在幸福中的她，較前豐腴了許多，生下兩個孩子之後，更是整日樂呵呵的。每回回娘家總是左提右攜，大包小包的，連左鄰右舍都有份，恨不得把她的快樂與所有人分享似的。

萬萬沒想到這段幸福快樂的時光，在二姊的生命中竟是如此的短暫，數數前後也不過五、六年而已，就在二姊懷第三個小孩時，二姊夫不幸車禍喪生了。彷彿在一瞬間二姊整個人就此萎縮下來，那原本被人寵愛、嬌貴所漾出的光采，一下子黯淡了；爽脆不絕的笑聲噤口、沈默了，她成了漠漠荒池中那朵任憑無情命運肆虐的孤蓮。

命運似乎沒有因此而放過她，緊接著母親的過世，二姊在世上唯一能依賴的人也離開了。這時的二姊，頭髮一夜花白，形容枯槁，人也好似變了形般，讓我覺得好些陌生、不安。原本母親在世，她還是個寶，年節到了，家裏的雞鴨留給二姊，菜園的瓜蒂熟了，待二姊來摘，母親總是虧欠二姊似的用盡心思來補償她；然而大哥大嫂當了家，情境自是不同，現在二姊回到家裏，身份上已不是主人而是客人了。

這些年來，二姊為了孩子，她推拒了可以給自己幸福的機會；為了孩子，她受盡了人情冷暖和環境的煎熬，然而她堅強地站立起來了；而一心想回報她一二的我，因自己也有了家，予她的助力卻十分有限，每每思及，不無抱憾。

前些時候，二姊帶著她的三個小孩子上臺北，多時不見，她的孩子已稍許能分擔她的憂勞，我衷心地為她欣喜。姊妹相聚，談起相依相靠的那些日子，雖然已遙遠了，但彼此卻禁不住又哭又笑的。二姊的「先生娘」的夢已遠，昔日光彩的面容已刻滿歲月辛酸的痕跡，明燦的雙眸也黯淡多了，但是在我心中，二姊永遠是那朵屹立、挺拔的清蓮。

（一九八七年四月幼獅文藝）

湯圓的滋味

母親過世多年了，大嫂承傳母親的好手藝，楊梅老家每有拜神或喜慶的日子，她總會做上一大鍋美滋滋的湯圓。每次返回鄉下，吃到家裏的湯圓，想起湯圓的往事，內心則充滿無限的感激。

母親做的湯圓，不是一般一碗裝上十來粒的小湯圓，而是每碗只裝一個的特大號湯圓。裏面的肉餡包括瘦肉、蝦米、香菇、蘿蔔碎末，置入爆香的高湯煮開，再放些茼蒿，令我們食指大動的湯圓，即可上桌。作法看似簡單，但是母親做出來湯圓不一樣就是不一樣，吃在口裏滑嫩鮮美。特別是第一口咬下，汲取那濃郁的湯汁時，醇美的滋味在口舌間打轉，真是味蕾朵朵開也。

母親做的糯米肉餡湯圓固然好吃，但早年貧困的鄉下，那可能天天過年，母親窮則變，變則通，她創新了一種番薯湯圓，更別有一番滋味。

民國五十年左右吧！那時我們家住在東部花蓮的一個小村—東里村新庄。那年頭，家家戶戶光景都不如現在，平日餐桌上要有一盤蘿蔔炒蛋，就歡天喜地了。豬肉、雞鴨，除非是年節，不然是難以沾到葷腥的。尤其是我們家，兄弟姐妹眾多，要餵飽那麼多嗷嗷之口，自然是煞費苦心。在那段油水不足的日子，母親的番薯湯圓卻經常讓我們吃得滿嘴油油膩膩的，心滿意足。說來番薯湯圓做法很簡單，番薯在滾水中煮透後，去皮，用個酒瓶擀碎，加入太白粉，搓揉成一個個小丸子，爆炒蔥段蒜末作為香料，加水煮熟即成。口感QQ的，帶點韌脆、滑膩，好吃，用料又便宜。

在鄉下家家戶戶都種有番薯，也不需花上半毛錢。

早春時節，花東地區雨水尤其充足。記得每個春寒料峭的日子，屋外若是連綿的斜風細風，爸爸及兩個哥哥就得穿上棕櫚簑衣，到屋前屋後巡視，清理水溝，免得堵塞，雨水漲滿，浸入屋裏。每每在這個時候，廚房總是滿室熱氣，擋住了屋外的濕冷，屋內的談笑聲也驅走了室外的寒瑟，因為母親又在做好吃的番薯湯圓了。一碗熱騰騰的番薯湯圓，吃下去通體溫暖，心頭熱呼呼的。哥哥、爸爸走進屋來，往往顧不及脫去簑衣，即先囫圇吞下兩大碗。

左鄰右舍到我家，初嘗蕃薯湯圓，在叫好之餘，都心生好奇，不知吃的為何物；當母親據實以告，對方均難以置信，番薯那麼賤價，在鄉下遍地可拾，怎可做出如此味美的東西。

母親是典型的客家婦女，勤儉持家，除了湯圓，她還擅做各種粄粿：紅龜、糍巴、粄粽、米台目、水粄，還有各類醃漬品：醃生薑、醃冬瓜、醃酸菜，以及曬製黑豆豉、福菜乾、高麗菜。寄居台北，偶而食指大動，一時難忍，到市場遍尋，好不容易買回一二類似的，回家烹煮，味道卻差遠了！

母親擅於將最普通的東西調理成可口的美味，更能將平日剩餘的菜蔬醃晒成各類食品；其實也是環境所致，不得不然。母親嫁給好大喜功的父親，一直未能過得寬裕平穩；在父親最艱困時，她還種過菜，每天清晨到街市去兜賣；她還養過豬，為的是給我們兄妹繳學費。

因為這樣，母親的「能做」、「肯做」，一直為鄰里稱道。但是母親的個性有其剛烈的一面，她的不肯妥協，曾引來她和父親早年的不和。記憶中最清楚的是，我小學六年級的那年過年，在台北做事的二姐，興沖沖地從台北帶回鄉下少有的花炮、禮盒等，說是一位自稱和二姐是同父異母的男孩送的。當母親問清楚是怎麼回事時，當即和父親大大的爭吵一頓，還氣憤的把那些東西丟到毛坑。小事一樁，何以引來母親的震怒，我不明白。也覺得那些東西丟了很可惜，甚至還暗暗地埋怨母親不該破壞家裏過年的團圓氣氛。而那年的新春，一家人很無奈地就在淒清、鬱悶中度過。

多年後，我長大了，稍稍了解人事，體會了母親的心情，也多少明白那時母親的憤怒和堅持。母親經歷了人世的種種滄桑，對父親年輕荒唐一時的韻事，似乎也不那麼在意了。有次，母親在不經意中，還坦然對我透露當年爭執的真相。

原來母親嫁到鍾家這個大家庭，妯娌間勾心鬥角得厲害，祖父母待她也不友善。在母親生下大哥、二哥後，父親隨著那時的東部開墾熱潮，到花蓮做生意。由於時地的間隔，父親在那裏有了外遇，祖父母卻一味的替父親隱瞞，不讓母親知道。鄉里知曉的人屢屢向母親暗示，被矇在鼓裡多年的母親才恍然大悟，氣急敗壞亦毫無所懼地，以一個不識字的鄉下婦人，揹著二哥，牽著大哥，在交通不發達的日據時代，由楊梅千里迢迢的坐火車到基隆，再由基隆坐船到花蓮。

舟車勞頓，經兩日夜到達花蓮，已是夜深時分；舉目無親，又人生地不熟，不知投宿那裏是好。當母親向碼頭工人詢問時，對方一看即知她初來此地，又揹小拖幼的，可以欺負，即不懷好意的向另一位工人示意：乾脆把她帶回家好了。這話被母親聽到了，當即不假辭色的斥責。後來好不容易打聽到父親的住址，依址前往探詢，在父親住處看到一可愛的小男孩，母親向前問他：某某人你知道他住在那裏嗎？小男孩天真地回答：他就是我爸爸呀！那位可愛的小男孩也就是日後對我二姐宣稱他是我們同父異母的哥哥的。母親說到這裏，我們母女倆不覺相視大笑，然笑聲未止，我看到母親笑容後面眼眶隱含的淚光。

現在我已為人妻、為人母，更能體悟「女子本弱，為母則強」。回想從前，我更明白為什麼母親那麼會做湯圓？那麼會做醃曬食物？為什麼母親那麼「打拚」？為什麼母親不肯妥協？現在那美滋滋的湯圓吃在口裏，它不僅可口味美，也是對母親的了解與感恩啊！

（遠東人雜誌）

父親的默禱

父親過世十幾年了，從事文字工作的我，幾次想寫點懷念他的文字，每每下筆，總是辭不達意，無法成文。

父親早年經商，一肩擔負着我們和叔叔兩家人，近二十口食指浩繁的生計。印象中父親整日裡裡外外忙於生意，很少親近我們。排行老六的我，總覺得和父親有距離，我不了解他，只是對他存著一份敬畏之心而已。多少年過去了，謹記不忘的唯有他默禱的身影，隨著歲月的增長，這身影在我心中也愈來愈鮮明。

第一次看到父親默禱，是小學三、四年級吧！那時家住花蓮的一個小村莊。住在東部的人，對颱風最不陌生，每年七、八月間，它必定光臨。記得那年的颱風來勢洶洶，夾著滂沱的豪雨，使村前平日清澈可愛的溪流，換成一付兇暴的面目，只見滾滾河水，一片汪洋，已快暴漲至鐵橋，火車早已不通，這滔滔巨流對我們村莊構成很大的威脅。

吃過午飯，雨勢越來越大，絲毫沒有停歇的意思，而強勁的風勢、陣陣呼嘯而過，如同鬼哭神嚎，聽的人心驚膽跳的。屋外早已是一地斷木碎瓦、敗葉殘枝，屋前的菜園竹籬、矮木也全倒塌。看到大人們穿簑衣走進走出，彼此還憂心忡忡地討論，小孩們也感染到幾分的恐慌。

狂烈的颱風把屋頂上的木條吹落，也掀掉一些瓦片，房頂開始滴水，母親只好將我們姊姊安頓在隔壁工廠倉庫旁的大木床。倉庫裏存放的是碾米廠的穀包、花生、玉米、高粱等穀物，平常父親是不准我們在倉庫內嬉戲的。颱風天，母親對我們網開一面，我們幾個同齡的堂兄弟姊妹個個不安於床，紛紛跑進倉庫，躺在儲放花生的麻袋上，一面嘻嘻哈哈，一面吃著從麻袋中挖出來的花生，好不快樂，早已把颱風扔到一邊。

玩的疲累了，一個個沈沈入睡，不知過了多久，三姊突然搖醒我，表情怪異的指著倉庫的隙縫，我屏息地往縫外瞧個究竟，但見父親雙手合十，捧著唸珠，跪在床前，口中喃喃有詞。從父親虔敬的肅穆的表情，即知他向神明祈求，保佑家人和村落平安。這時大夥兒也湊過來，彷彿是看熱鬧似的。看父親默禱完畢，走出房門，我一時興起，也學他禱告的舉止，裝模作樣一番，由於逼真好玩，引起大家的喝采，個個也依樣畫葫蘆，鬧成一團。

待暮色籠罩我們村莊，雨勢驟增，洪水又漲了，父親看情勢不對，和村人商量後，決定將村中的老弱婦孺安置在離村莊不遠，坐落在斜坡上的國小教室。在黑夜中，父親吩咐大哥、二哥騎自行車送我們到國小，在大雨中哥哥全力的衝刺，我方覺事態嚴重，對自己下午的惡作劇略感不安。

小學畢業後，升上初中，家中經營的木材和碾米生意大不如前，叔叔與他的拜把兄弟常常花天酒地，每將生意收入放入私囊，身為家長的父親，對叔叔卻不敢有絲毫的微詞，家中生意虧損愈來愈多，幾個叔叔吵著要分家，在不得已的情況下，父親終於答應他們的要求。

在那之前，家中生意興旺時，父親在桃園地帶買了不少土地，分家時正值石門水庫興建完成，水利灌溉較前方便，地價因而看好。分產時，幾個叔叔大打出手，搶著要桃園的田產，花蓮工廠的爛攤子便由父親來收拾。所幸一位嫁出去的姑媽出面仗義執言，我們這房才分得小部份的桃園田產。

賣掉工廠，清點債務，父頭有意舉家北遷，所以我初中畢業便報考新竹女中。以東部學校的水準報考北部的名校，雖然我功課一向不差，心裏的壓力仍然很重。也許父親亦看出這對我是一大考驗，信佛很誠的他，考前竟執意帶著我，千里迢迢的到竹東郊外相傳很靈的一所廟宇，去上香許願。我當時無法體會父親的心意，心中直怪他何必那麼迷信，即使向神明膜拜，也不見得祂就會保佑，所以考上新竹女中後，我固執的不去還願，逕由父親一人前往。

參加新竹女中入學考試時，我由父親陪考。在考場，見到每個考生都有一羣人呵護著，使原本沒多大自信的我，更加緊張起來。坐在教室走道石階上，臨陣磨槍，爭取考前幾分鐘趕緊背誦，待抬頭思考覆誦時，鄰近不遠處的一堆考生和家長若有所指的竊竊偷笑，我疑慮地順著他們的目光看去，天哪！那不是我的父親嗎？他正站在教室後的一排龍柏樹前，肅然的默禱呢！看旁人嘰嘰喳喳的私議，我當下真是羞愧萬分，無地自容，直怪父觀丟人現眼，不顧我的顏面。心中的不快、懊惱，待考完仍積存在心，回家路上我還賭氣地不和父頭說話。

徼倖地考上新竹女中，高中三年，是家道最困苦的時候，父親身體不適，這時診斷出確實是得了癌症。大哥與大嫂的婚姻又瀕臨破鏡邊緣，大哥還意氣用事地在外流浪，不肯回家。一向忠厚的二哥正整頓大哥以前的貨運生意，也無餘力照顧我們。在艱困中，我好不容易唸完高中，雖然大專聯考我榜上有名，但念及家境的艱難，父親又需龐大的醫藥費，我決意放棄升學，一心想踏入社會，謀求一職。

我把這想法向父親表白，沒想到竟遭他一頓斥責。他說無論家裏多困難，書還是要讓我唸。南下台南註冊時，父親堅持送我到新竹火車站。那時父親因在台大電療，病情看似好轉，但面色臘黃，體力已羸弱不堪。在車站內才驗好票，巧見同班同學在對面月台正揮手召喚我，我一時不耐父親蹣跚的步履，丟下他，快步奔前與同學哈啦。待回頭，看到父親吃力的杵着枴杖，一步步緩慢地挪動着枯瘦的身軀，我直怪自己大意，心頭掠過一個恐懼的意念，父親此次是否屬迴光反照。心中不祥的預感，果然成真，我到成大不到一星期，家裏來電報，父親過世了。

父親過世後，母親清理他的衣物，除了一堆佛經、中醫書籍外，還發現一些舊黃的文件，那是父親早年開礦時代的產權證明、帳目報表等，從父親保留那些早可丟棄的字據，我隱約的感受到他是多麼珍惜他當年風光的歲月，但是他很少向人炫耀他的光榮歷史，也從未對我們子女提起他的過去，不是母親搜出那些文件，我們還不知父親早年還開過礦呢！我想這與本省家庭對子女的感情一向保守、含蓄有關吧！就像父親對我的關注、期望，從沒有形之於色或在口頭上表示。在他嚴肅的外表下，隱隱地感覺自己與父親隔着一段距離。多年後，每回想起父親默禱的身影，心中總會升起一股思念的淡淡的哀傷。

（遠東人雜誌）

三劍客

隔了十五年，再次翻起記憶冊頁上那段「三劍客」的日子，仍禁不住會心微笑。屬於青春的往事固然像稍稍泛黃的照片，背景與影像難免都有點模糊了，然而時間讓人不自覺地過濾掉那時的苦澀，如今回想起來，卻成了生命中單純、甜美的一抹了。

那年，我、楊、倪三人都剛踏出大學校門，來到桃縣一所新設不久的學校，初生之犢，意氣昂揚，笑靨燦然，自不在話下。

這所私立中學，兼容並蓄各類學生：有經過篩選功課優異的初中生，有一腳跨出社會已然早熟的夜校生，也收容品行敗壞回鍋多次的高中生，因為這緣故吧！學生特別有生氣——三天兩頭即打架鬧事。可是不知為什麼，學校老師不管年長年輕，均一副老成持重、望之儼然的樣子。而我們三人——我教國文、楊教英文、倪教數學，明顯地與其他老師的氣味不同：我們青澀稚嫩，不知探路問情；我們滿腔熱忱，卻不懂學校規矩；我們年輕氣盛，也不懂含蓄收斂，所以沒多久，我們這三位新進的女娃，即被冠上「三劍客」的名號，而且上自校長、訓導、各級老師，下至學生、工友，幾乎無人不曉。

論起教學，我們三人可是頂認真的：課堂上兢兢業業不說，下課後，不厭其煩地為學生個別解說；學生鬧情緒，找來私下懇談；資深老師好整以暇地喝茶看報，我們則埋首改作業，準備教材；星期假日也陪學生登山郊遊，增進師生感情．．．只是「三劍客」初為人師，欠缺經驗，卻相繼遇上一些防不勝防的糗事，落人笑柄。

我犯下第一個大忌是唸錯學生的名字。高一日間部的「放牛班」，班上學生可以說是集附近學區頭腦魯鈍及冥頑不靈之大成。學校派我擔任這一班的國文課，事先我就有點怕怕。上第一堂課，我拿起講台上的點名簿，順溜地一一點唸學生的名字。唸了幾排，我煞住了，有個我從未見過的冷僻生字，遲疑了一下，既然不得不往下唸，只好姑且以「有邊讀邊，無邊唸上下」來應付。沒想到此音一錯，學生轟笑如雷，久久不止。那堂課，我雖然傾出所學的「十八般武藝」，賣力演出，試圖彌補，但終究是寫下一個污點；我心裡明白此後要建立學生對我的信賴，可要挖空心思，多花幾倍的力氣了。

我的第二個錯誤是沒有提防學生。開學沒多久，迎接雙十節吧！各班忙著繪製海報。放牛班的學生平日既疏遠課本，書到用時方懊惱找不到題材，求助於我。身為人師，哪有不鼎力襄助之理。我請負責的幾位同學到教師宿舍，將我房內可能用得上的書籍、剪報全搬出來。為表示鼓勵，我還特意買了牛奶、餅乾招待他們。然而事隔一天，我從家裡回到宿舍，我桌上擺放的收音機、鬧鐘、擺飾、書籍等全不翼而飛。我心知肚明，書桌臨窗，從屋後偷取那些東西並不難，只怪自己沒有留意那幾位賊頭賊腦的學生，而且這事不便追究，不能聲嚷，只有啞巴吃黃蓮，自認倒楣。

這事輾轉被我鄰座福態如媽媽桑的女老師知悉，她笑得花枝亂顫，差點叉了氣，待氣息順暢了，她馬上扳起不苟言笑的面孔，一本正經地說：「當個老師一定要維護師道的尊嚴，和學生保持距離，不能太接近。對那些學生太好，他們不會感激的。」她是學校頗倚重的資深老師，她的話雖不讓人心服，但講話的氣勢倒能懾人三分。

我想起唸錯學生名字的窘迫，向她虛心討教。因為既不可能事先查閱學生的名字，以後也難免再犯相同的錯誤啊！

「哎呀！簡單啦！叫學生自報姓名不就得了！」她的口氣讓我難為情起來——居然拿這樣簡單的問題來問她。

有了唸錯學生的殷鑑，上放牛班的課，我可是戰戰兢兢，如履薄冰。為籠絡他們，讓那些腦筋近乎僵固的學生多聽進一字半句，我每講一小段課文，便搭配講些相關的逸聞趣事。起初這方法倒也奏效，用了幾次卻不靈了，故事一聽完，言歸課題時，學生個個好像屁股生疔——坐不住。

「老師，妳的喇叭褲有多寬？」

「老師，妳的衣服好漂亮喲！多少錢啊？」

「老師，講妳的羅曼史給我們聽嘛！」

……。

勉強應付完這些問題，我端起臉，講起課。台下有一兩分鐘的靜默，可是我一轉身，在黑板上寫幾個字，學生又嘰嘰喳喳，打打罵罵了，有一兩個還趁我不注意偷溜出去，在外閒蕩了一陣子才閃身進來。對於這些站起來比我高，講起話又嬉皮笑臉的頑劣學生，我真頭痛極了，思索許久，仍找不到對策。

媽媽桑老師又替我出主意了，她說：「教壞學生除了兇還是兇。妳平常上課一定要擺起冷面孔，讓學生望而生畏，他們才不敢不聽妳的話。放牛班學生精力旺盛，特別調皮搗蛋，利用下課的十分鐘要他們跑兩圈操場，讓他們累個半死，包管一個個乖乖的。」

突然間換成一張撲克臉，加上我扯起嗓門吆喝，學生上課時是安靜了些，然而你望我，我望你，仍是魂不守舍，心不在焉；至於要他們跑操場，他們可樂得很。大夥兒彷彿要去散步般，勾肩搭背，嘻嘻哈哈的出發，沿著跑道，跑兩步走三步，磨磨蹭蹭，你推我擠的，上課鈴打了，別說跑兩圈，連一圈也未跑完。我情急地大聲召喚，恨不得上前把他們拖進教室。好不容易進了門，個個又氣喘如牛，東倒西歪，或斜倚牆壁，或橫躺桌面，直呼：「好累！好累！」

我固然明白在學生跑完四〇〇公尺的操場，要他們立即端正坐好，實非人道，可是事實情境卻令人又窘又急——殊不知此刻教室前門立著有冷面判官之稱的校長大人，他一語不發地瞪視，直掃過來的眼光好似帶了刺般，叫人心驚膽寒。我不便對學生直言校長來了，只是氣急敗壞，一逕地叫喊：「快坐好！快坐好！」學生那裏肯依，他們和我討價還價：「老師，再休息一下嘛！你不知道，好累喔！」終於有個學生察覺狀況不對，忙叫：「校長在前面。」這下學生才嚇了魂般，趕緊歸位。

罰跑操場，差點讓我敲破飯碗，這法寶可施用不得。對學生兇狠一點，也許可考慮採行。我兇狠的第一步是凡沒帶課本的一律罰站。有次有個學生別說課本，居然連書包也沒帶。我一時火大，隨手取下教室一角的掃帚竹柄，狠狠地打了他一下手心。沒隔幾天，我陪母親到楊梅街上購物，遠遠地，我看到我的學生和他一群朋友迎面走來，我微笑和他招呼，沒想到他大剌剌地走近，指戳著我的鼻子說：「哼！老師，妳還敢笑，上個禮拜妳用棍子打我，妳忘了呀！」我登時漲紅著臉，又好氣又好笑。母親一旁納悶地問：「那是妳的學生啊！怎麼對妳兇巴巴的呀！」師尊掃地，我哪敢據實以告，只有支吾其詞了。

個性溫和的楊，也帶了一班趕走好幾個導師的放牛班。楊以她慣有的好脾氣，諄諄勸導，循循善誘，倒也平撫了學生的暴戾之氣，可是卻不得不認了一堆送上門的學生當乾弟弟。星期假日還得推拒約會，陪乾弟弟烤肉郊遊。有次因為郊遊，卻差點害她吃上人命官司呢！

那次是赴小烏來遊玩，因事前沒辦入山登記，只好抄小路前往，途中，遇一下有深澗的斷崖，學生人小膽大，楊也懵懵懂懂。大夥兒依序困難地攀援藤枝而下。楊人還在崖上，忽聞「蹦」的巨聲，藤枝斷裂，一學生墜入深澗了。澗水不深，可是掉下去的學生卻一動不動。有人慌忙入水將他抬起，原來頭側正好碰撞水中大石，流了一頭一臉的血，人也休克了。一群人七手八腳地施行人工呼吸。兩個學生渡江求援，另兩個沿舊路找救兵，其餘的在原地急的急，哭的哭，慌亂一團。幾個小時後，警察和山胞趕來，人人脫下上衣綁在木棍上，做成臨時擔架，一路奔下山求醫。

轉換了兩家醫院，都吃閉門羹——院方表示無救了。後來中壢一家私人醫院經不起一群狼狽的學生的懇求，答應讓奄奄一息的受傷學生住院觀察，但聲明不施予診治，怕惹上麻煩。也算那學生命大，睡了一天一夜居然甦醒過來，住院一個禮拜，又恢復往日的生龍活虎了。那次郊遊，一群學生自然都沒去成小烏來，只有當老師的一連去了好幾次——因為應小烏來派出所的調問。

楊對學生好，對同教英文的資深老師也屢屢移樽就教。有個發音怪異，臉長如馬的老頭子對楊異乎尋常的熱心，三天兩頭借機和楊親近。每次看到他和楊講話那付色瞇瞇的樣子，總覺得好噁心。

「楊鬼，妳可要小心哦！我們覺得他怪怪的。」旁觀者清，我和倪同時提醒她。

「哎呀！人家都可以當我爸爸了，怎麼可能呢？他那麼仁慈和藹，妳們就不要多心了嘛！」當局者迷，楊並不在意。

也是住校舍的馬臉老頭對楊越來越殷勤了：早餐送杯牛奶，晚上送個水果；昨天剛送本新買的英文文法，今天又遞上剛剛出刊的英文雜誌。楊怕了，處處閃躲他，他敲門，楊不應，他不死心，還撬開門窗，從窗縫探看室內虛實。楊這下嚇著了，不敢回房，跑來和我擠張床。我和倪戲謔她：「人家那麼仁慈和藹，妳就不要多心了嘛！」

倪運氣好，都教好班。她是個虔誠的基督徒，一張甜甜的臉未語先笑，贏得不少師生的好感。雖然倪早已名花有主是眾人皆知的了，可是在學校不乏愛慕、追求她的人，可笑的是，這之間還包括她的一名學生——每每在週記中夾封情書給她。

經過一兩個月的歷練，我們三個初執教鞭的「菜鳥」，漸漸有了教學心得，不那麼迷信「資深」和「前輩」了，最主要是我們拆穿了一些老師的教學「神話」。有次我正巧走過媽媽桑老師上課的教室，瞥見她雙手插腰，臉紅脖子粗地對學生怒吼，那樣子像極了母夜叉，底下學生固然正襟危座，噤若寒蟬，可是那樣窮兇極惡的教學方式也不值得效倣啊！

又一次，我們三人下了課往宿舍走去。經過一間教室，倪拱拱我的手肘，要我瞄一下。原來那死纏著楊的馬臉老師，平日在辦公室也大言不慚，自稱對付學生很有一套，此時他在講台上滿嘴ABC地口沫橫飛；而台下學生幾乎全趴在桌面上呼呼大睡，後排幾個清醒的卻在玩撲克牌呢！我們三人強忍著笑，走了好一段路，才忍俊不禁爆笑出來。一一拆穿了那些資深老師的假面具，我們很是開心，特別折到福利社大吃一頓。

白天教放牛班，我每上完一堂課便如打完一場戰般地疲憊；晚上教夜間部，情形恰恰相反。一般夜校生大都是家境不好，半工半讀的；亦或在社會做事多年，自知不足，才返校就讀的。這些學生你要求他們一分，他們往往做到三分；關懷他們，他們也知情。相較起日間部那群不知天高地厚頑劣的高中生，我對夜校生總多一分憐惜。即使離開學校那麼多年了，我還是常常想起他們。

腦海中印象深刻的一位當郵差的邱姓男生，和一位在石門水庫餐廳當差的李姓女生。他們白天工作繁重可想而知，然而他們功課好、人品好，更可貴的是他們兩人都寫得一手好文章。那麼多年過去了，不知道兩人現下景況如何了！

私立學校，出錢的是校方，所以不少老師對訓導主任、教務主任等官職人員刻意巴結，對校長更是奉若神明，我們看在眼裡都覺好笑。在辦公室，我們還不時聽到某某為了多排一些課，每逢節日不忘送禮；某某為了聘書向校長痛哭下跪．．．這些流言閒語，我們雖不盡信，但心裡仍感受到些許的悲哀——原來教書一職，也不盡神聖。我們年輕，沒有家庭生計的負擔，除了認真教書，我們可以不討好校方，可以不奉承阿諛。不獨如此，我們還延續大學時代的作風——我行我素呢！

在學校，很少老師上福利社，想來是不願在學生面前又吃又喝，有傷威嚴吧！我們三人可不忌諱，每上完課，輕鬆地夾著課本走回宿舍，路過福利社，也擠在一大群學生間，或買塊麵包，填塞肚皮；或買隻冰棒，買條口香糖，來不及回到宿舍，在路上便吃嚼起來。遠遠地若是看到軍人出身的訓導，或矮胖冷肅的校長迎面走來，狀若無事地將東西藏在背後，待他們走遠了，我們仍照吃不誤。有次我們三人人手一隻舔食著冰棒，冷不防訓導主任從教室一角竄出，手中的冰棒來不及藏躲，嘴角殘留的冰水也來不及擦拭，只見他睜著銅鈴大眼，一副不可置信地盯著我們呢！

回到宿舍（因校址偏遠，遠來的老師均住此），我們三個臭皮匠湊在一塊，日子可愜意得很。星期假日相偕上街市或看電影、上館子或逛街、購物；夜晚三人窩蜷在棉被裡，或回味大學生活，或交換戀愛心得，或暢談未來計畫。此外，還有一項餘興節目：唱歌。將模糊的人生憧憬、強說愁的情懷、生活的煩悶等等，全縱聲於樂符中。有時唱得興起，翻出所有歌本，從第一頁唱到最後一頁，而不知夜已三更。我們夜晚的歌唱節目持續了一段時日，直到有一晚，正當我們三人扯起嗓子，乘著歌聲的翅膀，達到忘我的境界時，忽聞「碰碰」急躁的敲門聲，我們心知不妙，歌聲戛然而止，我猶豫了一下，趨前開門，門外赫然聳立高頭大馬的訓導主任，他面無表情地說：「請你們不要唱了好嗎？我最近一直沒法入睡！」我們三人像做錯事的孩子，低垂著頭，恨不得鑽入地洞。自此，我們的歌唱節目自然是取消啦！

我們三人的教學工作以夜間部為主，日間部只算兼課而已，所以有次日間部師生遊行，校方要求夜間部老師也要參加，有位挺著大肚子也擔任夜間課程的女老師首先發難，聲明拒絕前往，其餘在場的夜間部老師也隨聲附和，一致決議共同行動，我們三人當然是少數服從多數嘍！預定遊行那天大清早，我們各自穿著停當，趁一些住宿老師好夢方甜時，我們悄悄地溜出宿舍，回家去也。

週一升旗典禮完畢，訓導通知我們三人：校長有事召見。我們面面相覷，心裏有數，必定為上週六未參加遊行一事，只是為何獨獨召見我們三人，其餘夜間部的老師呢？一肚子狐疑到校長室，原本就如冷面判官的校長此時更像閻羅王了。我們自知理屈，靜靜地聽斥：年輕人剛踏出社會就不遵從學校規定，本人感到很痛心。為人師表，理當為學生楷模．．．。面紅耳赤地聽完訓，忘了是誰，只記得我們三人中有一人怯怯地問：「只有我們沒去嗎？」「是啊！全校就只有妳們三位新進老師敢這那麼放肆！」三人灰頭土臉地走出校長室，受一頓申斥也許不算什麼，但是受騙上當的感覺卻不好受！

可恨的是這種感覺卻不止一遭。有次學校指派我陪同初一的小男生到桃園參加校際作文比賽。回來後，擔任組長的媽媽桑老師要我填寫出差費，我據實以報，只填上中午我和學生的午餐費及來回車錢。媽媽桑老師將我的填單退回，要我加填晚餐部分，那天我和學生早早即各自回家，晚餐沒吃，如何填報呢？媽媽桑老師卻一再聲稱所有出差的老師不管有沒有吃晚餐，一律統一領取，否則必影響其他老師的權益。既然不能當害群之馬，我只得遵照她的意思。

出差費發下來後，校長來到教師辦公室，輕描淡寫地對我說：「做個老師應當誠實，某某學生住我隔壁，他告訴我妳陪他參加作文比賽那天並沒有吃晚餐，可是我看妳卻報了晚餐的費用啊！」我定定地注視我隔壁的媽媽桑老師，希望她出面解釋——假如這事有錯，錯誤應不在我。令我寒心的是：她像沒事人般，低著頭改她的週記，彷彿此事與她毫無干係。我有理說不清，只有不爭氣地趴在桌上大哭。

對於教書工作，原先我們三人都懷抱著崇高的理想、滿心的熱忱，經過了一番歷練，我們確切地體悟：學校也並非全然純潔之地，既然如此，就沒有必要執著於教書工作，何況學校區區之地也不能滿足我們年輕的豪情壯志，校外那片海濶天空更值得我們去追尋呢！

於是倪教了半學期先走了，楊和我待了一年，也急急離去。倪不多久就結了婚，隨僑生夫婿返香港定居，在相夫教子之餘，在一家電台兼差；楊往貿易公司發展，待男友留洋回來也走入家庭；我呢！闖蕩多年，先後在大企業的出版單位、大報社、地方報、雜誌社待過，也沒混出什麼名堂。一直不願太早受婚姻束縛，然而歲月催人老，只得老大嫁作商人婦！

十五年了，倪有宗教的依恃，很滿意目前的生活；楊有個多病的孩子牽絆，雖不甘就此埋沒自己的才情，又徒呼奈何；我尚存小小的野心，但也不若當年的勇往直前。回想起來，當年一心想闖蕩江湖，不安於教師工作的「三劍客」，如今都安分地回歸到女性的必經之路—為人妻為人母。而昔日的小小挫折比起日後承受的風浪，只不過是雞毛蒜皮罷了。往事已遠，除了彼此碰面時有所感慨地談笑之外，就留待他日同兒女訴說了！

（一九八七年十一月幼獅文藝）

菜園心事

「媽，您淋這尿水，長出來的菜不是很腌臢嗎？」黃昏時分，每看到母親擔起兩大桶尿水，緊緊尾隨在後的我，總不放心地問。

「戇嫲，從泥裏長出來的東西全是乾淨的。」母親老是以這句回答我。

推開竹門，我手腳矯健地先母親跨進這四周以矮籬圈圍著，約一個操場大的菜園，急猴猴地搜尋我的獵物：從這畦攀爬在竹架上的刺瓜，到那畦枝葉茂盛得覆滿畦溝的番茄；或瓜蒂脫落，瓜皮已由疙瘩轉趨光滑的刺瓜；或黃熟的芭樂，或帶紫的葡萄，母親在臨馬路的菜園一角小水潭已一瓢瓢地對好尿水，開始澆洒菜園；我則好整以暇，洗淨手上的瓜果，一面啃嚼，一面巡邏掛在籬笆上的螃蟹蘭是否冒出蓓蕾了？父親得意洋洋引種的枯瘦蘆筍可抽出能炒食的嫩莖？我依照生物課本所插種的落地生根不知活了沒？．．．．

母親澆洒完畢，摘好當晚要吃的青菜，天色若尚早，便接著鋤草挖地。我的遊園工作也差不多告一段落，此時心甘情願地伏蹲在母親身後，撿拾著鬆動土塊上的蕪草枯葉。

「媽，番鴨叔的臉真的像番鴨那樣紅樸樸的嗎？」接續著日前的話題，我不解地追問。

「是啊！他的鼻子一年到頭紅通通的，走起路來又拖著大屁股，搖搖擺擺，真像是隻大番鴨哩！」

番鴨叔是母親娘家中壢宋屋的人物。母親嫁予桃園的鍾家，生下大哥、二哥後，便隨著父親來到東部，僻居花蓮富里鄉名為「新庄」的小村。才讀小學，從未到過大人口中的西部的我，對母親故鄉的人事景物，充滿著無限的興味、好奇。母親自幼生長在方圓幾里內全是姓宋人家的宋屋，幾乎整個鄰里，村頭村尾全是親戚，她口中描繪的番鴨叔、蛇哥叔、癲狗伯等詼諧人物，均活靈活現一一藏住在我心中；他們的奇言異形，也彷如童話故事，一再地在我腦海縈繞顯現。

每每在這天色將晚未晚，白晝大放威炎的火球已西墜，皎亮的月娘即將登場的時刻，落山風從不遠的河面吹拂過來，悠悠靄靄的薄暮無邊無際地披撒而下，菜園中有著說不出怡人心神的寧靜。母親娓娓地說著永遠說不完，我永遠聽不厭的少女往事，手中可是一逕地揮鋤鏟地。偶而停歇下來，伸伸腰板，眼神飄向遙遠天際，面露悵然之色，我知道母親又思念起千里之外的親人及家園了。

僻居花東海隅一角，在交通不便的二、三十年前，母親要回一趟娘家，可是關山阻隔，大大不易，花費可觀不說，舟車勞頓，費時耗神，也著實令人心驚。現在回想起來，母親愛絮絮地陳述故鄉情事，也無非聊慰自己懷鄉之情吧！

像多數的客家婦女，母親是個勤儉刻苦律己很嚴的人。父親因生意的需要常往外跑，家裏除碾米廠、木材廠，還有不少的農田、山坡地，雇請工人，裏外打點，都要母親勞神憂心，加上養豬飼鵝、餵雞餵鴨等等，從早到晚，母親手上有忙不完的工作。相形之下，她在菜園中拔草整地，洒水摘菜，反而成了忙碌一天後，心神較為鬆懈的時刻。

偶而，母親有所感也會把稍解人事的我，當成傾吐心事對象。印象最深的是母親訴說日據時代她與父親年輕時的一段婚姻插曲：隨著遷移的熱潮，先母親而到花蓮創業的父親，沒隔幾年，便傳出有外遇的風聲。母親起初不信，不予理會，而且大哥年幼，二哥仍在襁褓，也不適宜千里迢迢搭船尋夫，然而言之者鑿鑿，外婆苦勸母親：夫妻分離太久，感情易生變。幾經考慮，暫留楊梅老家的母親乃決意前往打探虛實。手牽大哥，揹著二哥，沒有親友相伴，在交通不發達，出遠門不易的年代，不識字的母親，獨自從基隆一大早乘船，入夜才抵達花蓮港。

坐在碼頭簡陋的旅客休息室，室外是黑漆一片，彼時已無舟車可達尚需好長一路程的父親住處。特意事前不告知父親，也沒有熟人可求援。母親打定主意要在休息室的木椅上候坐到天亮，只是二哥不安的哭嚷讓母親煩心；幾名年輕的碼頭工人又暗指著母親，惡意地邪笑。

二哥兇猛的哭聲引來一老者出面喝斥那些工人，並好心帶著母親和兩位哥哥去他家飽食一頓，安睡一晚。翌晨，搭車依址尋探父親的住處，在村前的三叉路口，見一胖大可愛的小男孩，母親說出父親的名字問其附近可有此人？不意小男孩興高采烈地答曰：「那就是我爸爸呀！」

母親述說此事，已是事過境遷多年了，對當年伸出援手的老者，她始終念念不忘，銘記在心；對父親出軌的韻事，已能像談論他人一般，輕輕淡淡的。尚不知男女婚姻的我，好似聽了一則無關自己的趣事，開懷大笑，母親自己說著也忍俊不住，噗嗤笑出。

原是雜草叢生或已剩殘枝敗葉的菜畦，在我們的閒聊笑談中，不知不覺已翻成有稜有角、整整齊齊如豆腐塊的形狀了。若是撒種白菜、莧菜、萵苣等，還要將稍嫌粗大的土塊以鋤柄敲細或以手掰碎，方能將種子播撒其上，再舖上農家隨處可拾取的稻草，防日曬、鳥啄，輕洒些尿水，不需隔多久，撤去稻草，菜畦上嫩綠密生的葉芽便如一片可愛的綠氈。

種球莖，結果須分植的菜苗，如甘藍、茄子、花椰菜、豆類等，母親在整好的菜畦上輕輕一鋤一推，便形成一個個大小相等的土窪，我手捧著菜苗像天女散花般將其一一丟入窪中，然後彎身撥下窪邊土塊，把菜苗扶正，手再壓一壓，讓土密實，便大功告成了。我最愛在菜園作這最後一道不費力而又有成就感的工作，彷彿經我這一手，整畦的菜便是我種的了。

依四時節氣，母親在屋側的這片菜園輪植著各類蔬菜。春夏多是菜瓜、冬瓜、苦瓜、茄子、豌豆；秋冬則以白菜、莧菜、芥菜、甘藍、蘿蔔居多。一年到頭綠油油的菜園，蟲飛蝶繞，生氣盎然。不消說，我們三餐吃的都是新出的青菜，不僅如此，母親不知道從何開始，堅持將吃不完的蔬菜每日大清早擔到街市去賣。

晚飯後，母親剁豬菜，戳番薯籤，準備好明日的豬食了，她蹲坐在屋前的桂花叢邊，藉著月光，一一挑撿剛摘拔不久洗淨好的各類青菜，去掉枯黃、老硬的菜葉，熟練地以生青的菅草捆綁好一小把一小把相同的等分，放在菜籃，好在明晨天未亮時走上四、五十分路程趕到街市。

早晨步行上學，在路上往往可碰到挑著空籃回家的母親，只要尾音拖長略帶撒嬌地呼喚：

「媽！」母親即明白我的意思，忙不迭地塞幾毛錢給我買糖解饞。可是有時候我也不喜歡，甚至憎恨母親去賣菜。

有次興起，在放假日我自告奮勇要陪母親去賣菜。天色仍暗暝暝的，倦睏的我只因為前一晚誇下豪語，無法收回，硬起頭皮下床，穿戴好衣服，腳步踉蹌地跟在母親後頭。迎著冷颼颼的晨風，在黑漆漆的四周只能模糊辨識的路面上前進，心中可是寒寒的，真擔心傳聞中的鬼魅突然會眼前出現。走呀走的，好不容易大地甦醒了，東邊現出魚肚白的天光，遠遠的雞啼聲也此起彼落，心頭才稍稍鬆懈下來。到了街市，母親把滿滿兩籃菜往店門口一放，我心虛虛地東張西望，深怕此時遇到同學，可就沒面子了。幸好天仍灰濛濛的，我的同學也許都在被窩裡夢周公呢！

那天，正巧母親的菜籃還剩幾把菜沒賣完，母親說：「到學校宿舍去轉一圈吧！」我沒想到會有這一遭，心中懊惱，口中又期期艾艾地不敢道出實情——我是怕在那兒碰到我的老師啊！既然沒敢表示反對，也只有不情不願地跟著母親了。天下事就是這麼湊巧，你越怕的事偏偏就降臨在你頭上。在宿舍的斜坡轉角，教我們美術，高大白胖、狐臭很重的徐老師正推著嬰兒車走來。我看到他，顯然他也看到我，無論如何，此時閃躲是來不及了。

我默默地不敢作聲，徐老師很客氣地和母親買了兩把菜，又對著母親直誇我功課好。第二天上美術課，我不敢抬頭望他，依著黑板上他畫好的幾條肥大白嫩的蘿蔔，很努力地在白色卡紙上塗塗改改。讀書一向不差的我，就是沒有繪畫細胞，畫筆拿在手上，即笨拙地不聽使喚，怎麼畫怎麼不像，一張白紙眼看快成黑紙了。徐老師一聲不響地走近，將我畫的那幾條白不白黑不黑的蘿蔔全擦掉，畫筆在他手上輕輕勾勒幾下，一條條栩栩如生的蘿蔔便躍然紙上。我心中正感激他的恩寵——肥肥的他向來是懶得理學生的。不料，一盆冷水兜頭澆下：「嘿嘿，你母親賣蘿蔔，你怎麼不會畫蘿蔔呀！」全室哄然，那一刻我除了臉上臊熱，心裡也很怨怪母親。

唸五、六年級時，表面上家大業大的我家，在經濟上已呈露敗象。叔叔在外每每花大把大把的錢請一干結拜的朋友吃喝玩樂，而家中則不時有債權人上門索討。小學未畢業，父親和叔叔分家了。居長的父親承受了全部的債務，不得已將工廠賣掉。囊空如洗的父親每有債主登門，我總聽到他開口向母親拿錢；那段時期，日常的家用、我的學費、二哥的娶親，甚至後來兩位哥哥重新出發創業，都靠母親賣菜多年一點一滴積攢下來的私房錢。至此，我才恍然母親積穀防饑的苦心；感謝母親，也感謝那片菜園，在我們家境最窮困時，母親的菜園竟然成了我們一家生活所依賴的資源。

除了屋側那片菜園，母親在我們村裏還擁有幾個零星可種菜的地方。一是地勢隆起的鐵道與稻田接壤的狹長地帶，母親有四、五壠的菜畦。因鄰近田溝，澆菜很方便，不必肩挑，用一長柄的杓子便可一取一洒於菜畦之上。我喜歡和母親到那兒拔拔草澆澆水是有原因的：每有一長列滿載甘蔗的燃煤火車打從眼前經過時，只要你向兩手吊在火車頭門，滿身油污污的工人嘰哩呱啦鬼叫一通，他八成會惻隱之心大動，轉身抽下幾根甘蔗，往你方向擲來。捧著幾隻甘蔗，回去即可以向姊妹們驕示、吹噓一番了！

沿著村裏火車行經的鐵橋而下，走個三十來分，便可望見河中有大片沙洲。在那沙埔上，我家也有一兩畝的菜園。沙質土僅適合種植瓜瓢類、豆類、花生、玉米等，但對小孩而言，沙土有它特別的魅力—不沾黏手腳，邊工作可以邊玩。我們常玩的是：在腳踝上慢慢覆上濕土，用力壓實，腳踝一抽，便就築成一個好玩的沙雕防空洞了。

這一大片像綠洲的地方，每年夏季颱風季節來臨，山洪爆發時，洲上瓜果蔬菜幾無倖免，悉被沖沒襲捲一空，而成一片光禿的淤泥。奇怪的是：僅憑裸露的幾個石頭或殘存的一枝半葉，母親和村人卻能辨認自己以前的菜園，而從未發生過爭執。大水過後，母親總要全家總動員重新開墾那片菜圃，其實那塊地不大，收成也不多，母親卻寧可勞師動眾，也不願放棄那區區的菜地。

歲末稻穀收割後等待翌年春耕。這之間，農田都有段休耕期，村裏的婦女大都趁這幾個月的時間借用別家土質較好的農地，大量種植可貯存的蔬菜。母親每年早早即向宋姓的村人預約他座落在河堤旁的那幾畝田地，一來是那裏土質好，二來是靠近河堤，曬菜方便。還有，這位宋姓村人視母親為同宗親人，在他們自家犁地種菜時，通常也幫我們翻好田地。

這片臨時的菜園以種植可曬成菜乾的蘿蔔、甘藍、芥菜為主。採收時堆積在田頭田尾像一座座的小山。除了小部份擔回家，大多就地洗淨處理；蘿蔔切成一小片一小片；甘藍剝下一層層白嫩的葉衣；芥菜削頭去掉枯黃的葉梢，然後一一鋪曬在河堤乾淨的石坡上。若沒下雨，頭一兩天可不必收拾回家，也不需擔心被人盜走，反正家家都有。待曬了六、七分乾，傍晚擔著空籃到河堤撿拾這些菜，便是我和妹妹的工作了。收撿好菜葉，我們可不願早早回去，和鄰家孩子在河堤上奔逐笑鬧，可玩的遊戲多得很。待天色黑漆得伸手不見五指了，原該分好幾次擔挑回家的，此時只好做一趟將竹籃裝得滿滿的，咬緊牙根，一顛一踬地擔回家。

客家婦女最擅於曬製菜乾和醃醬菜，母親的手藝更是為人稱道。我清晰地記得住在我們村裏內山上有了信佛很虔誠的老人，習慣一大早扛包玉米、花生什麼的到我家碾米廠，換取日常用品。有次母親邀他和我們同吃早餐。吃素的他光配著醬冬瓜，即一口氣吃了五、六碗飯，引得我們姊妹暗笑不已。此後，他每回下山離去前，一定不忘向母親索討幾塊醬冬瓜。

從河堤上曬得七、八分乾軟的菜青，要變成又香又脆，吃在口裏滋味無限又可存放經年的菜乾或醬菜，是需要一番功夫的。最要緊的是曝曬期間不可淋到雨；以手搓揉及用腳踏踩是曬製過程中兩個重要步驟。晚飯後，洗過澡，姊姊和母親在大的腳盆中一面洒鹽一面揉搓甘藍菜葉或蘿蔔塊；我和妹妹則把一棵棵的芥菜舖在稻草或破舊不用的蓆子上，洒上些許鹽巴，兩腳均勻地踩踏。此間力道要適中，太重，厚厚的葉肉易扁碎，醃曬好的鹹菜難看又不好吃；腳力太輕，則不易踩軟。

在夜涼如水的夜晚，我們姊妹們有的手忙，有的腳忙，而嘴巴也沒閒著，或咿咿呀呀地哼著歌謠，或嘻嘻哈哈地鬥嘴談笑。當然，我最得意的是愛和我吵架的三姊，以後可吃到我的腳垢和腳汗了。

唸高中時，我們全家搬離了花蓮，回到家族早年居住的地方—楊梅。在分得三甲多，地不肥灌溉也不便的祖產上，只耕種兩三年，便因稻米價賤又雇請不到工人而任其荒蕪了。母親不忍見地荒廢，辛勤地在農地上闢出一大片菜園。其實此時家中人口少了，姊姊一個個出嫁，二哥一家仍留在花蓮，我和妹妹出外讀書作事，偶爾才回一趟家門，母親卻仍一如往昔在菜園中作活，姊姊回娘家或親友來訪，手中提的車上載上的總是母親一手種的時新菜蔬。

後來父親過世了，家中愈加冷清，母親以近七十高齡，宜安享晚年了，且家境好轉，早已不需她操勞，然而母親在她身體情況最差的時候，仍沒有放棄她的菜園工作。是怎樣的情懷，讓母親終其一生投諸其心力於菜園之上呢？那是多年後我結婚生子當了人妻人母了，才稍稍明白的。

母親等不及看到我結婚，即離開人世。嫁到婆家，沒想到我婆婆在居住的公寓前也擁有七、八壠的菜畦。說起來那是一塊有產權糾紛才能在首善之區的臺北被留存下來的空地，附近居民便各據一方闢為菜園。菜園與公寓前巷道有一石垛相隔，早晨清幽時分或傍晚日落之後，這石垛便成為公寓人家蹲坐談天的所在。

是緣自母親對菜園的感情吧！我工作下班回來，到婆婆那兒看孩子時，在上樓之前，總不由自主地到菜園轉一轉；瞧瞧下過一場雨後，得水滋潤的白菜是否更嫩綠了？數數垂掛纍纍的瓜棚下共結了幾條菜瓜？根細如蔘的蘿蔔摘掉菜葉後可粗壯了些？放過尿素的高麗菜有否更茁壯了？

有時我早些回來，也幫著婆婆鋤鋤地拔拔草或澆澆水；有時婆婆割剪了一大把蘿菜，或摘採了一堆蕃薯葉、莧菜，我們婆媳則並排坐在石埰上，一面挑撿，一面閒話家常。婆婆往往從調皮的兒子今天所製造的趣事，談到先生小時種種；從瑣瑣碎碎的家事，回憶起往昔生活的甘苦，談著談著，薄暮昏黃的寧靜，一時竟讓我依稀回到年少時我和母親在菜園中的情景。

身為現代女性的我，沒有種菜的餘力也沒有菜地可種了，然而我愛吃青菜；在村郊野外若看到大大片綠油油的菜園，我每每佇立凝視，不忍離去，菜市場堆積纍纍豐盈的瓜果、翠綠的葉菜，也讓我有豐收的歡欣．．．這樣行止，我自己忖度是承自母親對菜園那份深厚的感情。在母親辭世多年後，很高興婆婆也有一小塊菜園，讓我重溫菜園的親情，以及雙腳踏在菜園中那種殷實、喜悅的感覺。

（一九八七年九月新生報）

遊山觀雲

中部橫貫公路於我，說起來是有故鄉地緣之親的。由於它位於花蓮、臺中、南投三縣的交界地帶，而花蓮卻是我土生土長十六年的地方。此次是我第三度赴中橫遊覽，第一次是家住花蓮時小學的畢業旅行；第二次是全家已搬離花蓮，我大學即將畢業那年。將邁入中年，已為人妻、人母的我，回想起這三次遊歷中橫，三種不同的心情，不也正代表著我生命旅程的幼、青、中三個階段嗎？

小學畢業旅行到中部橫貫公路，對鄉居在僻遠小村，難得出門的孩子來說，可是一件了不得的大事。在那年紀，唸起書來個個迷迷糊糊，畢業與否也無所謂，但是畢業旅行卻是一件具體，大家共同關切、期待的事。早在半年或一年前，老師、學生已在嘴裏談論叨唸，在心裡籌劃、盤算了。

我還記得出發前興奮得幾天幾夜都睡不著覺，頭一晚來到人多車多的花蓮，第一次住旅館，覺得樣樣都新鮮好奇，除了房子潔淨漂亮，旅館周圍有各色小攤，各種冷飲，那是鄉下所不曾見過，也不曾吃過的，於是你吃、我吃、大家吃。夜晚精神卻好得出奇，打枕頭戰，嚼零食，木板樓梯上上下下咔啦咔啦響，嘻嘻哈哈，好不熱鬧，惹得房東、房客全一起出來叫罵，羞得老師臉一陣紅、一陣白。

翌日，遊覽車載著我們全體入中橫，卻這個頭痛，那個肚子痛，其餘呼呼大睡的，被老師喚醒，催逼著下車，沿途惺忪雙眼，呵欠連天，對老師一一所指的鬼斧神工懸崖峭壁、嘆為自然奇景的山巒疊嶂。千變萬化的雲海壯觀．．．只是有口無心學著他的口水驚訝幾聲，輕瞥幾眼而已，心思所繫的是風景區的花蓮薯、粟米糕、竹製的新奇玩意．．．。

一趟中橫之旅，我歡天喜地地帶回家好幾包花蓮薯、粟米糕、一對可愛的木偶、一隻竹製的船，而留存在腦海的只是天祥、太魯閣、燕子口、九曲洞幾個地名，對於中橫的勝景，我的印象是模糊的。

大四那年寒假，全班畢業旅行，從臺南出發，沿途遊覽，到東勢貫穿中橫，然後一路北上。

青春年華，眼眸閃爍著明日遠景的光彩，嘴角牽引著自我信心的笑容，言行舉止更有一份得理不饒人的蠻勁。那次旅行，班上原本有一撮愛忸怩作態的女生，也故意表現得與眾不同，從第一站開始，每到一個地方，總不按大家約定的時間聚合行動，我心生不平，立即聯合幾位同學與之抗衡，還於顏色，於是遊覽車上爭爭嚷嚷，公說公有理，婆說婆有理，四年同窗之誼為此出現一道裂痕。這爭執、這裂痕愈演愈烈，到了中橫已勢如水火，彼此嗤之以鼻，互不言語。雖然每到一個風景區，大夥照例都下車看看雲、看看山，然而這一撮那一撮圍聚談論的卻是誰對誰錯，誰有理誰沒理，而且爭相拉攏不想加入戰火的中立派同學。於是在那美麗的雲天山景之下，爭辯成了唯一正經、嚴肅的事。

旅行歸來，班上的兩大派系已然壁壘分明，及至畢業後，曾經對抗的同學也都不相往來。後來導師召集聚會，相見之下，心中彷彿都還有談不出的疙瘩呢！

做個上班族，終日埋首伏案，心情每每焦躁煩悶，陷入低潮，所以幼獅文藝的陳祖彥打電話探問我要不要去中横，我不暇思索便答應了，彷彿要回到自己故鄉般，一顆雀躍的心迫不及待地想投入它的懷抱呢！

第一天，和一大群年輕、力壯的朋友從太魯閣、天祥入山，四月初春時，天氣仍延續著臺北的陰濕，有點料峭的寒意。車子一路沿著山腰千迴百轉，曲曲折折的攀爬。沿途在腦海中模糊的峽谷、深壑、斷崖、瀑布等一一在眼前展現，我除了沈醉、讚嘆之外，感覺還多一層老朋友般的親切。

行行復行行，車子穿透了迷濛的濃霧，到了海拔二千六百公尺的大禹嶺，柳暗花明，一切均豁然開朗，氣象一新；琥珀色亮麗的陽光像醉人的醇酒般遍灑在這群山眾嶺間，而高高的天空，藍得像一疋平滑柔順的絲綢，真想貼一貼臉，撫觸一下。

次晨，在觀雲山莊前，倚著欄杆，眼觀四周，整個心神不覺被當前景色震攝住了。突起的奇萊北峰、緩緩起伏的合歡山頭、後山的畢祿山、前方的翠屏山，都還殘留著皚皚白雪，而飄浮在巖山峻嶺的山腰，平靜廣潤似海，溫適柔軟如棉的白雲，此情此景，不正是秦末徐福乘桴浮於海所求的蓬萊仙境麼？！凝視著緩緩遊移、虛無飄渺的雲海，都覺得這宇宙世界突然變得如此純淨、美好、祥和、寧靜，近乎不真實了。

如果說山是強壯、陽剛、硬體的象徵，無疑的雲便是纖弱、陰柔、軟體的代表吧！沒有山，無法顯現宏偉、壯麗的氣勢，沒有雲，也無法襯出千嬌百媚的姿彩！而剛柔相濟，最是動人心魄！

住在水泥森森的大都市，平日出入所見均為灰濛濛的房子、灰濛濛的街道、灰濛濛的天空，山的翠綠成了視覺、心靈最需切的滋養；而整日禁錮在公寓盒子，從一方格子窗或樓房的縫隙，仰望寓意著幾許夢想的白雲，也總覺得那麼遙不可及，此時此刻，青山白雲近在咫尺，我有把一片翠綠、摘一朵白雲的衝動。

一旁的導遊說：「我上山千百回了，每次看白雲都不一樣。」的確，雲的姿態萬千，山的變化莫測，而人生每個階段，每個時候看雲的心境，遊出的情懷也都不一樣呢！小學遊中橫不識人間愁滋味的盈盈笑聲遠了，星散四處的同學不知音訊；曾經眦目相向的大學同窗，前些日子碰面，個人際遇有幸與不幸，當年的往事也盡付笑談中。如今我凝視這片無邊無際的雲海，連綿不絕的山脈，心裏有看過千山萬水，走過千丘萬壑的平靜與坦然。人生的境遇不可知不可測，如同這多變的雲、神奧的山，但也正因為這樣，人生才有雄偉壯濶、可歌可泣的一面吧！

（一九八七年七月幼獅文藝）

尋覓一個家

為二哥作媒的阿棟伯事先沒打個照會，即陪著女方一干人等，浩浩蕩蕩地來到我家。

正在碾米廠作活的二哥，穿著一身髒兮兮的工作服，一頭一臉的灰垢，分不清眼睛、鼻子了。只見他齜牙咧嘴的對著端莊素雅如一朵花的小姐傻笑。尾隨在人群中才小學四年級的我，可真替二哥擔心，他這付邋遢的德性正巧給小姐瞧見，難保人家會看上他喲！奇怪的是矮胖的女方母親猛向二哥點頭，難不成是讚許二哥勤快老實！

母親引領著大夥四周看看，然後請入比鄰工廠的我家——一長列以自家木材廠所出的木板、木頭釘製的木房，上蓋紅瓦，沒有漆飾，沒有裝潢，粗陋簡樸。矮胖老婦不知是對我們家的木房產生興趣，還是不相信自己的眼睛——在村裏擁有兩大間碾米廠與木材廠的我方，工廠看起來頗為壯觀，住屋怎會如此簡陋？只見她肥墩墩的身軀轉來轉去，這間望望，那間看看，最後才十分正經的向我母親提出問題：「這屋子會漏水嗎？」母親幽默的答道：「好天是不會漏水的啦！」

後來，那位素雅端莊的小姐成了我的二嫂，那位矮胖的老婦自然也成了我的親家母。「好天不會漏水的啦！」亦成了我們兩家之間玩笑戲謔的話語。

兒時家住花蓮縣富里鄉的一個小村，百來戶的住家大都是土角厝或木房，少有雨天不會漏水的，我家也不例外。一逢雨勢稍大的雨天，嘿嘿！屋外下著嘩啦啦的大雨，屋內則需東置一個鍋，西放一個盆，沿屋瓦木樑而下的雨滴打在大鍋小盆上，滴滴答答的，彷若是雨天的協奏曲。

除非是七、八月颱風天，強風驟雨使得村前那條溪流暴漲，威脅了村人的生命財產，造成了大人心惶惶，小孩也跟著緊張；否則，平時下場大雨，我是衷心歡喜的。爸爸穿著簑衣屋前屋後巡看清理，哥哥和同伴下著象棋，姊姊看她的言情小說，無所事事的我便夥同年齡相近的堂哥、堂妹們躲到工廠的穀倉，一面玩遊戲，一面以手指挖取穀倉內一包包麻袋中的花生往嘴裏送。玩累了，媽媽做的番薯湯圓也好了。呼嚕呼嚕的吞食著一個個QQ熱熱的湯圓，心中泛起暖和溫適的感覺，雨天帶來的一點寒意自然也去除了。

要不下雨，鄉下小孩可馳騁玩耍地方就多了。屋後連綿的山丘，是個挖掘不盡的寶藏。我們一群玩伴經常滿山遍野的尋覓鮮紅欲滴入口即化野草莓，生吃爽脆甜美的薯筍，還有一堆不知名的酸酸甜甜、辛辛澀澀的草莖、果實。偶而我們也偷食人家種植的甘蔗、芭樂，還有一種很特別的紫色番薯。這種山野之遊，除了好玩有趣，也帶有小小的驚險和刺激。山上密植的樟木，或有一、二株樹幹上刻有奇怪的圖案，並塗上腥紅的顏色，予人可怕的聯想；少有人跡的野外偶亦有散置的骨甕、墳丘，那是小孩子最為駭怕的。碰到這情形，我們直覺的反應便是爭相逃竄。

溪邊田溝也是我們愛去的地方。每每趁大人午睡時刻，我們呼朋引伴，拿著竹簍、畚箕到溪邊網魚，溝裏摸蝦，有時撿田螺，挖蛤蜊；有時堆沙坵，打水仗。不過，若弄濕弄髒了衣裳，可就難逃父母耳目，回家挨一頓打，是免不了的。

打著赤腳，在方圓幾公里的鄉野遊山玩水，日子無憂無慮。在那物質維艱的年代，每個村人吃的都差不多，住的也都簡陋粗糙，聊避風雨而已。大家沒有比較，自然也沒有所謂的優劣。然而準親家母的來訪，使得我的父母有了回應，在二哥娶親時，特意請人來佈置了新房。

對房子的好與不好，漏不漏水，那時的我是全然不關心的。只要有廣濶的田野山川可活動，有成群結隊的玩伴，有彼此關切的鄰居，有靜謐安詳的氣氛，就是我衷心喜愛的家。

遷離兒時居住的小村已二十多年了，奇怪的是：時至今日，每每在我夢中出現的家的景象，依然是簡陋寬敞的木屋。有一株桂花樹與一架葡萄藤的廣闊前庭，遍佈可食野果的後山，可網魚洗衣的村前溪流，還有雨後的傍晚一家人圍食熱呼呼的番薯湯圓．．．。

◎

穿上皮鞋，上了初中的我，大開眼界的認識了城鎮的洋房「斯拉卜」，它與鄉下的土角厝大異其趣。由鋼筋水泥起造的樓房，灰灰白白、乾乾淨淨，也方方正正的，說起來也不頂漂亮，但是有錢的生意人，有閒公務員大都住這種房子，隱隱的，它是有成就、高階層的象徵。

少數獨棟的漂亮洋房，宛如瓊瑤筆下所述：花木深深的庭院映著紅漆的大門，盛開的薔薇或木槿從高高的牆內探枝出來．．．．每路經這種洋房，它奇異的神秘魅力，總予我無限遐想。

初三那年，我們家準備從花蓮遷徙到桃園楊梅，父親計劃在自己的田地上蓋一棟鋼筋水泥的房子。看多了言情的文藝小說，愛編織夢想的我，腦子立即浮現未來的家的藍圖：白色的樓房有一堵高大的圍牆，由鋪著鵝卵石小徑走入，牆內有奇石假山的水池、扶疏的花木，而盛開的薔薇或木槿從牆這頭探枝出去……。

父親一手籌建的水泥洋房尚未蓋好，我已看出它與我的夢想有著太大的差距；說穿了，我們新房的外貌型式只不過是較現代的四合院罷了。沒錯，它用鋼筋水泥，四周也有圍牆，然而它終歸像是體態壯碩帶點土氣的村姑，缺之城市小姐纖柔的韻致與摩登的感覺。而屋側種植的相思樹、桂竹叢，還有庭前的一列龍柏，也總覺得陽剛有餘，秀氣不足。

在此住了幾年，在我內心深處卻始終沒有接納、喜愛這個家的環境。細細想來，是這段時期家道有了很大的起落的緣故吧！父親得病，大哥大嫂不合，家中的田產一一變賣，家裡氣氛也因而悶鬱、愁結。而此地的自然環境也很難叫我喜歡它；屬於桃園黃土質的臺地，禿禿的山丘，地不肥、草不美、花不香，散居的住戶，鄰人來往亦不殷切。潛意識裡，我對它是排斥的。

隨著父母的過世，我外出求學，異地謀職，我越來越少回楊梅的家。

◎

在臺北這個萬丈紅塵的大都會討生，賃屋而居，三兩個月搬一次家是常事。雖是孤家寡人一個，然而每搬一次家仍如脫一層皮、歷一次劫卻般身心俱疲。過了幾年這種東飄西蕩有如遊牧民族的生涯，心中萬分的渴切有一可靜觀青山白雲，而無車馬喧嘩的淨土，可停歇腳步，寄託心靈的小小安樂窩。

尋尋，覓覓，終於在吳興街底的山腳下，我和妹妹選定了一間三十坪大小的三樓公寓。此處交通方便，又鬧中取靜，最重要的是：推窗而望，有一片天、幾抹雲，近在咫尺即是蔥鬱青山，滿眼綠意。右側有一低矮老屋，屋後斜坡植滿紫姹嫣紅的杜鵑，左側有一高瘦的大王椰，一切均差強人意，夫復何求？

我和妹妹兩人傾其所有，將上班多年積攢下來的一點錢，加上標會所得，全投資在這區區小屋之上。總算在寸土寸金的臺北，擁有一棲身之處，也揮別了飄萍不定的過去。而星期假日，做做簡單的飯菜，邀約二三好友，品茗閒談，彈彈吉他唱唱歌，為朝九晚五千篇一律的上班族生活，找尋了一些些樂趣。

我們的喜悅沒有持續多久，一天，下班回來，我發現老屋前的一小塊空地上幾個工人正忙著搭戲棚，相問之下，才知對面另一棟公寓的二樓設起九天玄女神壇，為慶祝開壇，準備搬演野臺戲酬神。

耳根子挨了三天三夜喧天價響的疲勞轟炸，以為自此了事，沒想到一連串的災難苦事還在後頭！與其說是酬謝神明，倒不如說是廣招生意吧！此後，每隔半個月、一個月，歌仔戲、布袋戲均輪番上陣，明明臺前的觀眾寥寥可數，有時甚至只有一兩個小孩在戲臺下玩耍，然而臺下玩得起勁，臺上也演得起勁，鑼鼓鐃鈸鏗鏗鏘鏘聲，經擴音器一放，更無遠弗屆的播送。似乎頗為靈驗，戲演得多，鑼鼓聲傳送得遠，上門求神問卜收驚算命的人也相對增加。眼見對面神壇愈來愈旺，我的一顆心也愈來愈往下沉。

得了藉演戲拉生意的好處，神壇進一步開始誦經。清晨，正是好夢方甜的時刻，迷迷糊糊中，一陣陣擴音機的刺耳聒噪聲，每每驚得我從床上彈起，嚇出一身冷汗。而入夜該是上床就寢時分了，偏偏神壇的誦經仍欲罷不能。更多的時候，誦唱的不是讓人清心靜氣的梵音，而是自編自唱，聽起來摧心裂肝像歌仔戲的哭調，擾得人心緒不寧，神經緊張。即使關窗閉戶，那可怕的哭調也無孔不入的從門窗隙縫中滲入。

我和妹妹左思右想，莫可奈何，便試著打電話給管區派出所警察，寄望人民的保姆能出面保障我們居家的安寧。聽聲音語調，每次接電話的警察都不同人，但口氣卻都是哼哼嘿嘿擺明的敷衍，心火一起，我和妹妹輪番去電，一付你不來我則不罷休之勢，警察不堪其擾，終於答應前來查看。頭一次是我們放下電話大概一個小時後，警察才姍姍來遲，而前幾分鐘還正熱鬧的戲臺，此時卻是鑼歇鼓停了。警察遠遠的站在巷口，腳沒踏入，即掉頭走了。有了前次經驗，我們第二次再三囑咐他即刻前來。果不負我們所望，當我們在窗口瞄見一身制服的警察在巷口出現，我和老妹兩人雀躍得真想大聲歡呼。戲臺上正殺得難分難解，等會戲台下必也有好戲可看吧！而我們太平的日子就到來了。

從小小的窗縫，我們屏氣凝神地觀看年輕的警察找來主持神壇的中年婦人，兩人站在戲棚邊談了一會，也不知講些什麼，警察打道回府了，台上戲照演，鑼鼓聲也不見減弱，那頗有潑婦架勢的中年婦人還攘臂插腰，對空亂罵了一陣；一付誰再告狀就給誰好看的態勢，嚇得我和老妹躲在房裏，不敢出聲。

報警難收成效，個性較我剛烈的老妹氣不過，只好採自力救濟的方式。她買來一只童子軍用的口哨，每當對面聲音過於猖狂，她便猛吹哨子——不過，只敢放下窗簾，臉紅脖子粗的使力猛吹；怕被對方識破，採報復手段啦！起初一兩次，對方稍有反應，聲音減弱了些，後來也無動於衷。既然束手無策了，我的消極辦法是：以棉花塞住耳朵，睡覺時則以被蒙頭，不聞不問算了。我的老妹還不死心，想以其人之道還治其人，將收音機的音量放到最大，對方有沒有受到干擾不可知，可憐同個屋簷下的我，早已深受其害，有好一陣子我的耳膜裡整日儘是嗡嗡聲，輕弱一點的聲音我即聽不到呢！

對面的九天玄女神壇招財有道，不多久，和我同個樓梯出入的四樓也見賢思齊，設起另一家神壇。彷彿很有默契似的，每當這邊噪音乍起，那廂也急起直追，彼此不甘示弱，誰也不怕誰。為求後來居上吧，我們四樓的神壇還另出高招，特意從外地延請神明駐壇。有次只見一大群善男信女尾隨在鑼鼓陣、乩童、神轎之後，個個好似魂靈附體，歇斯底里地口中儘情吶喊「神啊神啊……」有節奏的一聲聲，一波波，如排山倒海湧來，事前不知情呆在屋內的我，從未見此陣仗，真個心慌如焚，又無處遁逃；忙將鐵門、木門加好幾道鎖，仍不放心，還搬上笨重的桌椅堵在門口，我們深怕神明一不留意，走錯了門，破門而入，那就不敢想像了。

一心渴望擁有自己寧靜的安樂窩，不料，落此田地，到後來，只有唯一的選擇：星期假日儘量外出，平日則儘可能晚一點回去，眼不見為淨，耳不聞為安嘛！

而後，右側的老屋拆除了，蓋起了更高的樓房，遮蔽了我家的視野，從窗外看去，只剩殘缺一方的天空，露出屋宇一角的青山白雲則幾乎看不到了。想想居此連最後一點好處也沒有了，待我和老妹各自結了婚，幾經思量，便忍痛將我們這間頗有紀念意義的單身住宅售出。

◎

有了以往慘痛的經驗，婚後選擇新居，我堅持要符合三不原則：不住鬧市、不住神壇附近、不住左右鄰居看起來沒水準的地方。這三不看似容易，先生為此可奔走了一個多月，方在我起初不甚滿意的邊陲地帶——新店找到一處所。

住在行政街底的新居，直到搬家那天，我才和它見面。房子不新，只能說是稍好的普通公寓而已，但自然環境清幽，視野開濶，百步之內即是一脈相連的五峰山，推窗外望，頗有鄉居的情趣。我初初一見，即刻就愛上了。

清晨一睜眼，隱隱有清脆的雞啼鳥鳴聲，有晨起運動的人們在各個山頭對空長嘯，收納丹田的「喔喔」聲，如此美好的早晨，要不早起還貪戀床上的話，自己感覺都有點罪惡了。所以每天一早，我便和先生沿著屋前一條寬大山路閒步上山。每每我們以為自己早起了，誰知山頭一處處平禿的空地，蹓狗、蹓鳥、打太極拳、打網球、作甩手運動、登山健行的，早已各據一方。此時，天光仿如魚肚白，太陽未升上山頭，露珠仍在葉脈上滾動，呼吸著潔淨帶點清冷的山氣，心神真是無限的舒暢；而在這一日之計的晨時，我和先生伸手踢腿，活動筋骨之餘，或聽聽英文、音樂，或談談早報的新聞，或交換工作心得，日子過得充實有勁。

行政街之得名，乃因新店市府各行政機構均聚集此處。懾於它的威名吧，據聞此區鮮少宵小，幾次親身體驗，證明傳言果然屬實。有次我匆匆出門，彷彿記得隨手把門帶上，也許力道小了些，待下班回來，發現大門沒關，對門太太相告從早大門即是開著的，入內查看，沒人來過的跡象，也不少一物。

又有一次，正值做月子，我抱著幼兒不知不覺睡著了，也忘了關門閉戶。恰巧姪女來訪，推門而入，見我母子熟睡，不忍打擾，將送我的東西擱下，人即逕行離去，待我醒來才知有人來過。姪女每以此取笑我糊塗疏懶，但也以此區可「夜不閉戶」，而嘖嘖稱奇。

本以為此處地靈人傑，可長此久居，一次大水又沖破了我的好夢。說起來那只不過是為時稍久的一場豪雨而已，此區卻泛濫成災。只見屋前水溝滿隘，滾滾濁水挾著大量黃泥沖刷而下，溝旁道路及附近空地則成一片澤國，塑膠袋、寶特瓶、汽水空罐等垃圾四處飄浮，一樓住戶家家都遭殃，從屋外不斷滲入的污水淹及了家中低放的物品，家家總動員參加搶救行列，整棟樓的樓梯都塞滿了他們的東西。

住在二樓的我雖然沒有直接殃及，然而放眼一片汪洋，水深及膝，根本無法出門，班自然是沒法去上了。打電話向老板請假，老板一副難以置信的口胳：「別處都無大礙，同事個個都沒缺席，何以你的情況特別嚴重？」我有理說不清，只好任由他瞎猜懷疑了。

待雨停水消，一樓住戶又人人忙著清理屋內淤泥，曝曬棉被衣物；而路上行人也沒得好受，附近馬路全積下厚達好幾公分的爛泥，幾無落腳之處，即使出了一趟門也是一身狼狽。

住戶抗議這是建設公司濫墾山坡地，不做水土保持的後果。只是抗議歸抗議，後來的幾場大雨，問題也不見改善。雖然依戀此處清新的空氣、美好的早晨、和氣的鄰居，我和先生商議還是「走」為上策。帶點美麗的回憶，我們搬離了新店行政街那個住了兩年的家。

◎

痛定思痛，這回找房子一定要求一勞永逸、作長久打算的，否則真禁不起搬家遷徙之苦了。市中心地帶的商業區，不適合住家，不予考慮；中和、永和出入須經公館，交通壅塞見怪不怪，竊賊出沒又猖狂，不予考慮；士林、天母路途太遠，費時耗神，不予考慮．．．找來找去，有的房價偏高、有的交通不便、有的依傍墳山，看樣子若要處處合己意，在臺北可能就找不到房子住了，有些覺悟，只好把標準放低，最終敲定了景美近婆婆家的一處七層樓大廈。

住大廈高樓，只要每月繳管理費，有四時巡看的警衛、有按時收垃圾的清潔工、樓梯口的燈泡壞了，管理員即來修理、底樓彈丸之地的花圃也有人維護，好處多多。但也和其他現代大樓一樣，如置身水泥森林，同住一棟大樓，鄰居往往相見不相識，更談不上互相關照、聞問了。

所住的大廈房價不低，相對的建材、施工都好，住得很安心。自己的家嘛！掛幾張畫，擺幾盆盆景，略為佈置，就有說不出的溫馨舒適，只是自然環境欠佳，則美中不足之處。隔條巷子，即是臺北交通流量最大的羅斯福路，家住六樓，裝上雙層玻璃仍無法隔絕幾乎二十四小時奔流不息的車馬喧嘩，起初很是懊惱，面對這不能改變的事實，我一再告訴自己：家住臺北，必須學會忍受的美德，兩年多下來，我的確也修練了聽而不聞的功夫。依山傍水是不敢奢望了，偶爾從高樓憑欄眺望灰濛濛的天空、灰濛濛的白雲，甚至灰濛濛的遠山，也只能以聊勝於無自我安慰一番。

久居臺北的高樓，對來自鄉下的我，常有「腳不著地」的失落感，對接近自然，更有一份深深的渴切。有次中部山城之遊，那裡的山明水秀，讓我彷彿回到了兒時的故鄉；那裡的悠閒、寧靜，是我孩童時代所熟悉、親切的；那裡籬笆、庭院、花開、鳥鳴，也一一與我記憶中的景物相映和。倘徉一日ㄊ，竟不忍離去。以往心靈深處，常有缺少什麼的悵惘，至此我才恍然，原來我要的就是和傍山傍水的故鄉一樣的環境的家。中部山城之遊，使我期盼：有朝一日，我要在山城構築一間我喜愛的家。

（一九八七年六月新生報）

情與愛三章

芳鄰與狗

搬進這棟大樓的第一天，在電梯口，我碰見了我的芳鄰——一個生得白白淨淨，身材中等，五官細緻，像個瓷娃娃的女人。她對我淺淺一笑；她身旁那隻梳理得白淨討喜的哈巴狗可熱情的很，猛往我腳踝這舔那舔。

「哈利！」她以日語喝斥，那隻有雪白長毛的小狗便乖順地跟著她進屋了。

「你隔壁住的那個女的是個日本人的情婦喲！」為我換裝玻璃，店面在巷子口的老板神秘兮兮地對我說。

「這話可不能隨便亂講，會得罪人的。」

「是真的咧！我可沒亂講，附近的人都知道嘢！」她的玻璃也是我裝的，我還看過那個日本人，矮矮胖胖的。」他一臉正經地說。

住進這大樓兩年多了，其間我見過幾次那個矮矮胖胖、頗有企業老板派頭的日本人。他來的時間好像不定，停留的時間也似乎不長。隨同他一起出現的我的芳鄰，每次都打扮得花枝招展，彷若雷諾瓦畫筆下那個在公園散步的貴婦人。

平日我的芳鄰很少出來，不像鄰近主婦每日固定出門買菜。偶爾在傍晚時分倒可以看到她牽著那條哈巴狗，沿著學校後面那條人車稀少的小徑散步。見到人，她總是客客氣氣地點個頭，但是在她的客氣中又讓人感覺出一付拒人於千里之外的意味。幾次我想和她攀談，表示友善，話到嘴邊又被她那冷淡的神情嚇阻住。

我的芳鄰少與人來往，除開那個日本人，我也不曾看過有什麼人來找過她。時時緊閉，少有開啓的鐵門，有時亦讓我懷疑裡面是否還有人住。但是入夜後，從我家後陽台可看到她屋內透出暈黃的燈光，還有冷氣機或是冰箱、熱水器等家電運轉時傳來的嗡嗡聲，我知道她是在的。然而，我總禁不住猜測：此刻她在屋裡做什麼呢？看小說、電視、錄影帶？或聽音樂？或寫情書？亦或什麼也不做，僅僅獨守一燈，悠悠地思念遠方的情郎？

不知怎麼，我後來看到白白淨淨的她和那隻白白淨淨的哈巴狗，直覺出她與它的生活步調、節奏一致，甚至於她與它的面貌竟也神似呢！

母與女

第一次在郵局看到她，我有驚艷的感覺。

嚴格說來，她並不是美人胎子：稍稍扁平的圓臉，過於平緩不夠高聳的鼻子，連嘴巴也嫌寬厚了些，然而這些勻稱地組合起來，卻予人嫻靜不囂張、平和不尖刻的好感。不僅如此，她臉上還有個精彩的主題：一雙靈秀、深蘊的大眼，彷彿凝聚了天地間的氣韻，一排密實的睫毛在垂闔、睜張間，眼眸便流露了難以言宣的風情。在這雙大眼的「提挈」下，奇異地，她整個人就神采奕奕，明媚動人起來。

注意她的顯然不止我一人，她一走出郵局大門，櫃枱內的辦事小姐便低聲談論她。由她們零碎的談話中，我知道她是附近國中的老師，三十四歲，仍待字閨中。要不是得知她已老大不小，光從她平滑、細嫩的肌膚，亭勻、姣好的身段，說實在，是很難猜出她的年齡的。

想想三十四歲的她，非但沒有顯現青春老去，而舉手投足的成熟韻致，輕顰淺笑的氣度丰采，不正是一個人努力修習，孕育而達到顛峰的精氣，由內形諸於外的嘛！她讓我想起一叢薔薇上最高枝頭那朵盛開許久，不願凋落的花蕊，在風中高高擎起，展現生命中最亮麗、眩目的一刻。

美麗又怒放的花朵，兀自默默地開著。此後，我在學校路旁、公園附近瞥見她幾分清寂的身影，暗暗地，我總為她孤芳自賞的際遇抱憾。

後來有好長一段時間，我沒有看到她，郵局小姐告訴我：她結婚外調了。聽到這則消息，像是自己的親友添了喜事，我為此歡欣了半天。

有一天，算起來應該是隔了好幾年了，我站在郵局櫃枱窗口前等著提領包裹，在我背後排了好幾個人。枱面上依先後秩序一一擺放提領單及印章，一個曾經聽過的名字跳入我眼簾：陳清玉，那不是她嗎？我轉過身，幾乎不敢相信我的眼睛，她，一件寬大沒領沒袖沒腰身的洋裝，裸露著仍是細細白白的肌膚，只是大片的白予人黏膩的感覺。相對於軀體的肥胖，她的面容五官也都各自放大了尺寸，誰也不管誰似的散漫，整張臉就肉多而鬆垮了，而那曾燦如星辰的眼眸，也顯得遲滯、黯淡了。眼前的她與菜市場所見的歐巴桑並沒有多大的差別。顯然地，她身上有過並曾為她生命作過美麗詮釋的那股精氣，已換成一身的凡俗與平庸，那曾是最高枝的薔薇，已成了昨日黃花了。

正當我錯愕她的改變，一串銀鈴般嬌嫩的呼喚從耳邊響起，「媽媽，媽媽！」我循聲望去，在她身側拉著她的裙裾，是個頭上綁個蝴蝶結，約莫三四歲的小女孩；甜美秀麗的臉蛋，稍稍扁平的鼻子，靈動的大眼，即使只是個小女孩，也有股讓人不願轉移視線的引力，這不是從前的她的化身嗎？小女孩從母親身上攝走了精氣，女兒的成長正映照著她某方面的枯萎。

小女孩引發她呵呵像老母雞般的笑聲，但在那近乎鄙俚、庸俗的笑聲中，我卻也聽到了做為一個母親甘之如飴以及有女為榮的幸福。

最好的藥方

到醫院看她時，一向豐美的她，像脫了水般，瘦了一大圈，原先白嫩的皮膚，因細胞收縮的緣故吧！竟顯得蒼黃蒼黃的。愛美的她，在病重的此刻，仍淡淡地施了脂粉，但掩不住臉上的倦意和憔悴，勉強擠出的笑容，像照相時嘴角已發瘆，笑意在那兒僵住、凍住了，直覺是個「慘」字，這和半年前頂著碩士學位回國，一臉意氣風發的她，是很難聯想在一塊的。

曾經飽受感情挫折的她，因學業有成，漸漸平撫了過去的傷痛。我們這些朋友正為她揮別昔日的陰影，迎向未來嶄新的里程而高興時，不意命運又捉弄了她，滿天陰翳再次籠罩她的生命

——她得了乳癌，醫生且宣告病情已屬末期，癌細胞擴散蔓延到整個胸腔，難有治癒的希望了。面對著可能不久於人世的朋友，我無法用言語來安慰她。撫握著她擱在雪白的被單外，指節顯得稍稍突大的手，一抬頭，觸目的是她迷濛泫然的淚眼，我趕緊別過頭去。告別時，我才發現病房一角坐著一文質彬彬的男士。她為我介紹說是她高中同學，現當老師，十多年沒連絡，前幾天聞訊即趕來探望她。

走出醫院，我腦海中盤旋著：愛美、愛面子、愛熱鬧的她，任何時刻，只要有他人在場，她都會像一隻開屏的孔雀，張揚著自己最美麗動人的一面；而今，她除了要忍受肉體上病痛的摧殘折磨，精神上坐以待斃的凌遲外，讓人瞧見她形體的枯槁，恐怕也是她難以忍受的吧！

我的顧慮果然沒錯，對自己病情已然絕望的她，不久即選了一鄉下僻靜的地方隱居起來，並謝絕任何人好意的探視。令我驚奇的是：唯一她接受照顧的竟是那天我在醫院碰見的男士——年輕時愛過她，在現今她生命垂危時仍不改初衷的人。這算是上蒼垂憐，予她坎坷命運的一點補償吧！我這樣想。可是她呢？對一個她過去不愛現在卻給她愛的男人，她又如何對待呢？這也許只能問她自己吧！

驕傲的她，的確做到了斷絕與外界的一切連繫，即使身為好友的我，也只能斷斷續續從她母親口中知道；她一頭滋密的黑髮全掉光了，娟秀的眉毛也絲毫不存；原本就不好的脾氣更加變本加厲，有時一天不發一語，有時又山洪爆發地怨天尤人。她母親很是擔心那位老師有朝會承受不住，棄她而去。

一年過去了，醫生所料並不準確，她仍存活著。我雖不能確知她的病情如何，但我知道那位老師沒有離開她。她現在成了什麼樣子呢？惦記起她時，我不免揣想：頭髮落盡，必然如比丘尼那樣，只剩光亮亮的頭皮吧！可是臉上少了眉毛，我真不敢想像呢？

這天，在我們共同的朋友的婚宴上，據說她主動表明要參加。在場的朋友都和我一樣，迫不及待地想見到她。

她的出現，不止我驚呆了，宴席前吵雜喧嘩的眾人也因她的到來，突然靜默了，所有的目光都凝聚在她身上，是奇蹟發生了——她的頭頂不是我想像中光溜滑膩的不毛之地，而是如枯木逢春長滿了嫩芽般，一頭毛毿毿長短不齊，又粗又黑的頭髮，梳理得平平整整，像打薄了的赫本頭；眉毛也如新長的柳葉，淡淡、細細的一抹。人仍稱羸弱細瘦的，但眉宇間隱約地散發著一股清新的氣象。

大夥圍攏著她，個性向來大方毫不忸怩的她，羞羞澀澀地宣佈：我下個月要結婚了，一時歡聲雷動。伴著她的準新郎愛意無限地望著她微笑。此刻，我想起那句至理名言：愛是最好的藥方。

（一九八七年七月新生報）

紐約的三個單身女子

窗外是淅淅瀝瀝的細雨，八月的紐約已有沁人的寒意。這是Ｃ君在紐約近郊租來的公寓。隨著夜幕的深沈，樓下房東小孩的喧鬧以及對面蘇聯女人的電視聲都已不聞。在這寂靜的雨夜，我的思緒也像那綿長的細雨，無邊無盡地翻覆不已。要不是今天和Ｃ君累乎乎地跑了一天的紐約大都會博物館、中央公園、自由女神等地，腦海中還殘存著那些地方的影像；這樣的雨夜，這樣的斗室，我還真以為自己置身台北，回到和Ｃ君同住的東吳大學旁的女生宿舍呢！

二十年前，我和Ｃ君都是對人生充滿無限憧憬的荳蔻年華；二十年後，老友相逢在異地他鄉的紐約。似乎只是一眨眼，我們都已步入了中年。猶記得當年出國時，抽個「放長線釣大魚」上上籤的Ｃ君，一路走來，卻是坎坷崎嶇。一向是性情中人的她，剛和丈夫離異不久，心情的悽楚可想而知。巧合的是，同在這個屋簷下，對面和Ｃ君分租二樓的蘇聯女子以及樓下的白人房東，也都是處於和丈夫分居狀態的單身，也都各自有她們的心情故事。想著，想著，我的感慨也隨著夜而深沈起來。

曾被台灣一知名女作家在文章中惡意描繪成崇洋媚外的Ｃ君，其實是個熱情直爽、敢愛敢恨的人。她對任何人任何事幾乎是坦率得不設防，以致待人處世往往弄得自己傷痕纍纍，加上她個性叛逆，厭惡虛偽，顯得她處處與我們社會某些約定成俗的規範扞格不入。而在男女的交往上，結交過幾位中國男友後，她討厭多數中國男性的保守忸怩，心口不一，而樂與熱情直率的老外相處。C君這樣的個性和行事作風便註定在我們社會中受到非議，她的不快活也就可以理解了。特別是在二十年前，男女兩性的平權仍未被重視，社會風氣保守又封閉，C君被視為異類可以想像的。不是和她長久相處相知如我者，的確很容易膚淺地將其歸類為崇洋媚外之流。

C君看清楚她自己的性格，也明白自己在台灣會很不快樂，所以她放棄了當時收入豐厚的工作，決定遠走他鄉。

我還記憶猶新：出國前，我陪她到溫州街去算命，所得的籤字是「放長線釣大魚」。C君像中了彩券般，喜出望外，一掃連日來的惴惴不安，對自己的未來頓時滿懷著希望和信心。為此，兩人還興高采烈到師大路去大吃一頓，以茲慶祝。誰知人生豈可算計，一、二十年來，C君婚姻、學業兩頭空。婚姻，梅開二度都以離婚收場；學業呢，因為長年來老是隨著丈夫的工作而搬家，也就這個學校唸唸，那個學校唸唸，以致於拿個碩士後，博士仍遙遙無期。一場留學美夢和異國婚姻的憧憬，到頭來卻是孑然一身，兩頭落空，怎不感嘆造化弄人？

我多次勸她：「何不歸去！台灣已很開放，不復舊時的封閉。」

「我已回不去了！」話中有幾許的無奈，幾許的悲涼！和她分別多年的我，已很難體會這句話背後她個人深刻的感觸了。看我為她擔憂，她反倒是安慰我：「放心，我熬得過的。」

是的，聰明如C君，我相信她可以熬過一時的失意的。年少時不惜遠渡重洋，追求人生大夢，在人生的大海裏，她的確放了長線，我相信她有朝必能釣到人生的大魚的。

C君對面住著的蘇聯女子，四年前，偕同丈夫、女兒千辛萬苦地輾轉來美。在蘇聯，她原是相當有名的地質學家。在她看透了共產社會的無能和無望，便毅然地與畫家丈夫帶著女兒，來到人生地不熟，社會制度與蘇聯南轅北轍的美國。她從ABC二十六個英文字母開始學起，目前在紐約州立大學當助教，兼讀博士，養活自己和正在唸書的女兒；然而她當畫家的丈夫來到他們夢寐以求的新天地後，卻沒有勇氣面對新環境的挑戰，他拒絕從頭學美語，拒絕適應美國社會，而寧願每個月靠微薄的救濟金過日子。這位蘇聯女子不願放棄她的人生希望和理想，於是只好選擇與放棄自己的丈夫分道揚鑣。

生得高頭大馬，典型蘇聯婦女模樣的這位蘇聯女子，和十來歲的女兒，分租一個十坪左右的房間，一室雜亂的衣物、傢俱、書報，侷促又凌亂，日子顯見是過得捉襟見肘，不很安穩的。不過，自她談話的帶勁兒，又看似活得非常篤定、堅強。談起蘇聯人民生活的苦況，她揚一揚手中的信箋：「我朋友賺了一個月的薪資才足夠付這張郵票的錢，她在信中說郵資又要漲了，而她的工作也不曉得能做多久，她短期內可能沒辦法寫信給我了。」一臉無可奈何的懊惱。當電視那端傳來美國大選新聞時，她頓時換個人似的，神情昂揚，滔滔不絕地大肆評論起美國的政治人物，聽之頗為有物，好一個有見地的蘇聯女人。

其實，這些天來，我和C君每每為這位蘇聯女人的大嗓門以及她開電視的大音量困擾不已；

這下聽她娓娓地敍述自己如何在異地討生活，為了要在美國學術界立足，每晚守著電視苦練語文，一付要與美語對幹，非征服它的決心，我對這大嗓門的蘇聯女人原存有的一點責怪，頓時消失無影，還油然地生起幾分敬意。

這棟木造的兩層公寓，一樓住的是護士房東，也是兩個小孩的單親媽媽。白天，這家小孩的哭鬧，大人的斥喝，始終不斷，非要到入夜了，孩子入睡，吵聲方歇。待在紐約的這段時間，我自始都未見到這位單親媽媽，原因是她為了養家活口，每日早早出門，晚晚歸來，以致緣慳一面。白天為了照顧兩個稚齡小孩，她雇請了一個工資便宜的墨西哥褓姆。這位墨西哥褓姆不會講英文，對孩子的哭鬧束手無策，大概也只能採責罵或吼叫一途。

同一個屋簷，三個不同國籍，不同背景，也不同境遇的獨身女子，在這居大不易的紐約，堅強地承擔著自己的命運，也堅強地面對著自己的未來。我想起不知誰說過的：女人的體力或許不如男人，但是女人堅忍和意志卻是男人所不及。在這三位單身女子身上，我確確實實地看到了這些。

窗外的雨仍在點點滴滴，八月的紐約已有早秋凜冽的味道。在這細雨綿綿，涼意深深的秋夜，想著C君說的：我熬得過去的；想著對面老是盯著電視學英文的蘇聯女人；想著樓下早出晚歸的單親媽媽，不知怎麼，我竟無法成眠了。

（一九九三年四月婦女雜誌）

印弟安那仲夏之夜

過去，以一個觀光客的身分，我觀賞過美國當地各種不同的歌舞雜耍，也好奇地目睹了夏威夷赤身裸體的脫衣秀、拉斯維加斯賭城極盡聲色的上空秀，這些人肉市場的光怪陸離或聲色犬馬的演出，還真讓人驚嘆：美國不愧是資本主義的宗祖國，在市場經濟的供需中，能把人類的原始慾望發揮其極大化的效益。也許是我出身鄉下，基本上，這種娛樂方式並不合我的味口。反倒是來了美國中部印弟安那布明頓小城後，發現這裡的寧靜安詳，與我熟悉的台灣鄉間小鎮的氛圍極為相近；而這裡的人在仲夏之夜的娛樂休閒，在基調上也與台灣的鄉下人很類似。

輕鬆的戶外音樂會

七、八月，在台北是悶熱又潮濕的季節，此地偶爾一、兩天也出現較熱的天氣，但是一場急雨過後，馬上又是雲淡風輕，涼風拂面了。在這樣的仲夏之夜，享受一場音樂的盛宴，彷彿是一次精神的洗禮，滋味很是美妙。而布明頓所在的印弟安那大學音樂系又是全美數一數二的，此地的音樂水平可想而知。所以，七、八月間，這裡三天兩頭的戶外音樂會（outdoor concert），優雅又不失輕鬆的演奏方式，真是深得我心。

在小城的噴泉廣場或校園的小丘上，小城的男女老少，輕裝便服，或自帶摺疊躺椅，或以毛巾席地而坐，輕鬆自在地聆賞樂曲或歌聲。通常，戶外音樂會不管是管弦樂團或合唱團選曲，大多是耳熟能詳，或是優美又不失輕鬆的，與音樂廳中正襟危坐地聆聽長曲大樂，大異其趣。

在這樣的時刻，拂面是習習的晚風，頭頂是仍然澄藍的天空、初露的星子，耳邊是優雅的樂音，一切有如天人合一的美妙。讓人不由得直嘆，此情只應天上有。

晚飯過後，若趕赴一場戶外音樂會，胃囊飽足之餘，連精神上也飽嘗一頓盛宴，直覺身心舒暢。

這讓我想起了二、三十年前的台灣鄉下，每每在晚飯後，村裏老老少少拿著板凳，到廟埕或村裏廣場上觀賞走唱的戲班子——閩南歌仔戲或客家採茶戲，或走江湖、耍大刀的把式等，內容當然是與老美的戶外音樂會南轅北轍，但情趣上和精神感受上簡直有異曲同工之妙。

家庭派對與趕集

值此仲夏之夜的良辰美景，此地的老美也很流行在草地上舉行家庭派對。聚集三、兩個家庭的成員或吆喝一群知己好友，各自帶著點心、飲料，擇一公園或家庭後院，攤開佳味美肴，一面開杯痛飲大嚼，一面聊天唱歌，或興起聞樂起舞。沒有賓主之分，也無需由誰破費，輕鬆自在地享受玩樂。在台灣的家庭聚會，通常一頓飯下來，事前的準備功夫和事後的收拾善後，總要讓主人累個半死。老美這種輕輕鬆鬆的家庭派對，很值得我們傚尤。

在仲夏的布明頓，我還遇上 county fair，類似我們的趕集，相當有趣好玩。

這個在布明頓近郊舉行，為期一至兩周 county fair，有各個家庭提供的攤位，展示吃的、穿的、用的，應有盡有；每個家庭都使盡全力獻寶。還穿插著多項有趣的比賽項目，像雙胞胎娃娃比賽、妙齡小姐選拔、小型賽車、牛仔競技等。除了人與人的競賽，還有此區農家養的牛、馬、兔、羊、豬等禽獸的展示競售，是此地county fair活動的主要項目。印弟安那州畜牧業相當發達，在此你可以看到品種最好的牛馬豬羊。

這樣的鄉間趕集，高潮通常是在太陽下山、月亮升起之後，因為此時各方人潮匯集，各種節目也正上場。

其實晚會表演的內容不外是老祖母彈琴，小孫女唱歌；插科打諢的相聲，美國式的舞蹈及鄉村歌曲表演等。但是偌大的趕集市場內，這個項目可是相當叫座，且座無虛席。只見每個表演結束，場內即掌聲雷動。也許台上的表演者都是台下觀眾的親朋戚友吧！所以難怪台上表演，台下捧場。節目精不精彩倒在其次，而台上台下同樂才真是眾樂樂呢！

拍賣市場看熱鬧

再說得獎牛羊的拍賣會，與台灣漁市場或果菜市場的拍賣方式可真是一模一樣。首先主持拍賣的人高高地站在台上，當拍賣的牛羊馬牽出，主持人口中則開始叨念拍賣單價，從高價喊起，漸次下降。旁坐的牛羊主人若要殺價出售，則臨時咬耳朵告知主持人。拍賣台前還有幾個幫手在一旁敲邊鼓，慫恿坐在看台四周的買主或觀眾要識貨，趕快出價。

羣眾中，如有人對主持人喊出的價格滿意時，則適時地舉手，寫下自己的姓名、行號、得標價格等，交與拍賣助手，表示完成了這筆交易，其餘細節會後再談。緊接著又是下一批的牛羊拍賣。

在台灣，從小就與漁市場親近的先生即常在清晨三、四點時，拖著我往台北環河南路的漁市場觀看拍賣。

在清晨多數人好夢正甜時，漁市場卻已是人聲鼎沸，忙碌異常了。而吆喝聲此起彼落，人來人往紛至沓來。而站在高處拍賣的主持人嘴中叼念，快速又富節奏，兩手還不忘配合著招算。初看甚是驚奇，打聽之後才知那可是一門專業，要眼明手快，要口到手到，非一般人可以勝任的。去觀看了幾趟漁市場的拍賣，很能體會勞苦大眾強旺的生命力與生存的鬥志。

從印弟安那州此地的趕集、拍賣，我也感受到美國鄉下農民那種樂天知命，真真實實地生活的一股強大生命力。這可完全迥異於我們在電影、電視上看到，沈浸於聲色犬馬的美國人。我想美國之所以強大、之所以能稱霸世界，主要還是來自基層大眾這股強大的生命力。

印弟安那州的仲夏之夜，不是感官的，不是刺激的，也不是絢麗的，但是清新、純樸、真實、鄉土的感覺真好！

我愛印弟安那仲夏之夜。

（一九九三年三月婦女雜誌）

附錄：

一個客家女子帶頭掀起的風雲～回顧『還我母語』運動

一九八八年台灣客家人的「還我母語運動」，對一向溫和、理性的四百萬客家族群，影響深遠。今天有客家電視台、客委會，即是那次運動打下的基礎。街頭運動當年，我擔任「客家風雲」雜誌總編輯，運動總策劃的工作自然就落在我頭上。

為甚麼會有這運動？客家人為甚麼被逼上街頭？當年在「獨尊國語」的政策下，說母語在社會被歧視，在學校被處份，長年下來，四百萬客家人成了隱形人。這情形，在都會區特別嚴重，這不僅殘害了本土的母語，連帶的族群文化的延續也產生了危機。

我和「客家風雲」雜誌的幾個發起人一致認為：客家人不想當隱形人，最有效的方法是電視媒體要有客家頻道，客家人可以自己出錢，買電視客家廣告。但當時的廣電法規定：公眾場合禁止方言。我們多次和新聞局溝通無效，才動念上街頭抗議的。

三十年年前，要動員萬人上街頭抗議，那是不得了的大事。這中間有很多不為人知的方方面面。以下的訪談記錄，是二〇〇五年清大的一位研究生：林吉洋，以此運動為碩士論文，訪問我所作的專題。

年輕時參與過多個運動，當年我的另一半簡永松曾對我說：以後你會覺得客語運動對你的人生最有意義。現在想來，的確如此。所以在我的散文集中，特選錄這篇訪談。

客籍菁英參與還我母語運動的口述調查

時間：2005/2/4　地點：北市信義區松德路 喬美國際網路股份有限公司

受訪人：鍾春蘭　　訪談人：林吉洋

訪問時間：90 分鐘　　進行語言：國語　　紀錄整理：林吉洋

謄錄符號說明：

1……表語氣停頓或語氣未完結。2 如有語意未足之處，則加註並標以（…）。

鍾：客家風雲雜誌於七十六年底創刊。成立的背景是在解嚴前後，那時民進黨已經成立，整個社會因為壓抑太久了，不只黨外的聲音，社會各基層的聲音也競相發出。

那時候我們十一個雜誌發起人，都是報社背景的，特別是中時跟自立晚報系統。我當時在中國時報，胡鴻仁也是。邱榮舉跟梁景峰在中時當兼職的撰述委員。自立報系有李永得、陳國祥、陳文和，加上黨外運動的魏廷昱、黃安滄。我們都是報社的客家人（按：還有民進黨的林一雄跟中視的戴興明），閒聊之間竟都有相同想法：辦一份客家的雜誌，為客家人發聲。

少數幾個人的想法後來為什麼會有那麼多人的呼應？長期以來國民黨政權的一黨獨霸，語言文化上也是國語的獨霸。我是一九五〇年生的，所以我們那年代的成長經驗裡都有客語、閩南語被打壓的經驗：只要你在學校講母語，都會被老師打屁股。我算還好。我在花蓮出生，老家在桃園，因為父親在花蓮做生意，我住的是客家村，所以感覺還不那麼強烈。

本計畫乃是於中央大學客家學院客家社會文化研究所及清華大學社會學研究所合開之「社會記憶與口述史」課程之實作部分

踏入社會，早先我在遠東關係企業辦的雜誌工作，有次我到中山北路訪問一位設計師。那時候設計師尚未回來，他太太在跟客戶聊天，我在旁邊等，無意間聽到他們邊聊邊罵客家人「客人猴」什麼的。那傷人的歧視，不僅只語言而已，我幾次按耐不住想上前理論吵架。我是第一次去那裡，後來，實在忍不住了，我不告而別，就走掉了。

當時我們這個年紀的，或比我們年紀長一點的，都曾感受過社會對客家人的歧視以及意識底層所流露的偏見。長期以來，蔣家在台灣的統治利用「以客制閩」政治的操作。你是念社會的，應該也知道，蔣家利用這個閩客關係，或者地方派系，以誰來監視著誰，來操控政權。比如說我們客籍的政治人物，像早期做過監察院長的黃國書、立法院長劉闊才或是當過行政院副院長徐慶鐘，甚至拉拔李登輝，都隱約可看出以客制閩的影子。其實這只是對寡頭的少數的客家大老施恩，一般普羅大眾的客家人是感受不到這恩惠的。

台灣的客家人口，九十三年內政部委託顧問公司的調查有四百四十萬人。我們當時自己的預估是三百五十萬到四百五十萬之間，也大致是這個數字。你想想，佔台灣百分之二十的客家人，在那個蔣家統治的時空背景，在一個以客制閩的情形下，竟然沒有客家人發聲的管道。國語獨霸的情形是：公共場合或是電視廣播裡，是不可以用客家話發聲的，也包括不能講閩南話。

其次是閩南沙文。閩南人常不自覺在言行間表現：閩南人就是台灣人；閩南話就是台灣話。這之間是沒有把客家人的感受考慮進去的。像我們在搞客家運動的時候，跟閩南人一起開會，他們掛在嘴邊往往是「我們台灣人怎樣怎樣…我們台灣話怎樣

怎樣 ..」其實，在這時候他是不自覺把客家話跟客家人排除在外的，客家人感覺不好受。那時候閩南人只是拉著次要敵人打擊主要敵人，好像也不是真把我們客家人當成是台灣人，本質上也是歧視客家人的。

所以當閩南人說「我們台灣人、我們台灣話怎樣…」，骨子裡就是一種閩南沙文作祟，不自覺的在排斥客家人，這是非常非常傷客家人的心。這種閩南沙文也表現在政治上。最簡單的例子，像許信良那麼優秀的客家人，那麼有政治理念的人，你看在以閩南為主的民進黨裡，他可以當黨主席，但是要選總統時，閩南人就是不支持。他在民進黨裡就受到大大排擠，說穿了就是不希望客家人當老大嘛。

整個時空背景是這樣：雖然民進黨的聲音是已經出來了，但是民進黨基本上以前是不尊重客家人的。民進黨的聲音不等同客家人的聲音，這其中牽涉到以前有閩客械鬥等等的歷史恩怨背景。

問：你說過去有閩客衝突的歷史背景，那當下的衝突是什麼？

鍾：我認為當下的衝突是潛意識裡閩南人有強烈的閩南沙文。

問：你是指本土化運動裡沒有把客家人的聲音放進去嗎？

鍾：本土運動是後續的事情。閩南沙文長期以來就是有閩客械鬥的歷史背景，加上閩客長期發展不同所導致。閩南人比客家人早來台，佔住較好的平原，客家人比較晚來，所以住較貧瘠的丘陵。相較起來，閩南人愛冒險，比較會做生意。

客家人比較保守，講求耕讀，重視教育。資本主義社會裡，做生意就是要資本，對客家人比較不利，所以只好用教育來培育子女。而閩南人累積了比較多的財富，企業界也是閩南人較多，客家人的都是小規模的，公教人員裡面客家人比例就多了。

問：台鐵好像很多？

鍾：幾乎都是。基本上閩客從事行業就是有別。閩南人對客家人長期以來的偏見，客家人是感受深刻的。在閩南沙文跟國語獨霸的兩個背景，讓客家人覺得要有主體意識，在這樣的情境下要自己發聲，也因此才有後來的 1228 還我母語運動。

問：那請教一下，你自己的求學背景，跟你自己有感覺到族群上的身份受挫嗎？

鍾：我老家在桃園，我父親在日據時代到花蓮做生意，高中時石門水庫開始供水灌溉，老家的土地值錢了，那時候我爸爸生病到台北就醫，我就隨同到新竹女中唸書。

小時候我覺得客家人還挺優勢的。花蓮有不少平埔族，我小時以為平埔族就是閩南人，平埔族的生活情況比客家人差，所以我小時候沒什麼客家意識。

初中念玉里中學，高中唸新竹女中，也沒特別感受。倒是踏入社會，感覺才特別強烈。

身為一個媒體工作者，我跑過很多線，政治、社會、文藝都有。我先生很早就投入反對運動，他是一個政治犯，這是後話。因為我採訪，接觸過很多客家人。即便是一些有成就的客家人，有很多也隱晦自己的客家身份。曾經有個我熟識的客家籍的婦科醫生，非常有名，我要採訪他，他對我說：「我不要讓別人知道我是客家人，萬一他們知道我是客家人的話，我的客戶都跑光了。」所以他寧願捐兩萬塊給我們雜誌，也不接受雜誌採訪，曝光他的客家籍身份。

問：那時候怎麼會有這麼奇怪的心態？

鍾：對，那時候有這樣的心態的很普遍，這不是單一個案，很多人就是把自己客家身份隱藏起來，成了社會隱形人。

問：那是自己的意識，還是現實上真的會有影響？

鍾：應該有影響。客家人普遍國語都講得很好，不說自己是客家人的話，一般人分不出來，外貌上也看不出來。這樣的隱形客家人還蠻多的。

那時中國時報、自立晚報，思考比較獨立、前進，接觸的觀念也比較新。當時中國時報老板是余紀忠，思想是比較自由的，自立也是非常開放的。我們幾個客家人聚在一起講客家話，常常討論，感覺特別親切，而且大家的生活背景有共同經驗。

問：那辦雜誌的時候，有沒有一些客家大老支持呢？

鍾：民間及企業的客家大老，都很支持。政界就不是這麼回事，我們成立客家風雲的時候，政界那些大老是反對、是觀望的，你完全沒有想到！

問：据我之前訪談的瞭解，好像是有支持的，雖然還是有一些爭論的，但是還是有些大老出錢捐個十萬什麼的？

鍾：出錢的是企業界的客家大老，例如葡萄王曾水照、資生堂李阿青等都非常支持，但政治界的客家大老其實是非常排斥我們的。

問：包括那時候的台北市長吳伯雄？

鍾：對，他起初是怕我們，跟我們保持距離，後來他才發現，客籍是他的政治資源，最重要的政治資源，但那是後來的事。因為政治局勢扭轉之後他才大大的改變。

問：你怎麼進去客家雜誌的？是胡鴻仁找你的嗎？

鍾：沒有特別誰找誰。因為我們都是報社同事，大家都認識，雜誌也沒有特定是那個人發起，就是常常一起討論。大家講起客家人怎樣怎樣，就孕釀出一起辦雜誌的念頭。

問：那一定是有某些外部局勢，讓你們想要做一點什麼？是什麼事件呢？

鍾：對，那就是黨外運動，最主要就是那時候的民進黨成立。整個社會醞釀著發聲，民進黨是以閩南人為主體的，我們就覺得客家人也要出聲。

問：那時候已經感覺民進黨是以閩南人為主的？

鍾：對！那時候感覺是這樣，沒有客家人的聲音。

問：那是什麼意思？民進黨只有閩南人的聲音，沒有客家人的聲音嗎？

鍾：對！當時我們感受到就是，民進黨發出的聲音是代表閩南人的。

問：妳覺得當時是有差別的？

鍾：是有差別的，也因為這個理由，有些客家大老想成立客家黨。住高雄做過牢的的鍾孝上最積極，他一直想要成立客家黨，我們還特別去疏通他打消這個念頭。

問：那是什麼意思？為什麼不要成立客家黨？我以為民進黨的成立是包含著所有的反對運動的力量。

鍾：民進黨成立的時候，我們感覺他們的主體意識是沒有包含客家人的。

問：民進黨的成立，一般以為是包含著所有議題的反對運動，像工運、農運、環保運動這些，不是嗎？

鍾：我想那時候還沒有！最主要是，民進黨跟客家人的意識型態裡有基本的不同，我當然不敢說百分之百啦！客家人基本意識上是比較不支持台灣獨立的。總人口數客家人跟閩南人有差別，閩南人在台灣是多數的，但是客家人在全球總人數比閩南人多，我們預估超過一億人，且分佈全世界。相較起來，客家人是比較有世界觀的。

經濟能力上客家人雖比閩南人差，但是移民散居在國外的比較多、比較有世界觀。所以基本上客家人是比較不支持台獨的，當然這是以相對多數而言。

問：請妳提一下，民進黨沒有發出客家人的聲音，那妳覺得客家人要發出的聲音是什麼？什麼樣的不平感需要發出聲音？

鍾：民進黨的閩南沙文以及客家人自覺的一種危機感！

問：那種危機感是不只來自對國民黨的，而且是對閩南沙文主義的，是嗎？

鍾：對，我們的危機感，從「阮台灣人」就只指閩南人，就是一個最淺顯的例子。

問：但那妳怎麼看國語政策不只打壓客語，也打壓閩南語？

鍾：當時政府的廣電法在獨尊國語政策下，以前客家話和閩南話同被歸類方言，同樣是被壓抑。可是現在掀開來，閩南人在爭，爭有了，卻忽略我們客家人，我們客家人反而沒有！我們的危機感就是由此產生：我們的主體性呢？我們在邊緣了？這是我們當時的危機感。這個危機感顯示：當時閩南為主的民進黨是忽略客家人的！

問：當時的民進黨也是有客家人參與，不是嗎？

鍾：可是，基本上是忽略客家人的，所以客家界才會一直有聲音說要成立客家黨。

成立客家黨，我們是反對的，特別是我，因為我覺得族群不是成立一個政黨的條件；政黨是以共同的政治理念做為結合的元素，不是以族群。講的不好聽一些，如果以族群做為一個政黨，如果客家黨失敗了，那我們客家不是要被抄家滅族了嗎？

我們辦母語大遊行的時候，不只是要凸顯客家人的主體性，且要展現多元文化的社會觀。我們希望在台灣這塊土地上，沒有種族歧視，任何族群都敢勇於說出自己的族性「我是客家人」、

「我是原住民」，同樣都會受到尊重。一個有族群意識的社會就有排他性，就會成為社會動盪的溫床。

我們知道民進黨一直想把我們拉攏過去，希望這個運動是跟他們結合在一起，變成說這個運動是他們的！我對政治有起碼的敏感性，我先生是政治犯，他那時候幫我很大的忙。

我覺得客家人要融入整個社會，個人要參加任何黨派，左右統獨中間都可以，但是客家人絕對不能以客家族群來成立客家黨。

問：要成立客家黨這是很重要的事件，要成立客家黨是以族群界線當成是政黨界線，其實表示那個族群關係的緊張跟矛盾衝突是很強烈的，所以妳反對客家政黨，是因為怕這個會導致更激烈的矛盾衝突嗎？

鍾：對，激烈衝突的族群關係對客家人長遠來說是不利的！而且閩客之間也還沒有到達這個地步。雖然說閩南人對客家人有歷史背景的偏見，但是不至於說，閩南人看到客家人就當面會去吐口水，沒有到那種種族歧視，沒有嘛！

當年的1228「還我母語」運動，我希望這個運動是中性的。我邀請了國民黨來參加，我也邀請民進黨來參加，可是國民黨那時候就像大象、恐龍一樣，什麼都反應很慢，唯我獨尊，以為不得了了！客家人要造反。民進黨卻頻頻對我們示好，一直往我們那邊跑。

問：所以說，國民黨以為你們兩邊是一起的？

鍾：對，所以我去找我新竹女中當年的老師，國民黨的立法委員溫錦蘭，起初她不敢來參加。你想想那個時候剛解嚴，我們一群小鬼搞運動，人家以為我們要造反，氣氛很是緊繃。

平時國民黨的人跟我們也有接觸，像饒穎奇、劉興善跟我們都很友善啊。但是那時候國民黨是一個口令一個動作，他們不敢違逆黨中央的意思，所以也沒敢響應參加。

問：所以國民黨裡的客家菁英過來支持，其實是後來的事情？

鍾：是。起初個個都怕！

問：那些客家社團呢？像崇正會啦、世界客屬有沒有支持呢？

鍾：這些客家社團其實是聯誼性組織，負責的人基本上是失意客家政客，客家意識是有，但根本上就談不上有多少動員能力。起初他們很怕我們，覺得我們是紅衛兵！我們是年少輕狂，不以為意！倒是民進黨非常熱衷參與，反而國民黨都不來，我擔心一黨參加的後果是，會被認為跟民進黨掛勾，我非常擔憂這點。

問：那社內幾個主要成員有沒有不同意見？

鍾：其實那個運動的主軸是我在 handle，只有我跟楊長鎮是專職，其他人都各有職業嘛，其他人都是來聲援就是了！我希望這個運動可以百花齊放，而不是少數人參加而已，這樣是對客家人最有利的。

所以在這裡我要講一段秘辛，我去找柏楊幫忙。柏楊是我的媒人，他跟我先生是綠島的政治犯難友。柏楊與李煥熟識，李煥當時是行政院長，他早年是柏楊在文工會的主管。雖然柏楊坐過牢，但是他們的關係還是在。李煥說那是民進黨搞的，柏楊跟他說那是客家人的，不是民進黨的，柏楊還提醒他：「只要對的事，你們就應該去做。總不能因為民進黨做了，你們就不做。民進黨參與了，你們就不參與。假如有一天，民進黨總部搬到國民黨隔壁，做國民黨的鄰居，國民黨也要搬走嗎？」一語驚醒李煥，結果，國民黨所有的客家政治人物都來參加了。

問：所以國民黨有動員參加？

鍾：有。後來幾乎全部民代都來參加了！還有，我記得遊行前要誓師，這是很重要的象徵意義。黃信介跑來，表示要上台講話，我跟他們說來參加可以，但是有兩個條件，第一、不能講話！第二、不能拿黨旗，拿了就不能參加。

關於這一點，這些年回想起來，我覺得我做的非常對。所以民進黨很恨我啊！他們認為我是個統派！我也不以為意。

後來不管是國民黨籍的！民進黨籍的！無黨籍的！都覺得參與這場遊行很光榮的。1228 還我母語運動，是客家人為主體的！不會變成是說這是誰的！我們客家的遊行不跟你國民黨！也不跟你民進黨！我強調遊行是客家人的！只能拿客家遊行的旗子！

問：那這裡我要問，那麼這一段過程各黨各立場都有參與，那麼這麼做有好處，但是可能會有缺點是？

鍾：缺點是遊行後很多事情我沒辦法掌控。執政的國民黨與我們協商，都背著我進行，我不知道。

我先生是坐過牢的政治犯，我對政治也有敏感度。我有一些運動的朋友，都是比較社會主義的傾向，一些黨外的份子，如蘇慶黎、王拓、陳映真，王曉波、陳鼓應等，這些都是跟我們比較好的朋友。

問：這裡大部分都是夏潮的老前輩？

鍾：對！當時就有朋友跟我說，客家運動搞不成功，那就沒事。如果運動搞起來了，那你們這十一個朋友絕對會被裂解掉。我原先設定我們成員之間，最大公約數是客家權益。因為母語運動帶有一股反體制反威權的勢力，不同的政治立場就會突顯出來。後來客家運動搞成轟轟烈烈，成功了，正如我朋友所料的，每個人的政治立場矛盾就顯現出來了，背後各自代表的勢力來拉攏客家運動的力量嘛！

問：所以如果政治立場的不同彼此互相知道的話！那就可以說說看嗎？

鍾：有些是國民黨的，有些是民進黨的，有些是偏中間的。

問：你可以說說看成員的立場嗎？

鍾：林一雄當然是民進黨的！邱榮舉跟戴興明傾向國民黨。其他的比較中性。

問：包括當時的社會運動兩個大陣營新潮流跟夏潮，在雜誌社裡也會影響各自的人嗎？

鍾:新潮流是比較後續的事。我、胡鴻仁、李永得、梁景峰比較中間。

問：你們會比較接近夏潮嗎？

鍾：我們也不覺得那是所謂的夏潮，應該說比較所謂自由派的！基本上我的立場就是反台獨，這是自始至終我一直強調的這一點，這是我不管寫社論、寫文章都堅持的一點！

客家風雲會變成客家雜誌，就是因為我們當時立場不同，造成的裂解。因為我們各自有不同的意見，背後又有人鼓動，加上一些耳語啦，開會時意見非常非常多，衝突就來了。

問：可是中間派的繼續維持最大多數的話，基本上客家運動還是可以繼續走下去，不是嗎？

鍾：大家意見變的很多，我做的就意興闌珊。運動還沒有弄起來時，內部其實是非常團結的。

問：開始的時候不是，你不是說你希望盡量黨派可以盡量平衡，代表客家而已，不希望變成哪一個黨的，但是後來怎麼會這樣？是因為人的關係嗎？

鍾：就是背後的勢力，比如說要跟國民黨協商，我是運動主要負責人，我居然不知道！他們不通知我！處處打壓我！我開始覺得心灰意冷！

一些外圍的客家像陳子欽，我們共同成立世界客屬文教基金會，我拉徐正光跟蕭新煌進來當副董事長，但是後來陳子欽當上董事長，有了籌碼去選國民黨的國大代表之後，基金會就沒有運作了！

我覺得有被騙的感覺，非常懊喪，很累了，我覺得我畢竟不是政治人物，不靠這個吃飯，後來我走了，楊長鎮也走了，換成羅肇錦來接，羅肇錦比較溫和保守，但是後來他也感受到這個壓力，沒多久也走了。接下來換成義民廟的勢力出來，改成客家雜誌，走民俗的路線，雜誌就沒有力量了。

問：是否你也覺得，應該要跟著社會脈動走？

鍾：對。

問：那時候林郁方也接過社長嗎？雜誌上看他說過一段，雜誌社最好不要有政治立場，不要攻擊別人，您覺得呢？是錢的問題、補助的問題嗎？

鍾：我不認為是錢的問題！當時我們的訂戶有三千多人，加上零零星星捐款，其實要守住一個雜誌不難。可是要進一步發展就有困難。黨外雜誌就是這樣！你要發展的話，那是非常苦的！我們那時花費少，我覺得財源不是最重要的問題。

問：我看是因為錢跟人都有困難，是不是因為內部的人沒有凝聚力，所以財務才發生困難？

鍾：因為每個人都有意見，沒辦法一致對外，才會這樣。比如說去跟資生堂李阿青 、葡萄王曾永照、開醫院的徐旦鄰等募款，以前我們一夥人去，人家就覺得這樣的一群客家年青人很好，也願意支持！但是後來誰要去募款，你批評我，我也批評你，話不投機，感覺不對勁。

那時候我真的感覺壓力很大，還有人說我是什麼共產黨。我在雜誌上立場一向是非常中性的。後來我還拉徐正光、蕭新煌，拉他們下水來平衡，心想讓各黨各派進來沒關係，只要大家的公約數都還在就好了。可是真的當運動搞起來的時候，問題就來了，這是人的問題，黨派屬性的問題！

人不團結的時候，你怎麼募款，客家大老覺得你們怎麼這樣，怎麼那樣的，人家會捐款給你嗎？

所以錢真的是小事，三千的個訂戶加上一些零售、募款，運動起來的時候，社會上的能見度有了，大家看得到了，募款照理說應該更容易。但有好處，也有缺點。這時背後政治力量進來拉攏，意見就不一致了。

問：後來是不是因此而乾脆大家就是退開，讓雜誌轉型？

鍾：後來有人覺得客家風雲這名字不好！乾脆就改名，最早好像是梁景峰建議，他的文學造詣很好，希望改名之後事情少一點。然後是羅肇錦來接，他是學語言的，刊載較多關於語言的，內容走向就比較冷癖了。等到後來林光華、陳石山接的時候，寫的東西就大都是民俗了。

反省起來，我跟邱榮舉鬧的不愉快，是因為黨派立場。幾年前我在路上遇到邱榮舉，他說很懷念以前那一段時間，我也是有同感。兩人一笑泯恩仇。現在再回想那段時間，我覺得非常珍惜。可是如我朋友說，你要有心裡準備，古今中外運動皆然，運動沒搞好都沒事，搞好了絕對會有政治力量介入，客家權益雖然是最大公約數，但彼此的政治立場不同還是會發生爭執，果然後來下場就是裂解。

問：所以你們後來內部是不斷 Argue 的？

鍾：對，我們當時都年青，林一雄算是年紀稍長的，他雖然是民進黨的，但是他的包容性蠻大的，也不是黨外的激進派。我們這十一個人，基本上也都是比較溫和的，是背後的勢力不斷的滲透、施壓才會導致這樣。

問：我之前的訪談瞭解是，後來是乾脆大家就走了嘛，後來就是只有掛名而已？

鍾：其實真的在運作，專職的就只有我跟楊長鎮，還有一兩位編輯，其他人也就只有支援而已，都各有工作。但是一下子邱榮舉要怎樣，一下子林一雄又要怎樣，大家對文章就有意見。即使是民進黨，裡面也有矛盾的地方，你就知道那時局勢的險峻，因為當時各個政治勢力都希望客家運動這股力量可以為我所用，收編為我的勢力。

現在回想，當時我們的定位，1228 還我母語運動不偏民進黨，也不偏國民黨，這是對的堅持。後來也沒人敢說這是民進黨的，或者說這是國民黨的，就是大家的資產，後續是政治勢力伸手進來了，大家就無心，力量分散了。錢的問題，一期花不了多少錢，問題是誰要去募款，以前大家一起去募款的時候，那感覺是很棒的。

問：我之前的瞭解是，某些人他的背景、或者他本身的位置，就是會有某些政黨、黨派的壓力。

鍾：我朋友就說，這是古今中外皆然的規律，可是當時我們十一個人都是非常單純的年青人來做這件事情。

問：你們搞雜誌社一開始就有上街頭，會跟政治掛勾的想像嗎？

鍾：其實一開始沒有想這麼多，沒想到後來會搞成一個運動，運動是雜誌成立後一年多左右的事。

問：為什麼？受了什麼樣事件的刺激嗎？

鍾：那是因為跟國民黨溝通時，一直受到挫折，他們心態非常的顢頇，到新聞局溝通鍾肇政也去了，那時候國民黨就是抵制的心態。一次兩次這樣，就會積怨啊！

問：但是那時候吳伯雄已經當市長了，李登輝也當總統了，有沒有去尋管道找這些客籍政治人物幫忙？

鍾：想的美喔！我們當然嘗試接觸，包括劉興善還有饒穎奇，我們都有找過。那時候的氣氛還是很嚴峻，大家怕的要死！把我們當成紅衛兵！等到後來，社會風氣整個開放了，客家反而變成是他們的政治資本，客家身份反而變成他們最重要的政治資產。

現在回想起來，其實我們十一個人動機一開始都非常單純，後來是因為背後的政治力量在施壓，外圍的陳子欽以及一些客籍民代比較短視，沒有遠見，如果這個客家運動持續做下去，對任何客籍從政的都是最好的資源，但沒眼光啊！

後來我的想法是如果誰要拿去，要裂解我們，我們也單純，無能為力，只是覺得很嘔而已。

問：那個陳子欽一開始是 support，那他的背景好像是什麼合作社的理事長，還是他本身就是從事政治？

鍾：起初不是從事政治，後來才選國代。他比較懂政治操作，我看也是人家教他的，聽說他當時跟鍾榮吉很好。

問：那我現在請問一下，當時客家風雲雜誌社，怎麼跟其他社團互動，你們是怎麼樣去組織還我母語運動？有哪些團體動員支持？例如客家社團、政黨、社運團體怎麼動員出來？

鍾：當初客家社團不像現在那麼多啦！基本上我們有跟崇正會、世界客屬總會交流，其實我們跟他們的立場是不一樣的。

問：怎麼樣，是吃閉門羹嗎？

鍾：我們辦的活動，他們有時候也會來支援，只是彼此保持著一定的距離。他們覺得我們是造反的，講句不好聽的，他們是執政黨的御用團體嘛！說要搞運動，他們開始是怕的要死！

問：所以後來他們也是有來參與還我母語運動遊行？

鍾：可能也是因為他們慢慢觀察，慢慢瞭解，發現其實也沒有什麼，所以就參加了。

問：是不是因為這場運動沒有明顯的偏向民進黨那邊，所以他們才過來參與？

鍾：對。

我現在年紀較長來看這事！其實我們都是單純的知識份子，基於一種義憤，要為客家人發聲，如此而已。國民黨背後一搞，我們就垮了，所以也都不是什麼厲害角色！（笑）。

問：我這裡想請問，1228 那場運動也是動員了很多團體，有社運團體，客家社團，也有政黨，你是怎麼看跟那些團體的關係，怎麼去定位那場運動？

鍾：客家社團比較正式的是崇正會、世界客屬同鄉會。我們有機會也會找找他們聯誼，他們對我們的立場也無可奈何，起初他們對我們敬而遠之，有一點點排斥，後來一看沒怎麼樣，所以互動也漸漸好。

倒是反對運動的工農運團體，還有民間的客家社團都很熱心，我們也很歡迎他們來參與！

問：那所以你們的遊行車隊是比較開放式的！包括社運團體都有動員嗎？我瞭解那時候動員的好像有農、工運團體，像是林豐喜的山城農會系統。

鍾：對，我們基本上都是開放的，像林豐喜、林光華，還有勞動黨的羅美文也都很熱心參與啊！

問：那動員的團體包括雜誌社、客家社團、社運團體，政黨？

鍾：政黨倒沒有。我們的動員主要是分工，哪一縣，誰負責這樣。

出乎意料反應非常熱烈，超乎我們的想像！因為我們沒有這麼多經費，所以只負責巴士的錢，那時候參與遊行的人數估計應該有一萬左右。

問：我很好奇那時候動員的人怎麼來的，我想知道的是自發的人多不多？

鍾：那時候我們雜誌辦了一年多，平日就有不少讀者會來社裡幫忙，可以說已經有了一些固定的「樁腳」，像在故宮博物院工作的張世賢 、在銀行工作的王興義、開計程車的李勝良、經商的孫金青、邱從容等等，都已經突顯出來了，這些熱衷支持者一直很熱心在幫忙，出錢出力，我們可以分派說誰在哪邊負責這樣。

問：所以人脈網絡已經有了？

鍾：全省像屏東、美濃、新竹、苗栗等各地的人脈都已經有了，不用政治人物動員，我們一向不靠政治人物。說要上街頭，各地客家人反應都很熱烈，所以要號召人比我們想像簡單。那時候，大學的年輕人像羅文嘉、林正修都有來我們雜誌社啊！甚至有些在海外的客家人也主動前來！還寫信來鼓勵我！

問：這裡想請問那時候國民黨、民進黨怎麼看當時客家人發聲的運動？還有當時的輿論怎麼看這場運動？

鍾：反應蠻好的，我覺得國民黨後來覺得我們沒有威脅性，所以坦然接受，剛開始的時候非常害怕。

問：那為什麼國民黨後來還要影響這個雜誌社？

鍾：所以我覺得國民黨很笨，他們一向就是唯我獨尊，其實只要接近一下，瞭解我們的需求，我們的需求不多嘛！我們沒有要名跟位嘛！又不是像民進黨要來跟你搶權力。

問：那應該跟國民黨溝通的人要去跟國民黨協商的。

鍾：後來協商聽說都是陳子欽跟邱榮舉去啊！我從來沒有被告知，

也沒跟國民黨接觸。遊行前在新聞局協調的時候，他們都把我視為眼中釘，大概是因為他們有調查我先生的背景，認為我是個恐怖份子。

問：執政當局是不是一開始覺得，黨外的運動份子，都是跟民進黨一掛？

鍾：有一點。一開始他們以為我們是搞什麼革命運動，所以怕以為我們要來推翻他們，不過他們大概也沒想到我們這麼快就被打垮了。（笑）

遊行後幾次協商會議我都沒有參加，為此 ，我很懊惱很氣憤，他們大概知道我去的話就沒有這麼容易妥協！

問：那時候的輿論怎麼看客家運動？

鍾：普遍都不錯，非常肯定我們的訴求，因為這代表著多數客家人的聲音，也代表閩南人的聲音。

問：本來的訴求好像是客家話也要上電視，但是後來改成包容性比較大的「還我母語」，是嗎？

鍾：對，所以後來國民黨就開放了電視廣播一些些的時段，慢慢在公共媒體也開放…

問：那時候你怎麼看待，還我母語運動以後，不止挑戰國語獨霸的地位，也似乎改變了閩南語等同台語的那種反對運動以來的習慣，那你自己怎麼看語言的定義？

鍾：我覺得語言或許可以訂出官方語言，在新聞時段去播沒關係，但是限制廣播時段及時數，或在公共場合、大眾媒體去限制母語，那不應該嘛！只要有錢可以自由去買廣播時段啊！以前是連花錢登廣告也不行啊！那是什麼心態呢？

根本就是歧視母語、歧視客家話。語言背後包含著文化、思想、人權等等的價值在裡面，壓制客家話的背後也是歧視、壓抑客家人嘛！所以我們提出來之後，閩南、客家大家就好像覺醒了，而且也覺得大大出了一口氣。

問：你覺得這個運動以後，所謂閩南沙文主義有覺醒了嗎，在客家發聲之後？

鍾：我覺得有。早先他們還沒有警覺，客家發聲之後，閩南當然是非常支持，可是他們不自覺還是會「阮台灣人、阮台灣話怎樣怎樣」，沒有把我們客家人放進去，只要我們糾正、抗議，他們也會說「歹勢、歹勢」。

問：你怎麼看反對運動以來，民主化、或者本土化把閩南語塑造成台語，或者閩南語變成一種本土的象徵，一種新的獨尊？

鍾：我其實很支持本土化，但是我覺得本土的意義已經被執政的民進黨扭曲了。第一、不能把本土化變成一種新的以閩南為主的意識型態。第二、本土化放在民進黨的台獨黨綱下，變成一種以閩南為主的台獨意識，就扭曲了本土化的真意。

問：但是楊長鎮提到，民進黨是第一個把多元族群文化放入黨綱的，你怎麼看？

鍾：是，民進黨黨綱是這麼寫的，但做起來就不是這麼一回事。民進黨是一個在社會運動中成長的政黨，運動中成長最便捷的方式就是製造假想敵：在台灣的「外省人」他們稱為「中國人」作為假想敵，拉小打大，他們很多族群政策是在這種背景下產生的。

我肯定民進黨在台灣歷史上「反獨裁」的階段性正確的作為，但為反對蔣氏的獨裁和國民黨的專制腐敗，激化族群矛盾的手段，卻造成日後掌權時的困境。

族群矛盾的激化，民進黨的本土政策往往只是窄隘的台獨政策，不僅使民進黨的施政走入困境，更矇蔽了對整個世界局勢變遷的認識。

我覺得民進黨很可貴的是做為台灣第一個本土的民主政黨 ，我們應該要珍惜，而且他的黨性很敢挑戰權威，做一些突破的事情，敢去實踐、行動力很強，可是民進黨被自己的本土化綁住了。把本土化窄隘成一種台獨的意識型態，這種短淺的目光，其實對台灣發展是一種傷害…後來我從事網路工作，更認識全球化的發展趨勢。本土，對台灣的多元文化來說是非常重要的，可是本土化不等於鎖國；現在的本土化已經變成民粹化，變成一種撕裂族群的操作。有時候我會反省，是不是我們當初的還我母語運動已經變成了某些政客有心在操弄。變成他們的成果，變成他們在收割了！

我們當初用心建立母語的自主性不等同窄化自己的台獨！我常常在反省這個問題，有時覺得非常非常惋惜。政黨輪替後的發展，這部份不是我樂見的。

問：所以你看客家運動到後來今天的發展，跟其他社會運動比較起來，如環保運動、婦女運動、勞工運動等等，怎麼這麼早就消退了？

鍾：也不全然如此，我認為現在政府有關客家政策的執行，部份是吸納我們當年的理念 ， 這也是客家運動的成果嘛！現在有行政院客委會、北市客委會等等，也是客家運動的延續。

問：你覺得客家運動變廣義了？

鍾：對。客家人自覺了，有意識到自己的身份。像一些客籍藝人胡瓜、羅時豐啦，以前誰敢說自己是客家人，現在都敢說了。這就是客家運動最重要的成果，可以公開講說：「我是客家人，我以客家為榮。」

原住民也是一樣，以前原住民一向被社會歧視為比較低階的，現在在公共場合、國宴上接待外賓時，也可以唱山地歌跳山地舞。族群間樂於分享不同的文化，這是還我母語運動以來，多元文化的結果嘛！例如像現在的文史工作、社區工作也是。

問：像陳板？

鍾：對，以前客家風雲雜誌社時候，陳板也常過來，客家運動已經變成一種文化運動。

問：比較起來，客家運動好像打開了一些多元文化的面向。以前的運動通常是政治上的對抗，或者反對國民黨的政治口號。客家運動發展到今天的文化運動，你們之前就有預期嗎？

鍾：對，我們之前就期待多元的！

問：你們之前就有談文化了嗎？

鍾：對，以前就有談文化，鼓勵客家歌謠及戲劇的創作。像客家歌客家本色的作曲者涂敏恆，我們很鼓勵他，幫他義賣。還有鄭榮興的客家戲劇，他現在是復興劇校校長，我們辦活動也常邀請他的客家劇團表演！比如像客家八音跟閩南的八音不一樣！像客家採茶戲、收冬戲，收成以後拿著板凳到稻埕去看戲，那都是我們小時候寶貴的記憶。

當今網際網路雖然說是全球化，很多東西可能會同一化，但另一方面還更珍惜多元化的東西，多元讓我們的文化更燦爛。達爾文也說物競天擇，物種要多元才有可能適應多變環境。

問：我瞭解在 88 年還是 87 年的總統文告，有用閩南語發言，這對你們是不是一個很大的震撼呢，那應該是在你們創刊之前還之後？

鍾：應該是我們創刊之後了，總統文告用閩南話讓我們非常震撼，後來經過我們抗議，好像有用客家話補述，在廣播上用客語再唸一次。慢慢的你看現在公共場合都有客家話了嘛！

講到這裡，我想起來。我離開雜誌社以後，有一次到美國，在飛機上我頭一次聽到閩南話跟客家話的廣播，我非常高興。以前飛機上都是華人，空中小姐幹嘛用英文呢？現在飛機上有閩南話、客家話、國語、英文這樣不是非常美的一件事情嗎？

外國朋友來台灣，若請他們吃西餐，他們並不喜歡。他們喜歡有台灣特色的，有我們本土文化意涵的餐飲。因為多元就豐富嘛！語言上，只要有一個共通的國語就好了。臺灣資源這麼少，多元文化是我們很珍貴的資產。

問：這裡我想請問一個問題，照我先前的資料理解，之前的社會運動裡面有兩個很重要的社會運動裡的兩個大團體，一個是新潮流、一個是夏潮。在我先前的訪談中，你似乎被其他受訪者定位為比較接近夏潮，是嗎？

鍾：是。因為這個背景，造成一些誤會，也背負了很多壓力。像客家公共事務協會，我是三個發起人之一，我也花了很多力氣去促成，但後來的運作，我明顯感受他們在排擠我。就因為我反台獨的立場。

問：其他兩個發起人是誰？李喬嗎？鍾肇政嗎？

鍾：我忘記了，鍾肇政、李喬是比較後期才進來參與客家運動的。現在民進黨的轉向證明我們當初是有遠見的，像許信良提出大膽西進，是多麼高瞻遠矚的見解，但時空不對被人家排擠。台灣現在不應該走向獨立，維持現狀，那怕是一百年以後才來解決兩岸問題！台灣應該發展經濟，發展教育，我十年前就提出這樣的想法！

問：客家運動像您這樣立場的人還有誰呢？

鍾：應該也有，是沒表態而已。政治立場不同，牽扯起來很累。像客家公共事務協會互選理監事的時候，我被排到候補理事，其實我對政治沒有企圖嘛！但是就有人怕我背後有夏潮怎麼怎麼樣⋯（笑），夏潮中有少部份人一味的主張民族主義，我也不完全贊同。

後來我到國外去讀一段書，接觸一些大陸人，講到台獨他們就說書可以不讀，生意可以不做，一定上前線，我也是跟他Argue，也是唇槍舌劍，但是我感受到他們反對台獨意識之強烈，可以說排山倒海，台灣假如堅持台獨，一定會惹禍的。

從當前地緣政治的經濟發展來看，研究報告顯示對台灣經濟非常不利，你看東協十加三、美日同盟等等，美國只是把台灣當成他們的籌碼在利用，不要了隨時把我們一腳踢開，政治是非常非常現實的。台灣的政治經濟局勢，其實是世界政治經濟板塊擠壓的產品。坦白說，以前國民黨還有國際觀，只是他們不肯做事；而現在的民進黨卻視而不見這大趨勢。

問：一般來說夏潮被認為是比較左派、統派、教條的，你背負這個夏潮的陰影在這裡面，你覺得？

鍾：後來我做生意，接觸更多的財經，發現工業時代的勞動意識完全不適用在網路時代，特別是現在的全球化。夏潮走的勞工路線，坦白說，已經跟不上時代了。那種想法要在資本主義的世界裡也很難生存。假如要談立場歸屬，我應該屬於夏潮中的自由派，但我反台獨這點是非常明確的！我也不諱言這樣講！但是我也是很包容民進黨，也很包容國民黨！民進黨也有改革的力量，可惜他被自己的意識型態綁住了。

所以我們很期待現在謝長廷的務實路線，我們是非常期待的，畢竟我們也有知識份子的性格，也想經世濟民。

其實我也知道楊長鎮的政治立場，我仍處處包容他，提攜他。

問：像你這樣的想法跟立場，在客家運動裡面，你怎麼去看待傳統的中原客家的那些客家論述？會不會比較接近？

鍾：中原客家論述其實是比較民族主義的，也帶有狹隘的族群意識。坦白說我也不同意。我是從整個地緣政治角度來看，假如台灣可以不流血獨立的話，我覺得很好我也贊成，但是不可能啊！以知識份子的良心來說，和平才是最高的道德！

問：我換個角度問！按照中原客家的說法，現在似乎比較符合大中國的民族主義局勢，而且按照中原客家的說法，感覺聽起來客家人跟外省人比較接近，這是以前在談認同問題的時候，一種常被拿出來談的說法？你覺得呢？

鍾：客家人和外省人比較接近，這種說法，我沒有辦法從人類或民族學上來定義。但從台灣發展的歷史來看，早期有漳泉鬥，後期有閩客鬥，我們都是在這些歷史的族群鬥爭中存活下來的。今天，我們還要生存在一個民進黨所製造出來的族群矛盾中嗎？在台灣社會中，族群間雖存在著利害，但這種利害，階級應佔更大的部份。

在現今網路經濟的社會，個人是社會的主體，國界已經愈來愈模糊，族群為社會主體性的意義將愈來愈淡薄。

問：你覺得這兩種客家說法有什麼差別，你自己當時在客家運動裡你怎麼去跟這兩種想法互動。

鍾：中原客家的崇正會、世界客屬同鄉會這種團體，他們都有點脫離現實，帶有客家沙文主義，我一向與他們保持距離。李喬的台獨主張，我也不認同。在這裡我要強調本土不等同台獨。

問：你自己在客家運動裡面，是比較接近哪一個呢？

鍾：我的立場就是客家權益為最大公約數，客家的權益在哪裡，我就在哪裡。當然這種權益是要符合社會公義與民主發展的。

問：可是你看現在的客家的文化走向，政策性的發展其實一直都是在往本土化這裡走，你覺得呢？

鍾：客家文化走向本土化是果，不是因。在世界全球化經濟的驅動下，農村背景的客家文化勢必走入本土，相對於主流的西方文明，閩南文化不也是如此嗎？文化是創造和發展的，過度強調本土化的結果，只會讓我們面對璀璨的國際先進文明，相形自慚形穢，喪失自信心。

我希望在全球化及族群融合文化發展的道路上，客家人能站在本土的立場上綻放異彩，而不是為因「本土化」而永遠停留在山歌的吟唱。

問：我想現在這個本土化現在很劇烈的在改變一些族群像外省族群？

鍾：外省族群還是以國民黨為主嘛！國民黨到後期變成一個利益結構體的政黨，面對民進黨「族群意識」的武器，他們並不是本土化，他們是無所適從化。國民黨在美日的卵翼下，其國際視野強過民進黨，民進黨在反國民黨的過程中，對族群的操弄無往不利，勝利沖昏了頭，昧於國際現實，造成今日執政的困境。

我們不諱言，民進黨可以拿到政權那是因為他勇於去革新，勇於實踐；國民黨是什麼都只想維持現狀，顧著黨團、派系、財團、民代的利益，國庫通黨庫。

所以沒想到國民黨這麼容易就被打倒了。(笑)

民進黨作法就是，客家人有什麼訴求我就去滿足就好了。其實一年編的預算也沒多少錢。我們客家人就高興的要命。

問：那泛藍陣營為何麼還會去刪除客家的預算，還有客家社團去抗議？

鍾：那個抗議是因為選舉前，把預算給客家社團辦活動，就是拿來綁樁嘛！所以泛藍看了就很氣，就說這個預算你選舉前不能用。可是現實就是這樣，誰願意多做，誰就拿去，誰叫以前國民黨不做！

問：像現在這個客家運動已經發展到文化的東西，例如桐花季，那您現在還會注意到客家的消息嗎？你看客家運動的前景是怎麼樣呢？

鍾：當然還是很注意。我也很希望客家跟文化、跟產業結合，這個我很早就提出來了！像客委會的羅文嘉跟李永得都做的不錯。李永得就是以前我們雜誌十一個發起人之一。

問：這種客家文化，產業的、經濟的跟傳統文化裡我們記得的土樓啊、藍衫啊差很多，你怎麼看。

鍾：所以說一定要創新，那些土樓啊什麼的現在已經不實用了，文化一定要建立在產業上才有生命力，如果沒有創新，那一定沒辦法維持下去。如果說客家的東西只能放在博物館裡，或者是蓋客家文化園區，放些客家古董給人家參觀，那其實是沒有生命力的。

我因為在企業界，這個想法我很早就講出來，推廣客家文化一定要跟產業結合，像北埔把地方的特色營造出來了；像六堆，我覺得那是很好的觀光地。傳統的東西要保存，但是要想辦法把自己的特色創造出來。

這種文化產業的創造是值得好好思考的。

問：所以你覺得客家族群運動，變成一種族群文化的產業，那這個客家文化政策是政府先引導的出來的，民眾是比較被帶動的，你覺得這樣好嗎？

鍾：應該說是政治與民間互為推力。像民進黨，為什麼客家的票這次可以拿這麼多，就是因為他有做事，客家人看的到你有做，票就投給你。以前國民黨是拿少數幾個政客作樣板，一般客家人感受不到。像現在客家社團，比以前多了好幾倍了！不是嗎？

這樣至少客家的知識份子可以安撫，可以收編嘛！誰叫你以前國民黨不做呢！其實我不認同民進黨的台獨，但是至少人家有做事。

問：那一般所謂的客家大老，扮演的角色是什麼？你覺得這種現象還會存在嗎？

鍾：以前國民黨時期的所謂的客家大老，其實都是執政黨的點綴花瓶而已；民進黨執政的客家大老大部份也是欽點。但是往後的網路經濟時代，個人是社會的主體，大老的形成是要憑實力，自然形成。欽點或花瓶將成過去。

～訪談結束

國家圖書館出版品預行編目

那些年,那些事 / 鍾春蘭作. -- 臺北市 : 致出版,
2020.11
面； 公分
ISBN 978-986-5573-00-3(平裝)

863.55 109017694

那些年，那些事

作　　者／鍾春蘭
封面繪圖／簡　潔
排版設計／劉季昀
出版策劃／致出版
製作銷售／秀威資訊科技股份有限公司
114 台北市內湖區瑞光路76巷69號2樓
電話：+886-2-2796-3638
傳真：+886-2-2796-1377
網路訂購／秀威書店：https://store.showwe.tw
博客來網路書店：http://www.books.com.tw
三民網路書店：http://www.m.sanmin.com.tw
金石堂網路書店：http://www.kingstone.com.tw
讀冊生活：http://www.taaze.tw

出版日期／2020年11月　　**定價**／380元

致 出 版　向出版者致敬

版權所有・翻印必究　All Rights Reserved
Printed in Taiwan